El Reflejo de la Magia

SERIE joven

Primera edición,
Noviembre 2013

MUNDOS
EPICOS
GRUPO EDITORIAL

C/ Rosa García Ascot, 11
Portal 4, 3ºB, 29190
Puerto de la Torre, Málaga
Tlf: 951 93 11 34
info@mundosepicos.es
www.mundosepicos.es

ISBN: 978-84-92826-47-6

Ilustración de portada: JOSÉ GABRIEL ESPINOSA
Diseño gráfico y maquetación: PABLO GUIL
Impresión: ULZAMA DIGITAL

Depósito legal: MA-1711-2013

Impreso en España
Printed in Spain

EL REFLEJO DE LA MAGIA

DESCUBRIMIENTO

Para Adrien, con el deseo de que disfrutes de esta historia y te sumerjas en el mágico mundo de Álacer.

Con cariño,

Sara Cruces

SARA Mª CRUCES SALGUERO

MUNDOS ÉPICOS

Para todos aquellos que creyeron
alguna vez en la magia.

Los Nueve Reinos
Dugeist
Ragots
Bestrek
Moran
Sach
Álacer
Ruinas Espejo
Bosque Antiguo
Yagno
Trun
Reynwest
Hasul
Sugger
Rainer
Boix
Lussrow
Irmen
Star

PRÓLOGO

La lluvia golpeaba con insistencia los cristales de la ventana. Apenas se podía visualizar la hermosa ciudadela que se encontraba a los pies del espléndido palacio de Trun.

El edificio se encontraba siempre en buen estado. Pese a que era casi tan vetusto como el mismo reino, no daba muestras de antigüedad. La estructura era básicamente de un suave color aguamarina, más claro en los muros principales. Las torres, que tenían diferentes formas, en cambio eran de un tono más oscuro, hasta convertirse en un intenso azul zafiro en las partes más altas. La entrada del palacio desembocaba en un patio interior, muy luminoso, que a su vez conducía a una gigantesca puerta de roble. Ésta llevaba a las estancias del edificio. Llamaban al palacio 'La Joya Azul'.

En su interior, el conde de Trun, su esposa y su único hijo vivían rodeados de riquezas. El palacio era muy hermoso y estaba construido con los mejores materiales. El diseño encajaba perfectamente con la alegre ciudadela. Aunque no era muy grande, bastante gente prefería vivir allí que en las colosales ciudades del reino.

En ese instante, el conde se encontraba solo en el ala oeste, observando a través de una de las inmensas ventanas el bello paisaje. A pesar de la fuerte lluvia, la ciudadela estaba llena de gente, personas que hacían sus compras, personas que paseaban o que simplemente habían salido a tomar el aire.

Pero el conde no miraba realmente la ciudadela. Miraba más allá, hacia los otros ocho reinos que había en la región. Ocho reinos. Dugeist, Álacer, Moran, Ragots, Bestrek, Reynwest... Yagno y Sach. Aquellos dos últimos eran especiales. Eran como Trun. Pero los otros seis... eran ordinarios, vulgares. ¿Cómo osaban siquiera creerse mejores?

Desde el principio de los tiempos, había sido así. Creían saber más. Se creían superiores. Pero eran ellos los que tenían la superioridad. Los otros ¿qué tenían? Miedo. Envidia. Rabia.

Se habían convencido de que la única manera de acabar con aquello era atacando. Y los que verdaderamente tenían motivos para atacar eran Trun y los otros dos reinos.

Era absurdo. Vivir con el miedo de ser atacados. ¿Miedo? No, miedo tenían ellos. Lo que tenían eran ganas de terminar con aquello. Pero eran los otros los que tenían que dar el paso. Porque eran los interesados en iniciar una nueva guerra.

Eran ellos los que no toleraban sentirse inferiores. Porque eran inferiores. No podían compararse con ellos. Ellos, que tenían el poder, el don. Y pese a ello, Dugeist, Álacer y los demás reinos creían tener derecho a atacarles. Ni que sirviera de algo. ¿Qué podían hacer un puñado de vulgares soldados contra un solo hombre poseedor del don? Nada. Absolutamente nada. Y entonces, ¿para qué les atacaban? No tenían nada que hacer. Pero mientras, ellos tendrían que defenderse. No tenían derecho a acusarles.

«Pero —pensó el conde sin dejar de mirar por la ventana— eso pronto se acabará».

Con un elegante movimiento, se dio la vuelta y, sonriendo para sí, bajó la larga escalera de caracol.

1

LA PRINCESA LAIDA

Amaneció un precioso día. La mayoría de la gente había salido a disfrutar del espléndido sol que calentaba cada rincón.

En todo el gigantesco castillo de Álacer solo había una persona que no se unía a la pequeña fiesta que había en el gran comedor.

En una de las torres más altas del castillo, una joven de apenas diecisiete años estaba acurrucada en un rincón de la habitación. A pesar de ser un día bastante caluroso, la chica estaba abrazada con sus extremidades, como si tuviera frío.

La habitación donde se encontraba era muy antigua, al igual que el castillo. Tenía una elegante cama con dosel, colocada en el extremo norte de la habitación. Una peluda alfombra roja, a juego con la cama, se encontraba a un lado de ésta, junto a una mesilla de noche color caoba.

En el centro del lugar, había una pequeña mesa redonda, en medio de dos prominentes sofás de cuero rojo. A juzgar por su estado, parecía que nadie los había utilizado en mucho tiempo.

Había tres puertas en la habitación. Dos de ellas estaban casi juntas y llevaban al vestidor y al baño. La tercera puerta, más alejada de las otras dos y bastante más grande, conducía afuera de la habitación, hacia un estrecho pasillo. Desde allí, se podía bajar de la torre.

La muchacha se levantó. Era bastante alta para su edad y, pese a sus sencillos ropajes, cualquiera diría que provenía de una buena y rica familia.

Se dirigió a la puerta más grande, para salir de la torre. Sin embargo, antes de que pudiera apoyar la mano en el picaporte de la puerta, ésta se abrió sola.

Una mujer unos años mayor que ella entró en la habitación. La chica, que se había apartado para que la doncella entrara, la miró con el ceño fruncido cuando hizo una reverencia.

—Su alteza —dijo al inclinarse. Se irguió despacio y comunicó—: Su majestad el rey desea que acuda a la comida, y me ha pedido que venga aquí para decírselo, princesa Laida.

Laida, sin dejar de mirarla con el entrecejo fruncido, cruzó los brazos.

—No me digas —comentó la princesa con una extraña sonrisa—. ¿Y qué es esa celebración tan importante a la que quiere que asista nuestro querido rey? —preguntó poniendo énfasis en las tres últimas palabras.

La doncella se ruborizó ligeramente e inclinó la cabeza antes de decir, algo azorada:

—Bu-Bueno... Hoy es el gran día. Ya han pasado treinta años desde el día en que su majestad, el rey, relevara a su padre y tomase el trono. Usted es su hija, supongo que no hab...

—No, no lo he olvidado —interrumpió la princesa sin alterar el tono de voz—. Pero tienes razón. Soy su hija y debería ir a la celebración. Ven y ayúdame a elegir un vestido adecuado para la ocasión —ordenó mientras se dirigía al vestidor, seguida de su doncella.

La princesa salió de su dormitorio. Se había puesto un largo vestido de seda, color verde olivo, que hacía juego con sus ojos. Llevaba una gargantilla verde y plateada y unos zapatos del mismo color que el vestido. Se había recogido el largo y oscuro pelo con una tiara. Iba muy guapa.

Cruzó el pasillo a grandes zancadas y bajó la larga escalera de caracol. Anduvo por el largo corredor hasta llegar a la puerta del salón del trono. Desde allí, giró a la izquierda y se detuvo en la segunda puerta. Dos guardias estaban apostados allí. Inclinaron la cabeza al verla llegar y entre los dos le abrieron la puerta.

El comedor consistía en una larguísima mesa donde podrían haber cabido más de cien personas. Excepto el rey y un par de invitados, nadie estaba sentado en las sillas que estaban colocadas alrededor de la mesa. La mayoría de los invitados permanecían de pie, charlando despreocupadamente unos con otros.

Al ver llegar a su hija, el rey se levantó y le hizo un gesto para que se sentara junto a él. Laida fue a la mesa sin decir ni una palabra, pero no se sentó. Se quedó de pie, junto a su padre.

—Me alegro de que por fin hayas llegado, hija —dijo el rey.

Laida le dirigió una mirada de reproche antes de contestar con frialdad:

—No, en realidad no he venido para quedarme.

—¿Cómo dices? —dijo el rey tratando de mantener el despreocupado tono de voz, aunque Laida percibió una nota de tensión.

—He dicho que no he venido para quedarme, padre. Tengo otros asuntos más importantes que atender.

—¿Qué asuntos pueden ser más importantes que esta celebración, Laida? —Esta vez, y sin lugar a dudas, sí que habló con la voz tensa.

—En realidad cualquier asunto es más importante que esta celebración, padre —dijo Laida con una ligera sonrisa—. Y, tanto si me disculpas como si no, he de irme.

Antes de que su padre pudiera añadir nada, Laida se irguió con orgullo y salió del salón del trono sonriendo para sí.

Cruzó con decisión los pasillos del castillo. Se sentía orgullosa de cómo había plantado cara a su padre y más con un asunto tan importante. «Así se dará cuenta de lo que se siente cuando te ignoran», pensó con satisfacción.

Fue a pasar por la puerta principal para salir. Sin embargo, a ambos lados de ésta había dos guardias apostados. Laida temió por un momento que no la dejasen pasar, pero ellos se limitaron a inclinar la cabeza y a abrir la puerta. Aliviada, Laida salió.

El castillo de Álacer poseía un patio interior, bastante sombrío y cubierto de hiedra. Al final de éste, había una gran puerta, que llevaba afuera, para poder salir a la ciudad. Pero en una esquina del patio también había un hueco pequeño, lo suficientemente grande como para que una persona pasara por él, que llevaba a un sendero. Éste, a su vez, llegaba hasta los establos.

Laida echó un vistazo a las almenas, para asegurarse de que nadie la veía. En esos momentos no había ningún guardia vigilando, pero a pesar de todo se dio prisa. Se escabulló por el hueco y, sintiendo que por fin era libre, tomó el sendero.

Era un día de mucho calor y el sol hacía que toda sombra fuese bienvenida. Laida caminó por el sendero, tratando de hacer caso omiso del ardor que sentía en la nuca. El sendero estaba completamente al descubierto, por lo que estaba expuesto al sol. No estaba demasiado bien cuidado; había por todos lados piedras sueltas e incluso encontró por el camino alguna herradura, que sería de un caballo.

Abrió la puerta del establo, que chirrió. Un rayo de luz proveniente del exterior iluminó el lugar. Algunos caballos relincharon, nerviosos. Laida escudriñó el establo y vio, sorprendida, que no estaba sola. Dos hombres habían estado en un rincón conversando en voz baja antes de su llegada. Era evidente que ésta les había sobresaltado. Laida se acercó a ellos y vio dos rostros muy similares, casi idénticos: Ray y Dylan, gemelos.

Ray parecía mayor, pese a que tenían exactamente la misma edad. Era más fuerte, tenía los ojos oscuros y el cabello liso y bien peinado. Su rostro expresaba seriedad. Dylan, en cambio, era delgado y alto, con ojos más claros que los de su hermano y el pelo más corto y, a simple vista, indomable. Tenía un rostro travieso.

Laida sentía simpatía hacia ambos hermanos. Ray era su profesor de equitación y Dylan le había enseñado a disparar con el arco y a combatir con la espada. Aquello era algo que ella nunca había comprendido. Era una princesa. ¿Por qué tenía que educarse como un guerrero?

—¿Laida? ¿Eres tú? —preguntó Ray todavía en voz baja, incrédulo.

—Hola, Ray. Hola, Dylan —saludó Laida.

—Pero, ¿qué haces aquí? —preguntó Ray, preocupado.

—He venido a ver a Pegaso —respondió la princesa con tranquilidad, refiriéndose a su caballo.

—¿Tu... tu padre lo sabe? —dijo Ray.

—¿Estás loco? ¡Cómo va a saberlo! —Esta vez fue Dylan quien habló. Parecía divertido—. Aunque... si lo descubre, te matará. Hoy es la comida, ¿no?

—He pensado que tengo asuntos más importantes que atender que estar sentada a una mesa rodeada de completos desconocidos escuchando absurdos comentarios políticos —dijo Laida. Dylan sonrió sin poder evitarlo.

—Sabes que te meterás en un buen lío si descubre que estás aquí, ¿verdad?

—Correré el riesgo. Además, ya le he dicho que no iba a ir.

—¿En serio? —dijo Ray preocupado mientras su hermano parecía hacer grandes esfuerzos por no echarse a reír—. Laida, tienes que volver ahora mismo y pedirle disculpas.

—¿Disculparme? —Laida soltó una carcajada y dijo desafiante—: Le pediré disculpas cuando halle un buen motivo para hacerlo, y me temo que por ahora no tengo ninguno.

—Esto... Esto es por Cerys, ¿verdad? —musitó Ray en voz baja. Dylan dejó de reír de inmediato. El rostro de Laida también se ensombreció—. Laida... No debes hacer ninguna locura.

—Mi padre me ha dado la espalda desde que mi madre murió. Desde que tenía ocho años. Me ha prohibido salir del castillo. Me ha prohibido hacer preguntas sobre lo que ocurrió. Solo puedo salir para montar a caballo contigo, Ray. Incluso las clases de esgrima y tiro con arco las hacemos en el patio interior. Y todo esto, ¿por qué? ¿Hay una razón? Porque si la hay estaré encantada de escucharla, pero mientras tanto yo no tengo por qué responder ante él. Dentro de unos días llegará el aniversario de la muerte de mi madre, ¿y qué hará él? Pasar olímpicamente, tal y como ha hecho los años anteriores. La gente dice que es porque el recuerdo de ese día es muy doloroso para él, pero no es verdad. Es porque no le importa y nunca le ha importado. Dentro de un año cumpliré los dieciocho, la mayoría de edad. ¿De verdad creéis que después de todo esto quiero quedarme aquí más tiempo y heredar el trono? Pues estáis muy equivocados. No quiero saber absolutamente nada más de mi padre, ni de Álacer.

Cuando Laida terminó de hablar, reinó el silencio. Finalmente, Ray dijo:

—Laida, Laida, ¿adónde irás? Éste es tu hogar. Y además eres la princesa. No puedes abandonar tus obligaciones.

—¿Por cuánto tiempo, Ray? Álacer ya no es mi hogar. Tengo diecisiete años y no he visitado ni uno solo de los otros ocho reinos. No quiero seguir aquí por más tiempo.

—Como reina podrías enmendar los errores de tu padre —apuntó Ray en voz baja.

—¿Qué errores, Ray? Lo curioso es que no tengo nada contra su manera de gobernar, dejando aparte, claro está, el hecho de dejar de lado a su única hija.

Y dicho esto, se dirigió a un rincón y cogió una silla y unas riendas. Ante la mirada de desaprobación de Ray y de curiosidad de Dylan, ensilló y preparó a Pegaso, su precioso caballo blanco. Había sido un regalo de su madre cuando cumplió ocho años, de hecho, era el último cumpleaños que había pasado con ella... Pegaso se había convertido en un espléndido caballo, con ojos negros, muy rápido y también un gran saltador.

—Laida, ¿qué pretendes? —suspiró Ray al verla montar.

—¿Yo? Nada, solo voy a dar un paseo. Por cierto, si veis a mi padre, decidle que...

—¡No, espera, espera! —protestó Dylan—. Si el rey se entera de que te hemos visto y no te hemos detenido, nos meteremos en un buen lío.

—Es cierto —admitió Laida—. Bueno, pues entonces decidle que no me habéis visto, ¿de acuerdo? Pero no os preocupéis. Creo que volveré antes de que la comida acabe.

Espoleó a Pegaso y cuando ya iban a salir del establo, Ray gritó:

—¡Tu madre no hubiera querido que te fueras!

Laida tiró de golpe de las riendas de Pegaso para detenerlo. Permaneció unos segundos donde estaba sin moverse; era evidente que las palabras de Ray la habían afectado. Cuando por fin habló, lo hizo en un susurro.

—No, no hubiera querido que me fuera —admitió con voz temblorosa—. Pero ella tampoco hubiera querido que yo sufriera aquí encerrada.

Espoleó otra vez al caballo y ambos se alejaron, mientras dos silenciosas lágrimas caían de las mejillas de Laida.

2

HUIDA

La princesa galopaba libremente por las colinas de Álacer, en la grupa de su querido caballo Pegaso. Cruzaron los montes bajo el espléndido sol que se alzaba cada vez más sobre sus cabezas. No encontraron a nadie por el camino; era la hora de comer. Pronto llegaron a un bonito y luminoso claro. Junto a éste había un pequeño lago, no demasiado profundo, cuyas aguas estaban muy limpias.

Laida desmontó con gracilidad de la silla y ató a Pegaso a un árbol tras quitarle el asiento para que no le incomodara. Se sentó a la sombra de un grueso árbol, observando el lago. Se quedó mirando el agua un buen rato, recordando la última parte de la conversación que había mantenido con Ray:

—¡Tu madre no hubiera querido que te fueras!

—No, no hubiera querido que me fuera. Pero ella tampoco hubiera querido que yo sufriera aquí encerrada.

La princesa había pronunciado esas palabras casi sin pensarlas pero no estaba segura de lo que hubiera querido su madre. ¿Acaso ella hubiera desobedecido la orden de quedarse siempre en el castillo por la felicidad de su hija? ¿O la habría dejado sufrir simplemente por complacer al rey?

No, se dijo Laida, mi madre jamás me hubiera dejado sufrir. Pero cuando ella vivía, sí que me dejaba salir del castillo, añadió en voz baja.

Salió de su ensimismamiento al oír un ruido tras ella. Pegaso trataba de liberarse de la cuerda que lo amarraba para coger algo del árbol. Laida levantó la cabeza y se dio cuenta de que estaba debajo de un manzano. A regañadientes, se puso en pie y se estiró para coger una manzana que le lanzó al caballo por el suelo. Luego, cogió otra para ella y se volvió a sentar.

No supo cuánto tiempo permaneció quieta a la sombra del árbol, sin hacer otra cosa que mordisquear la manzana. Para ella, el tiempo no pasaba.

Cerca de las dos de la tarde, el sol empezó a calentar con más fuerza. Laida, que nunca había soportado muy bien el verano y el calor, empezó a agobiarse. Tras asegurarse de que no había nadie por allí, se quitó la ropa y se metió despacio en el lago.

El agua estaba helada. Al principio, Laida pensó en volver a salir, pero poco a poco su cuerpo se acostumbró al brusco cambio de temperatura. A pesar de que no solía practicar, la princesa sabía nadar bastante bien. Dio unas cuantas brazadas e incluso buceó un poco para distraerse, pero tras unos minutos de diversión, recordó por qué estaba allí.

Durante ocho bonitos años, su madre, Cerys; su padre, Rocco; y ella, habían sido felices en el castillo. Eran una familia próspera. A pesar de las obligaciones de su padre como rey, siempre había tenido tiempo para su hija y para su esposa. Pero todo cambió cuando la princesa cumplió ocho años. El rey y su esposa discutieron. La pequeña princesa no supo por qué lo hicieron. El caso es que su madre quedó muy afectada por la disputa. Empezó a salir con más frecuencia del castillo y a veces tardaba días en regresar. El rey actuaba con indiferencia, como si nada hubiera ocurrido. Entonces, de improviso, un caluroso día de verano, cuando el rey estaba en una importante comida y Laida montando a caballo en el campo, Cerys murió. Nadie supo por qué. En apariencia, gozaba de buena salud y no encontraron restos de veneno en ninguna parte. Sencillamente, murió.

Cuando su esposo se enteró, prohibió a su hija salir. La despedida fue en el castillo. El rey reforzó la vigilancia, como si pensase que en cualquier momento pudiesen atacarlos.

Desde entonces, la princesa permaneció en el castillo. Solo salía cuando montaba a caballo, bajo la mirada atenta de su entrenador. Aparte de eso, nunca salió, nunca, nunca...

Laida abrió los ojos. Había permanecido flotando boca arriba en medio del lago, con los ojos cerrados para protegerse del sol. Tiritando, nadó hasta la orilla y volvió a vestirse, a pesar de que estaba completamente empapada. Echó una ojeada a Pegaso para comprobar que estaba allí. Con un suspiro de resignación, se dejó caer de nuevo junto al manzano y sin darse cuenta se quedó dormida.

Laida despertó varias horas más tarde. Parpadeando, miró al cielo y el corazón le dio un vuelco: estaba anocheciendo. No había pretendido quedarse tanto tiempo allí. Si su padre llegaba al enterarse, probablemente la encerraría en su habitación durante un año.

Se levantó y desató a Pegaso. Luego, lo ensilló de nuevo y montó de un salto en la silla. Dio un tirón de las riendas para que diera la vuelta.

—Por mí no te molestes. Puedes quedarte ahí todo el tiempo que quieras.

Laida se dio la vuelta, maldiciendo por lo bajo. Una figura la observaba semioculta entre las sombras. Cuando avanzó unos pasos, produciendo un ruido de cascos (Laida vio que iba a caballo), sus oscuros ojos relucieron bajo la intensa luz de la luna. Él y un par de guardias a caballo estaban allí observándola. Laida tragó saliva y giró de nuevo al corcel para quedar frente a ellos.

—Padre, yo... —empezó. Pero el rey levantó una mano pidiendo silencio y fue él quien habló.

—Te pedí que fueras a la comida. No solo para dar buen ejemplo, sino también para que conocieras gente. Muy bien, vas allí, como yo te había pedido y me dices que no tienes ninguna intención de asistir a la comida. Yo, lógicamente, no podía hacer nada en ese momento, pero en cuanto terminó la celebración fui a buscarte a la torre. No estabas. Mandé a los guardias a buscarte por todo el castillo, pero los que vigilaban las puertas me dijeron que habías salido. Y, mira por dónde, llego a la conclusión de que tal vez hayas ido a los establos. Entro y no hay nadie. Pero Pegaso no estaba. Y había huellas recientes en el sendero que lleva aquí. Soy el rey y ante todo, tu padre. Me desobedeces y huyes del castillo. Quiero una explicación.

Laida lo miró fijamente, sin amedrentarse. Enredó las riendas del caballo, y dijo sin vacilar:

—Llevo nueve años encerrada en el castillo. Nueve años. ¿Y me pides una explicación por haberme escapado? Más bien soy yo quien te tiene que pedir a ti una explicación, ¿no crees?

El rey no dijo nada. Se quedó mirando a su hija, casi con indiferencia, como si estuviera castigando a un sirviente.

—Vas a volver al castillo, a tu habitación y de allí no vas a salir hasta que yo lo diga. Y olvídate de las clases de equitación. Haré que vendan a tu caballo —sentenció al fin.

—¿Qué? —gritó Laida, olvidando por completo el orgullo y la valentía, mirándolo con temor por primera vez—. ¡No puedes hace eso! Pegaso fue un regalo de mi madre, ¡no puedes arrebatarme el último recuerdo que me queda de ella!

—Soy el rey y además tu padre. Vas a obedecerme quieras o no. —Dio la vuelta a su caballo—. ¡En marcha!

Laida no se movió. Observaba con profundo desprecio la nuca de su padre, que esperaba que la princesa se pusiera a su lado para irse.

—No pienso ir a ninguna parte.

El rey se giró y la miró. Parecía que le habían echado un cubo de agua helada.

—¿Qué has dicho?

—He dicho que no voy a ir a ninguna parte —repitió Laida sin acobardarse—. Has estado controlándome durante mucho tiempo. Pero ya no. No pienso obedecerte más.

—Vas a venir conmigo. No me obligues a arrestarte —dijo el rey con voz calmada.

—¡Ah, muy bien! —gritó Laida con sarcasmo—. Así que ahora vas a arrestar a tu propia hija, ¿no? ¡Adelante, tú mismo! ¡Como si fueras capaz siquiera de...!

—¡¡No te consiento que me hables así!! —estalló el otro—. ¡Eres mi hija y tienes que obedecerme!

—No. —A Laida le temblaba la voz de rabia cuando habló pero trató de mantenerla firme—. Ya no soy tu hija. No lo soy desde hace nueve años, cuando mi madre murió. Tú nunca me has querido. Y debí darme cuenta antes.

Dio un fuerte tirón de riendas y espoleó a Pegaso. El caballo comenzó a trotar y se fue alejando mientras corría por el claro.

—¡¿Y vosotros a qué esperáis para seguirla, idiotas?! —vociferó el rey a sus siervos. Los dos guardias se apresuraron a obedecerle. Los caballos de éstos estaban más acostumbrados a correr, pero Laida les llevaba una ligera ventaja. La princesa espoleó a Pegaso, para que avanzara más rápido. Se habían alejado bastante del claro y se podía visualizar un frondoso bosque.

«Allí estaremos a salvo», pensó Laida echando un vistazo hacia atrás. Los dos guardias los perseguían, mas el rey no se había tomado tal molestia.

Los tres caballos siguieron galopando a las órdenes de sus dueños por el llano terreno. No parecía que Pegaso fuese a dejar que lo alcanzaran, pero tampoco conseguía alejarse más de ellos. Por fin el blanco caballo llegó a las inmediaciones del bosque. Laida, algo aliviada, le hizo girar un poco para poder entrar. Sin embargo, el caballo retrocedió. Frustrada, la chica lo espoleó pero lo único que consiguió fue que el caballo se desbocara, haciéndola caer. Antes de dar con el suelo, vio que algo se aproximaba desde el interior del bosque. Hubo un pequeño destello de luz. Pero no consiguió enfocarlo. Su cabeza estaba a muy pocos centímetros del suelo. Tan solo caía, y caía, y caía...

3
AL FIN LA VERDAD

La intensa luz del sol le daba de lleno en la cara. Hacía un día precioso, no había ni una nube en el cielo. La ciudadela estaba llena de gente, al igual que tres días atrás.

Algo aturdida, Laida abrió los ojos. Los volvió a cerrar inmediatamente; el sol le hacía daño en la cara. Estaba tumbada boca arriba en una cama muy mullida. Trató de recordar lo que había sucedido, pero todo era demasiado confuso. Se acordaba de que dos guardias la habían perseguido, pero ella se había caído del caballo y...

«Oh, no. Me habrán capturado», pensó la princesa, afligida. Volvió a abrir los ojos y se giró un poco para poder ver. Esperaba que la hubiesen llevado a su habitación en su torre, pero no fue así. El sitio donde se encontraba no se parecía a ninguna de las habitaciones del castillo de Álacer. De hecho, al ver el mobiliario, la princesa dudó de si estaba en su reino.

Los muebles eran de diversos colores: naranjas, violetas, azules y verdes chillones e incluso amarillos. En las paredes no se veía piedra porque estaban pintadas, y Laida ya se hizo a la idea de que no estaba en su castillo.

La princesa se levantó de la cama y vio con sorpresa que no llevaba las mismas prendas. En vez de su vestido de seda verde, le habían puesto un bonito traje azul cobalto, hecho con un extraño material.

Sin salir de su asombro, la princesa miró por la extraña ventana que había en la pared y descubrió un paisaje completamente diferente a su reino. Había una especie de ciudadela, con bastante gente. Se asomó por la ventana y vio a su izquierda una pared exterior de lo que parecía un palacio.

Echó otro vistazo por la habitación y se dio cuenta de que era circular. Estaba en una torre.

La puerta se abrió sin previo aviso. Un hombre de unos cuarenta años, de mirada fría y calculadora, larga estatura y piel blanquecina entró. La princesa, intimidada, retrocedió unos pasos.

—Veo que ya has despertado —dijo el desconocido.

—¿Qui... quién es usted? —preguntó Laida asustada. El hombre se acercó un poco y la chica pudo apreciar que sus extraños ojos glaucos la observaban con interés.

—Mi nombre es Venz —dijo al fin—. Soy el conde de Trun.

Laida se pasó una mano por el pelo, algo confusa.

—¿El conde de Trun? —repitió.

—Exactamente —asintió Venz—. Bienvenida a mi humilde palacio, 'La Joya Azul', princesa —añadió sonriente. Laida se dio cuenta de que el hombre sabía que era la hija de un rey.

—¿En... en su palacio? Pero... Eso significaría que estoy en... Trun, ¿no?

—Eso es. Veo que lo comprendes.

—Pe-pero... —empezó Laida—. Yo... Hace un momento estaba en Álacer, mi reino. ¿Cómo es que estoy ahora aquí?

Venz sonrió. Laida no se fiaba de él. Algo extraño tenía que haber pasado para estar ahora en Trun (si es que realmente estaba allí) y estaba dispuesta a averiguarlo. El conde siguió hablando.

—Mi querida princesa —dijo con calma—, si te lo explicase con palabras probablemente no me creerías, pero haré un intento. —Inclinó la cabeza y señaló el paisaje que se veía a través de la ventana—. Dime, princesa, ¿has oído hablar de un poder, de un don? Supongo que no. Solo puedes encontrarlo en tres lugares de estas tierras. Y Trun es uno de ellos. Dime, ¿imaginas una energía capaz de trasladar un objeto o incluso una persona desde la punta del continente hasta el otro extremo? ¿Imaginas una energía capaz de mover objetos sin tocarlos?

—No —contestó la chica automáticamente—. Es imposible. Ojalá existiera... —añadió para sí.

Cuántas veces había soñado que podía realizar cosas asombrosas: volar, mover objetos sin tocarlos, leer la mente... Aquellos pensamientos le venían a la cabeza sobre todo cuando estaba sola en la torre, sin nada que hacer.

Laida trató de volver a la realidad. Apenas se dio cuenta de que el conde seguía hablando.

—...lo que imaginaba —decía—. Bien, entonces me permitirás que te lo demuestre, ¿no es así?

Laida lo miró, bastante confusa. Su madre le había dicho mil veces que no hiciese caso a los desconocidos. ¿Pero qué otra cosa iba a hacer? Si era verdad lo que aquel hombre decía, estaba en Trun, a cientos de kilómetros de su reino.

Con un suspiro, miró a Venz. Éste sonrió y dirigió su atención a un extraño adorno que descansaba sobre una estantería color marfil. El conde hizo un aún más extraño ademán de mano hacia el objeto y luego miró a Laida, todavía sonriendo. La princesa al principio no comprendió. Luego volvió a centrar su atención en el adorno y ahogó un grito. El pequeño ornamento flotaba unos centímetros por encima de donde había estado posado unos segundos antes.

Laida vio cómo Venz iba girando la mano derecha y el adorno se iba moviendo, muy despacio. Con un rápido y fugaz movimiento de mano, el adorno volvió a su sitio.

El conde clavó su intensa mirada en Laida pero ella apenas le prestaba atención. Seguía con la vista fija en el objeto, aunque estaba de nuevo en la estantería.

—Magia —susurró extasiada. Venz asintió, sin dejar de sonreír. La princesa lo miró, aún emocionada, pero la emoción dio paso a la sensatez—. ¿Por qué me ha traído aquí? —preguntó. Su voz denotaba que estaba impresionada, pero también algo inquieta y asustada.

—Por la misma razón por la que yo he conseguido hacer que eso levitara —contestó Venz señalando el adorno, con seriedad.

—No... No lo entiendo —dijo la chica—. Yo no tengo nada que ver con eso.

—Y, sin embargo, has sabido perfectamente cómo se llama ese... fenómeno.

—Lo he dicho sin pensar —replicó Laida.

Aquellas palabras salieron de su boca tan rápido que pensó que llevaba mucho tiempo preparándolas. Acto seguido se mordió la lengua. Pero Venz ya se había dado cuenta.

—Por supuesto que lo has dicho sin pensar. Y lo has hecho porque sabes lo que es. Sabes qué es la magia. La energía más poderosa del mundo. Lo sabes porque de hecho tú eres una hechicera.

Laida tardó un momento en darse cuenta de lo que el conde le estaba diciendo. Lo miró, segura de haber oído mal.

—Perdón, ¿que soy qué? —preguntó.

—Una hechicera. O una maga, usa el término que prefieras. Yo personalmente opto por hechicero —añadió como si fuese lo más normal del mundo. Laida se preguntó si Venz le estaba tomando el pelo. Por alguna razón, intuía que no era así. Inspiró hondo, intentando asimilar todo lo que le estaba diciendo.

—Usted me está diciendo que... eso —dijo señalando de nuevo el adorno— ha levitado porque ha hecho... ¿magia? Bien, no puedo decir que no exista, pero yo no soy una... maga. Es... absurdo.

—¿Y eso por qué? —inquirió Venz—. Como tú misma has dicho, la magia existe. ¿Qué te hace pensar que tú no puedes ser una hechicera?

—Es... —empezó Laida. Pero no supo cómo seguir. Decidió enfocar el asunto desde otro punto de vista—. ¿Puede demostrar que yo soy una maga?

—¡Por supuesto que puedo! —replicó Venz—. Alguien que sea mago tiene que tener, por la fuerza, un antepasado que también controlase la magia. Siempre son los padres.

—Me está dando la razón, entonces —dijo Laida sin entender adónde quería llegar el conde—. Ni mi padre ni mi madre eran hechiceros.

Venz alzó una ceja, clavando sus extraños ojos glaucos en la princesa. Laida comprendió.

—No... —susurró—. Mis padres no...

No pudo continuar. En ese momento, Venz se giró y abrió la puerta. Un chico caminaba hacia la entrada leyendo unas hojas. Se detuvo a unos pasos y alzó la cabeza. Miró a Venz, que le indicó con un gesto que entrara. El joven, que tendría la edad de Laida, le entregó los papeles al conde, quien los examinó con el entrecejo fruncido. Entretanto, el recién llegado se apoyó en el marco de la puerta, con actitud despreocupada. Su expresión cambió al ver a Laida. Se volvió hacia Venz, como si pidiera una explicación. El conde captó su mirada y se encogió de hombros.

—Huía de su padre en Álacer. La rescaté y la traje aquí. Lynch, no pongas esa cara —dijo con calma.

Lynch parecía molesto, pero no dijo nada. Se limitó a clavar en Laida sus grandes ojos castaños, observándola con curiosidad.

Venz terminó de leer los papeles y volvió a centrar su atención en Laida.

La princesa no se había movido. Había bajado la mirada y contemplaba el suelo, sumergida en sus pensamientos. Al cabo de unos segundos se levantó y dirigió al conde una dura mirada.

—No le creo —dijo—. No me creo que mis padres me ocultasen eso durante tanto tiempo. Ha dicho que ellos también tenían que ser magos. La... la magia es como un don, ¿verdad? ¿Cómo iban a ocultármelo?

—Verás, princesa, las cosas no ocurrieron como tú supones —dijo Venz con calma—. Te he dicho que tenías que tener antepasados magos. No he dicho que tuvieran que ser los dos. Tu padre no es un hechicero. Tu madre sí lo fue. —Hizo una pausa y luego siguió hablando—. Tu padre nunca ha tolerado la magia. Pero quería a Cerys. Ella era una hechicera que conoció a tu padre en un reino lejano. Rocco se enteró de que era una maga, de modo que trató de olvidarse de ella, sin éxito. Cerys renunció a la magia. Juró ante tu padre no usarla nunca más. Y cumplió su promesa, por supuesto. Lo cual le impidió curarse cuando estaba en peligro de muerte —añadió frunciendo ligeramente el ceño.

Laida entrecerró los ojos y dijo:

—¿Cómo sabe usted todo eso?

—Un familiar tuyo me lo contó. Aunque no creo que lo conozcas.

—Lléveme a Álacer de nuevo —dijo Laida—. Lléveme a Álacer. Quiero hablar con mi padre.

Lo cierto era que lo que más deseaba en aquel momento era encontrarse de cara al rey, amenazándole con una espada para que le contase la verdad.

—No puedo hacer eso, Laida —replicó el conde—. Ya te he dicho que tu padre no tolera la magia. Sería un suicidio si te enviara otra vez a tu reino. Olvídate de él.

Laida bajó la cabeza un momento. Luego volvió a levantarla, algo más calmada:

—Si soy una hechicera de verdad, enséñeme a usar la magia.

Venz sonrió. Lynch también sonrió, pero no de la misma manera. La sonrisa de Venz era de aprobación. La de Lynch, de curiosidad.

* * *

Lynch contempló el paisaje que se mostraba delante de él. Trun era precioso. Todas sus casas eran diferentes; diferentes colores, diferentes formas, diferentes tamaños, diferentes familias.

Con un suspiro de resignación, apoyó los brazos en la balaustrada. Desde allí las vistas eran espectaculares. Se podía ver el mar, a unos pocos kilómetros de la ciudadela. De pronto, sintió que algo rozaba su brazo izquierdo, pero no se inmutó. Un elegante gato persa con enormes ojos color ámbar estaba sentado en la balaustrada, observándolo. El animal saltó con agilidad al hombro de Lynch y se acomodó allí. El chico lo acarició, distraído. Oyó un ruido tras él. Se giró, todavía con el gato en el hombro.

Una chica de unos diecisiete años estaba justo delante de la puerta que daba a la terraza. Lo observaba algo azorada; era evidente que no esperaba encontrárselo allí. Lynch le indicó con un gesto que se acercara. Laida, dubitativa, obedeció. Tenía el mismo aspecto que cuando Lynch la había visto en la torre.

—Lo siento —musitó ella—. No sabía que había alguien aquí.

—Da igual. ¿Te ha dicho mi padre que vinieras aquí? —preguntó el chico.

Laida lo miró sin comprender.

—Venz —dijo Lynch sonriendo ante su desconcierto.

—¿Venz es tu padre? —preguntó asombrada—. No os parecéis mucho...

Lynch se encogió de hombros.

—Sí —dijo entonces Laida—. Venz me pidió que fuese a la primera terraza que encontrara siguiendo un pasillo. Este sitio es como un laberinto.

—Este palacio es una verdadera joya comparada con el castillo de Álacer —comentó entonces Lynch. Laida alzó una ceja, inquisitiva—. No, no he estado en tu reino —sonrió Lynch ante la silenciosa pregunta de la chica—. Pero sé que es un reino sin magia, por lo que será bastante triste.

Laida asintió pero no dijo nada. Se fijó en la gran mancha azul que había a lo lejos, junto a lo que parecía una playa. «El mar», pensó. Ambos permanecieron un rato en silencio, hasta que Laida preguntó:

—¿Tú sabes usar la magia?

—Sí —respondió con sencillez. Después miró un momento su mano y añadió—: Mira.

Movió un poco la mano y susurró algo que Laida no alcanzó a oír. Poco a poco un pequeño hilillo de agua brotó de la mano del chico, y fue haciéndose más grande a medida que él iba moviendo la mano. El agua formó una espiral en el aire, diminuta pero hermosa. Lynch bajó la mano y el agua cayó al suelo.

Laida miró al chico con fascinación.

—¿Cómo lo has hecho?

—Magia —fue lo único que Lynch dijo.

—Pero solo has movido la mano... —replicó Laida mirando el agua del suelo. Lynch la miró con el entrecejo fruncido.

—No es tan sencillo —dijo el chico—. Tienes que elegir el hechizo adecuado, concentración y no de...

—Espera, espera —lo interrumpió la chica—. ¿Qué quieres decir con 'el hechizo adecuado'?

Lynch chasqueó la lengua pero no dijo nada. Acarició de nuevo al gato y se limitó a mirar el paisaje. Laida lo miró, esperando que añadiera algo. El gato clavó sus enormes ojos en la princesa y le enseñó los colmillos. La chica no le hizo caso.

—¿Qué has querido decir con eso? —insistió—. ¡Lynch! —añadió furiosa al ver que él no contestaba. Le resultó extraño pronunciar su nombre, como si... lo conociera desde hace mucho tiempo...

El chico suspiró y se dio la vuelta. Sus ojos castaños la miraban con algo de pena.

—Usar la magia no consiste simplemente en agitar la mano y esperar a que algo suceda —dijo con algo de brusquedad—. Tienes que saber qué hechizo utilizar, concentrarte y pronunciar el conjuro.

—Cuando tu padre usó la magia no pronunció ningún conjuro —objetó Laida.

—No pronunció ningún conjuro, es verdad. Pero sí utilizó un hechizo. Algunos magos opinan que es una pérdida de tiempo usar vulgares palabras para algo tan especial como la magia. De modo que lo hacen mediante la mente.

—¿Mediante la mente? —repitió la chica sin comprender.

—Cuando un mago realiza un hechizo, la fuerza mental es mucho más importante que las palabras. Lo único que tienes que hacer es concentrarte en realizar el hechizo, pensando el conjuro que usarías. Por ejemplo...

Movió de nuevo la mano, pero esta vez no dijo nada. De nuevo, brotó agua de su mano. Sin embargo, el líquido parecía tener más fuerza que unos minutos antes. Formó otra vez una espiral y la dejó caer.

—Con la fuerza mental los hechizos son algo más potentes. Pero te cansas antes, obviamente —añadió.

—¿Los hechizos te restan fuerza?

—Sí. Lógicamente, no es lo mismo crear formas con el agua que atacar a una persona.

Se quedaron un rato en silencio. Laida suspiró.

—No lo entiendo.

Lynch se limitó a fijar en ella sus grandes ojos castaños y esperó a que dijera algo más.

—¿Por qué yo? —preguntó Laida. El chico no supo qué responder—. Mi madre era una... una hechicera, pero yo... Quiero decir, esto... esto es increíble. Pero no entiendo cómo ha sucedido. Pensé que era una chica normal, bueno, una princesa. Pero... soy... ya no sé quién soy.

Lynch pareció dudar. Tras unos instantes dijo:

—Ven. Quiero enseñarte algo.

Salió de la terraza con paso firme y recorrió el amplio pasillo del palacio, seguido por Laida. Bajaron una escalera de caracol y cruzaron otro corredor, algo más estrecho. El chico se detuvo ante una gigantesca puerta y, tras una breve vacilación, entró. El interior de la estancia era inmenso. Cientos de estanterías repletas de libros se alzaban en perfecto orden, todas de la misma altura. En un rincón había unas sencillas mesas estratégicamente colocadas junto a un amplio ventanal. Varias sillas y sofás, repartidos por toda la sala. Pero lo más sorprendente eran las paredes. De un precioso color zafiro, los muros de la hermosa biblioteca daban un toque acogedor y seguro, así como una sensación de tranquilidad.

Lynch no se quedó contemplando el lugar. Se abrió paso entre las estanterías con rapidez y se paró ante una que estaba situada contra la pared. Laida la observó intrigada. No tenía nada especial. Como todas las estanterías de la biblioteca era de un sencillo color pardo. Docenas de libros, ordenados por temas, parecían incitarla a que los abriera. La chica pasó la mano por el lomo de uno de ellos. 'El secreto de los animales celestes', decía. Laida se quedó mirándolo, extasiada. Con cuidado cogió el volumen y miró la portada. Un cielo de un precioso color azul, ligeramente cubierto de esponjosas nubes, era surcado por tres hermosas criaturas. Parecían caballos. Eran blancos pero su pelaje relucía de manera extraña. Pero lo más asombroso eran sus alas. Los tres caballos alados parecían correr sobre el aire. Laida se quedó mirando el libro, hasta que una voz le hizo apartar la vista.

—Mira —fue lo único que dijo Lynch. Colocó la mano sobre un grueso libro azul y susurró unas incomprensibles palabras. La cubierta del libro emitió un ligero brillo y luego se apagó. Laida lo observó sobrecogida. Lynch la miró un momento y luego abrió una puerta que estaba junto a la estantería, todavía sosteniendo el pesado libro. Laida parpadeó, sorprendida, y frunció el ceño. No recordaba que aquella puerta estuviera allí.

Ambos entraron en una pequeña habitación similar a la biblioteca, pero mucho más reducida. Sin embargo, allí también había unas cuantas estanterías. Estaba bastante mal iluminada y además hacía un frío increíble.

Lynch avanzó hasta una amplia mesa redonda, que parecía marcar el centro de la estancia. Colocó el libro y lo abrió. Pasó unas cuantas páginas hasta que se detuvo. Pareció que el chico dudaba. Finalmente, pasó la mano por una de las caras y el libro se iluminó de nuevo. Lynch retrocedió unos pasos. Laida contuvo la respiración.

Ante ellos, suspendida sobre la mesa de modo que parecía provenir del libro, se hallaba la inmensa tierra de Álacer. El seco desierto del sur, las gélidas montañas del norte, las llanuras del oeste y el amplio mar del este. Sin embargo faltaba algo. Laida no tardó en darse cuenta de lo que era. Los reinos.

De los nueve reinos que había en Álacer, solo aparecían tres. Pero, de alguna manera, no eran ninguno de los nueve. El primero aparecía donde ahora estaba situado Álacer, el reino más importante. Pese a ello, el mapa no mostraba su nombre. El segundo aparecía cerca de Moran, algo más al norte. Y el último cerca de la costa, junto a Trun. El archipiélago de Sach también se podía ver pero no llevaba el nombre del reino.

Lynch se adelantó. Alargó el brazo y pasó la mano por el primer reino.

—¿Sabes qué es? —le preguntó a Laida. La chica miró fijamente el reino y vaciló al contestar:

—Parece Álacer... Pero... Es diferente, más grande y más extendido...

—Eso es porque aquí aparece más grande y más extendido —repuso Lynch sonriendo—. Hace miles de años, en Álacer no había nueve reinos; había tres. Uno de ellos era Álacer —volvió a señalar el primero—, que desde siempre fue el reino principal, por eso adquirió el nombre de la región; el segundo, Moran, que se hallaba situado algo más al norte; y el tercero era, aunque ahora te cueste creerlo, Trun. Los tres reinos emp...

—Espera, espera... —lo detuvo Laida todavía con la vista fija en el extraño mapa flotante—. Has dicho que hace muchos años, Álacer, Moran y Trun ya existían. El lugar de donde yo vengo, está bien, es muy antiguo... Y no puedo decir nada de Moran, ya que nunca he estado. Pero... ¿Trun? ¿Me estás diciendo que este reino, el cual es... precioso y está muy bien conservado —se ruborizó al decir esto—, ya existía hace miles de años?

Lynch clavó en ella sus bonitos ojos castaños y preguntó, con algo de tristeza:

—¿Nunca has salido del reino de tu padre?

Laida negó con la cabeza. Lynch suspiró y apoyó las manos en la mesa.

—¿Sabes por qué? —le preguntó en voz baja Lynch.

—Antes no lo sabía pero ahora creo que sí. Mi... —dudó antes de seguir—. Mi padre no me dejaba porque sabía que si iba a otro reino descubriría... descubriría la magia, ¿no es cierto?

Ante su sorpresa, el chico negó con la cabeza.

—No, eso no tiene demasiado sentido, porque no todos los reinos son mágicos. De hecho, más de la mitad no lo son.

Laida lo observó, cada vez más confundida, y esperó a que siguiera hablando.

—Ya te he explicado que hace miles de años había tres reinos. Poco a poco, fueron dividiéndose hasta crear los reinos de hoy en día. Por un lado, Álacer, Dugeist y Reynwest; por otro, Moran, Bestrek y Ragots; y por último, Trun, Yagno y Sach. Y ahora mira.

Puso la mano en la otra cara del libro y el mapa pareció parpadear durante un segundo. Laida se dio cuenta de que un diminuto punto negro había aparecido en el centro de los antiguos reinos de Álacer y Moran. Trun, en cambio, tenía ahora un punto blanco.

—Y ahora mira esto —dijo Lynch. Pasó la página del libro y puso la mano en la siguiente cara. De nuevo, el mapa parpadeó. Pero esta vez cambió totalmente.

Ya no había tres reinos. El hermoso paisaje de Álacer mostraba ahora los actuales nueve reinos. Y, en su centro, un punto. Fue entonces cuando Laida cayó en la cuenta. En Dugeist, Ragots, Reynwest, Moran, Bestrek y Álacer había de nuevo un punto negro. Pero en Trun, Yagno y Sach destacaba un punto blanco.

—Es eso, ¿verdad? —susurró entonces Laida—. Álacer y Moran eran reinos no-mágicos y cuando se dividieron...

—...los reinos que quedaron también eran no-mágicos —completó Lynch—. Sí... Pasó lo mismo con Trun y por eso hay tres reinos mágicos y seis que no los son. Porque desde el principio de los tiempos hubo un reino mágico y dos que no lo eran.

Se quedaron un rato en silencio, todavía contemplando el mapa. Tras unos minutos, Laida dijo:

—Hay cosas que no me has aclarado, por ejemplo... ¿De dónde viene la magia? ¿Por qué Trun parece mucho más nuevo de lo que en realidad es? ¿Qué sucedió exactamente hace miles de años?

Lynch la miró fijamente y luego dijo:

—No estás preparada para saber eso.

Y, dicho esto, cogió el libro, se dio la vuelta y salió de la habitación. Laida se quedó parada un instante y luego salió tras él.

—¡Oye! ¡Oye! —lo llamó indignada. Pero el chico estaba ocupado devolviendo el libro a su lugar en la estantería y no se dio la vuelta—. ¡Tienes que decirme qué ha pasado en realidad! ¡Date la vuelta y mírame cuando te hablo!

Tal vez fuera ahora una hechicera, tal vez no estuviera en su reino, pero ante todo seguía siendo una princesa y debían tratarla con el merecido respeto. Lynch se dio la vuelta y la observó con más seriedad que nunca. Todavía llevaba el pesado libro azul en la mano.

—Si tanto te interesa saberlo, toma —le tendió el volumen—. Pero solo léelo cuando de verdad lo consideres necesario.

—¿Que solo lo lea cuando...? ¿Qué quie...? ¡Lynch, por favor! —suplicó, abandonando todo su orgullo al darse cuenta de que no iba a servir de nada—. ¡No me dejes así! Explícame qué está pasando, por qué no puedo volver a casa y...

—Escucha —la interrumpió el otro—. Ya sé que esto tiene que ser difícil para ti. No conocías la magia, ni otros reinos... Pero has de tener paciencia, ¿de acuerdo? No es necesario que aprendas a usar la magia si no quieres, pero quédate en Trun.

—¡Pero tengo que hacer algo! —replicó Laida—. No soporto estar quieta, sin hacer nada. Es precisamente lo que me ocurría antes.

Lynch alzó las cejas y preguntó:

—¿Qué hacías en Álacer?

—No gran cosa —contestó la chica con tristeza—. Esgrima, tiro con arco, nadar y montar a... caballo. —La última palabra se le quebró y Laida se puso pálida.

Susurró una palabra que Lynch no alcanzó a ir.

—¿Estás bien? —preguntó frunciendo ligeramente el ceño.

—Mi caballo... ¡Yo iba a caballo! ¡Cuando tu padre me rescató! ¡Iba a caballo! ¡Un caballo blanco! ¡Tengo que volver a Álacer! ¡Mi padre amenazó con venderlo, o algo peor!

Trató de apartar a Lynch para lanzarse al pasillo y echar a correr pero éste fue más rápido; la agarró por las muñecas y la retuvo.

—Quieta. Sé que quieres volver a tu reino, pero eso ahora es imposible. En primer lugar, porque está a cientos de kilómetros, y en segundo lugar, es posible que ese viaje sea en vano. Mi padre no me ha dicho nada, pero puede que también trajera a tu caballo consigo. Ahora te voy a llevar al ala norte, y te quedarás allí, al menos hasta que vuelva. ¿De acuerdo?

Laida chasqueó la lengua, molesta.

—No hace falta que me acompañes otra vez a la torre. Recuerdo el camino.

—Te llevaré al ala norte —repitió Lynch en un tono que no admitía réplica. Laida lo miró y después dijo:

—Como quieras.

Se dio la vuelta y echó a andar a buen paso y con gran dignidad por el pasillo. «Orgullosa», pensó Lynch, pero la siguió por el corredor y pronto se puso junto a ella.

4

UN FURK Y UN CABALLO DESBOCADO

—Quédate aquí —le dijo Lynch. Laida se sentó junto al borde de la cama y torció los labios. El chico salió de la habitación y cerró la puerta.

Laida no perdió el tiempo. Arrojó el libro que le había entregado Lynch a un rincón, corrió a la puerta y aguzó el oído. Cuando los pasos de Lynch se dejaron de oír, echó un vistazo a la habitación. Seguía igual que antes. Se acercó al adorno que Venz había hecho levitar y lo examinó. Parecía corriente. Con un suspiro, pensó en Pegaso. No iba a quedarse de brazos cruzados, no mientras su caballo corriera peligro. Se dio la vuelta, dispuesta a salir de allí. Pero en lugar de avanzar hacia la puerta, dio un respingo y retrocedió, con el corazón latiéndole con fuerza. El mismo gato gris que había visto en la terraza, cuando había estado hablando con Lynch, la observaba desde la puerta. Laida lo miró directamente a los ojos, aquellos extraños ojos ámbar, y susurró:

—Déjame pasar.

Era absurdo darle órdenes a un gato, pero aquel animal le impedía pasar. Sin embargo, el gato no se movió. Laida avanzó con decisión y trató de apartarlo con el pie. El gato emitió algo parecido a un bufido y abrió la boca enseñándole los colmillos. Laida se quedó momentáneamente sin respiración. Sus colmillos eran por lo menos el doble de grandes de lo habitual y el gato parecía muy decidido a usarlos contra ella. La princesa retrocedió con cautela. Cuando estuvo a unos metros del animal, éste cerró la boca, satisfecho, y se hizo un ovillo junto a la puerta. Laida sabía que la única manera de salir de aquella habitación era por la puerta, puesto que aunque había una ventana, la torre era demasiado alta. De modo que lo que tenía que hacer era apartar al gato. Caminando de puntillas y sin hacer ruido, se acercó al animal por detrás. Se agachó y estiró las manos; ya casi lo tocaba, pero...

Con un movimiento rapidísimo y un gran rugido, el gato abrió de nuevo la boca. Solo que ya no había un gato, sino una enorme pantera negra con ojos ámbar, que la miraba fijamente. Laida trató de chillar, mas no le salía la voz. Corrió hacia la pared y se pegó a ella, sin dejar de observar a la bestia. Ésta, sin embargo, no la persiguió. Se limitó a mirarla y luego se enroscó sobre sí misma junto a la puerta. Unos segundos más tarde, la pantera había sido reemplazada por el gato persa.

Laida se sentó en la cómoda cama y cerró los ojos. Los volvió a abrir y miró al gato. Seguía acurrucado y parecía inofensivo. Costaba creer que unos segundos antes había sido una fiera y monstruosa pantera. «¿Me estaré volviendo loca?», pensó la princesa, afligida.

Vio que junto a la cómoda había otra puerta más pequeña, y con nuevas esperanzas corrió hacia ella. Pero no era más que un cuarto de baño.

Se dio cuenta de que estaba atardeciendo y el sol casi se había ocultado. Le apetecía mucho tumbarse en la cama y dormir, pero temía que el extraño gato la atacase. Sin embargo, se sentía cansada y acabó cerrando los ojos y sumergiéndose en un pesado sueño.

Cuando se despertó, la noche ya había caído. Laida se incorporó un poco, somnolienta. Vio, aliviada, que el gato ya no estaba en la habitación y se sintió más tranquila. De pronto, se acordó de Pegaso y se levantó súbitamente de la cama. Recorrió en dos zancadas el camino hasta la puerta, pero antes de que pudiera poner una sola mano en el picaporte, la puerta se abrió.

Una mujer se hallaba delante de ella. Era muy hermosa, alta y espléndida. Llevaba un vestido azul cobalto, parecido al suyo, y el cabello negro suelto y ligeramente ondulado. Los ojos eran grandes y castaños y Laida recordó a Lynch. Se preguntó si no sería su madre. Cuando la mujer habló, lo hizo con voz suave pero profunda:

—Saludos, princesa —dijo con educación—. Mi nombre es Sarah, y soy la condesa de Trun.

Laida sonrió para sí, orgullosa por haberlo adivinado. Sarah continuó:

—Venz me ha pedido que te comunique que trajo a tu caballo consigo cuando te rescató de Álacer. Lamento profundamente todos los prejuicios que has sufrido, princesa. Y espero que puedas perdonar nuestra falta de edución y nuestra intrusión a tu reino cuando entiendas verdaderamente nuestros motivos.

Laida se quedó perpleja. Ni Venz ni Lynch la habían tratado con tanto respeto o amabilidad. Intentó centrarse en el tema que realmente le importaba en ese momento:

—Muchas gracias, majestad, pero no es necesario que me tratéis con tanta cordialidad. He de reconocer que me hicisteis un gran favor liberándome de las cadenas que me impuso mi padre. —Sarah inclinó levemente la cabeza—. Me alegro al oír que mi caballo está bien. ¿Seríais tan amable de decirme cuándo podría verlo?

Sarah sonrió y respondió:

—No es necesario que me habléis con tal respeto, princesa, aunque lo agradezco igualmente. Podréis ver a vuestra montura mañana por la mañana. Id al patio interior y os reuniréis con mi marido y mi hijo. A propósito, el vestido que lleváis es mío, ya que las prendas que llevabas estaban húmedas. Me alegro de que os quede bien.

Laida inclinó cortésmente la cabeza y volvió despacio a su cama. Antes de irse, Sarah preguntó:

—¿Cómo se llama vuestro caballo?

—Pegaso —contestó Laida—. Se llama Pegaso.

Sarah se quedó quieta un momento y luego dijo:

—Es un buen nombre.

A continuación, salió de la habitación y cerró con suavidad la puerta. Laida suspiró y se tumbó de nuevo, sintiendo que se había quitado un gran peso de encima.

* * *

Amaneció un día despejado. La princesa se levantó, y parpadeó varias veces. Vio que alguien le había dejado el vestido de seda verde cuidadosamente sobre la cama, y los zapatos a sus pies. Además, en la mesilla de noche, había un pequeño plato con tostadas repletas de mantequilla y mermelada y un tazón de leche. Laida, que no había comido nada desde el desayuno en Álacer, se apresuró a saborear los sencillos manjares del plato. Se vistió y salió con una sonrisa de la habitación.

Laida llegó por fin al patio interior del palacio. El lugar era bastante diferente al del castillo de Álacer. Éste era más sombrío y también más pequeño. El de Trun, en cambio, era soleado, muy soleado y acogedor. Los muros que lo rodeaban eran de un claro color azul, que hacían que hubiese mucha luminosidad en el patio.

La chica se encontró con una escena que le llamó la atención. Un par de muchachos de unos dieciocho años combatían con la espada. Era evidente que solo se trataba de un entrenamiento porque los dos chicos peleaban con bastante tranquilidad. A pesar de todo, Laida no pudo evitar admirar la destreza de ambos.

A uno de los chicos lo reconoció enseguida. Se trataba de Lynch. El joven se movía con mucha agilidad y ligereza. Sin embargo, sus golpes los descargaba con fuerza.

Su oponente, en cambio, se dedicaba a contrarrestarlos con unos reflejos excelentes. Manejaba la espada con confianza aunque sin dejar de ser cauto. Era un chico de cabello corto y negro, de la misma altura que Lynch. Laida no supo quién era.

La chica también apreció que un par de hombres observaba la pelea con interés. Uno de ellos, alto y de ojos glaucos, era Venz. Miraba a los dos jóvenes combatiendo y de vez en cuando hacía algún comentario a su compañero. Éste era un poco más bajo que Venz y también más musculoso. A pesar de no conocerlo, Laida supuso que era el padre del otro muchacho.

Lo que más curiosidad le producía a Laida de la batalla era que ninguno de los dos combatientes parecía tener las de perder. Los dos peleaban con destreza y se movían con confianza. Ambos sonreían y no se rendían. Era un combate muy igualado y Laida intuyó que podría durar horas. Sin embargo, después de unos minutos, Venz se adelantó.

—Suficiente, chicos, suficiente —dijo con calma. Lynch y su contrincante se detuvieron y bajaron la espada. Ambos se acercaron a los dos hombres que habían estado presenciando el entrenamiento. Al pasar junto a Laida, ésta se fijó mejor en el rostro del rival de Lynch. Era delgado y pálido, de rasgos suaves. Pero lo más especial eran sus ojos. Laida había visto diferentes iris de varios colores, pero ninguno como los de aquel chico, al menos, no en una persona. No eran claros como otros muchos, eran de un intenso azul zafiro, brillantes como la propia joya.

Laida se acercó a Venz, recordando por qué estaba allí.

—¡Ah, Laida! —la saludó el conde al verla—. Veo que Sarah ya te ha contado que traje a tu caballo contigo. Muy bien, chicos —dijo mirando a Laida, a Lynch y al joven de los ojos azules—. Voxart y yo tenemos algunas cosas de las que hablar, así que vosotros podéis ir a por los caballos y os dais una vuelta por las afueras, ¿de acuerdo? Bien, vamos, Voxart.

Venz pasó una mano por la espalda del hombre con quien había presenciado el combate y ambos se fueron con tranquilidad a las puertas del castillo.

Cuando los tres jóvenes se quedaron solos hubo un silencio incómodo. Lynch comenzó a andar hacia delante, donde había un hueco para pasar. Los otros dos lo siguieron.

—Tú eres Laida, ¿no? —preguntó de pronto el chico con el que Lynch había estado combatiendo—. Yo soy Klaus. Siempre he tenido curiosidad por visitar tu reino, pero no he tenido ocasión.

—No te gustaría, créeme —aseguró Laida con una ligera sonrisa. Los otros dos también sonrieron y siguieron caminando.

Entraron con rapidez en el establo. Era bastante luminoso, excepto la parte del fondo, en la que casi no se podía ver nada. Había en total dieciocho caballerizas, cada una con una pequeña placa de oro en la que estaba grabado el nombre del caballo. El lugar estaba bastante limpio y en ese momento solamente tres caballos ocupaban las caballerizas. Uno de ellos era Pegaso. Relinchó con alegría cuando vio que su ama se acercaba y lo acariciaba. Laida observó que ya no llevaba la silla de montar; ésta estaba colocada fuera, en un pequeño soporte.

Lynch, en cambio, se dirigió hacia una espléndida yegua color castaño, con la crin y la cola negras. Laida se dio cuenta de que en la puerta de la caballeriza el letrero de oro indicaba que aquella yegua se llamaba Calima.

—¿Cómo estás, pequeña? —susurró Lynch acariciándola. La yegua relinchó, a gusto.

Laida abrazó el morro de Pegaso, contenta y aliviada.

—Mi pequeño, mi pequeño Pegaso... —murmuró sin dejar de acariciarlo. Rápidamente, Lynch y Klaus se volvieron hacia ella.

—¿Cómo has dicho que se llama? —preguntó Klaus.

—Pegaso —contestó Laida, sin entender su sobresalto. Los dos chicos cruzaron una rápida mirada.

—¿Le pusiste tú el nombre? —inquirió Lynch.

—No, mi madre me lo regaló cuando cumplí ocho años y me dijo que así era como se llamaba —respondió Laida. Lynch y Klaus se miraron de nuevo. Calima, que parecía captar la tensión en el ambiente, relinchó. Lynch se acercó a ella otra vez y la calmó. Mientras, Klaus fue al fondo del establo, donde descansaba un intimidatorio caballo negro. El animal se echó un poco hacia atrás cuando lo vio, pero tras unos segundos le permitió que lo acariciara. Laida fue hacia él y también intentó tocarlo, sin embargo, el caballo bufó y agitó la cabeza, retrocediendo.

—Tranquilo, Torn, tranquilo —dijo Klaus.

—¿Es tuyo? —le preguntó Laida.

—Sí, y dudo que encuentres un animal más desconfiado y testarudo en el mundo. Aunque... —añadió mirando al caballo con cariño— es un corredor y un saltador excelente y nunca te defraudará.

—Te puedo decir perfectamente un animal más peligroso y extraño —replicó Laida recordando al gato-pantera de ojos ámbar—. Ayer, cuando me dejaste en la torre —dijo mirando a Lynch—, un gato apareció de improviso. Y cuando intenté salir de allí, se convirtió en una... pantera y... —Se interrumpió al ver que Lynch y Klaus reían—. ¿Qué resulta tan gracioso?

Klaus se mordió la lengua y se dio la vuelta. Lynch, sin dejar de sonreír, le explicó:

—Hiciste mal en considerar a Sox un gato normal. Sox es un furk. Los furks son criaturas mágicas que adoptan la forma de cualquier animal para poder enfrentarse a todos los peligros. Son muy desconfiados, orgullosos y solitarios, y créeme si te digo que si se lo propone, uno solo puede acabar contigo en menos de dos minutos.

—¿Y qué diablos hacía ese furk o como se llame en la torre? —replicó Laida furiosa. Lo cierto era que, si el día anterior no hubiera visto aquella extraña transformación, no se hubiera creído ni una palabra de lo que Lynch decía.

—Es evidente, ¿no? —contestó Lynch—. Le pedí que te vigilase, puesto que suponía que intentarías ir a buscar a tu caballo por tu cuenta. Y como ves, no me equivocaba.

Laida se sentía furiosa y humillada, pero se le ocurrió una idea y sonrió con cierta malicia. «Veamos si son tan listos como dicen», pensó. Abrió la puerta de la caballeriza donde descansaba su caballo. Cogió la silla de Pegaso y se la ajustó en la blanca grupa. Cuando se aseguró de que estaba bien puesta, tiró de las riendas y ambos salieron del establo.

—¿Adónde vas? —preguntó Klaus. Ella no le hizo caso y montó con agilidad en Pegaso. Miró a Lynch y a Klaus un momento y después dijo:

—Alcanzadme si podéis.

Dicho esto, espoleó a Pegaso y se alejó, tomando un pedregoso sendero que parecía conducir a un bosque. Galoparon unos minutos hasta llegar a la linde de la arboleda, donde Laida frenó a Pegaso y se dio la vuelta. El aire fresco le golpeaba en la cara, ondeando su cabello hacia atrás. La chica sonrió. Aquellos dos chicos serían magos o hechiceros y hábiles espadachines, pero nadie podía compararse con ella como jinete. O eso pensaba. Porque tras unos instante vio dos figuras galopando hacia ella. «No puede ser...», pensó horrorizada. ¿Cómo demonios los han ensillado tan rápido?

Sin embargo, tras fijarse mejor, descubrió que montaban a los caballos a pelo, y pese a ello corrían tan o más rápido que Pegaso.

Frustrada, hincó los talones en su caballo y comenzó de nuevo su carrera. Mientras, trató de pensar. Lo único que había pretendido saliendo de esa manera del establo era demostrarle a los chicos que era capaz de dejarlos atrás y una forma de desafiarles. Lo malo era que no iba a conseguir nada si perdía aquella prueba.

Espoleó a Pegaso y se inclinó sobre él, tratando de conseguir más velocidad. Se iban internando más y más en el bosque, y cada vez era más difícil mantener el ritmo. Empezando a desesperarse, miró de nuevo hacia atrás, y vio, sorprendida, que solo Lynch, en su espléndida yegua color castaño, la seguía. Estaba segura de que antes había visto también a Klaus montando a Torn. «¿Dónde se ha metido?», se preguntó cada vez más nerviosa. Lynch estaba a unos pocos metros de distancia y Calima no parecía cansada en absoluto.

Mordiéndose la lengua, Laida volvió la vista hacia delante. El bosque era cada vez más oscuro y los árboles, sobre todo pinos, abetos y robles, estaban muy juntos.

De improviso, una gran figura negra saltó desde la izquierda y aterrizó justo delante de Pegaso. Éste relinchó y se desbocó, moviendo las patas delanteras, asustado. Laida tiró de las riendas, y después de varios intentos, consiguió que el animal se calmara. Todavía con el corazón latiéndole apresurado, se fijó mejor en la figura que tenía enfrente. Sorprendida, se dio cuenta de que era Klaus, con sus azules ojos centelleando, a lomos de Torn. Oyó un ruido de cascos tras ella y vio a Lynch. Furiosa y herida en su orgullo, fulminó a Klaus con la mirada y se cruzó de brazos.

—Torn será desconfiado y testarudo, pero ya te he dicho que pocos caballos podrían superarle en velocidad, y también es sigiloso, como ya has visto —comentó Klaus.

—Ah, y la próxima vez que quieras hacer una carrera, espéranos, ¿eh? —dijo Lynch, burlón—. Aunque tampoco te ha servido de mucho empezar con ventaja.

Laida frunció el ceño y replicó:

—No he corrido demasiado, pero si quisiera, podría ganarte.

—¿En serio? —dijo Lynch con una sonrisa burlona.

—Por supuesto —contestó Laida desafiante. Klaus los miró a ambos un instante y luego sugirió:

—¿Por qué no hacéis una carrera? Hasta el final del sendero. —Señaló un estrecho camino, que llevaba a una bifurcación y desde ahí a la derecha al interior del bosque, y a la izquierda a un prado—. Yo me colocaré al final y diré quién ha ganado.

Laida caviló un momento y después dijo:

—¿Y qué gano yo con eso?

Los dos chicos se miraron un poco extrañados; era evidente que no esperaban que Laida pidiera algo a cambio.

—¿Estás hablando de apostar? —inquirió Lynch. Su tono había dejado de sonar burlón, y ahora parecía interesado.

—¿Por qué no? —repuso Laida—. Si gano yo, me lleváis hasta la playa de Trun y me enseñáis a usar la magia. Y si ganas tú —dijo mirando a Lynch—, hum... No sé, ¿qué quieres?

Quería visitar la playa de Trun desde que había descubierto que el reino estaba junto al mar. Además, la carrera le confería una oportunidad perfecta. Podría visitar la costa y aprender a usar la magia por fin.

—Si gano yo —dijo Lynch, con una sonrisa que no le gustó nada a Laida—, combates conmigo y con Klaus con la espada.

—¿Qué? —soltaron Klaus y Laida a la vez—. ¿Y por qué quieres que luche contigo?

—Eso lo sabrás solo si me ganas —respondió Lynch.

—Pero, ¿estás seguro de que vas a ganar? —preguntó Klaus, que no parecía nada convencido—. Ningún caballo puede competir con... —Miró un momento a Pegaso y luego a Lynch.

—Todavía no lo es, Klaus —replicó el otro. Laida no entendía nada. Era evidente que los dos chicos hablaban de algo desconocido para ella. A Klaus parecía preocuparle que Lynch perdiera, lo cual era extraño porque unos momentos antes ambos estaban convencidos de que la victoria sería suya.

—Bueno, ¿os atrevéis o no? —preguntó la chica impaciente. Lo cierto es que se sentía un poco nerviosa. Los dos jóvenes la habían alcanzado antes con increíble facilidad.

—Por supuesto —contestó Lynch acariciando a Calima. Klaus los miró un momento a ambos y luego se alejó galopando por el sendero. Desapareció al cabo de un rato tras tomar la curva hacia la izquierda. Lynch y Laida esperaron.

—¿Cómo nos va a dar Klaus la señal de salida? —preguntó la chica.

—Con magia, obviamente —dijo Lynch—. Cuando veas unas chispas salir de los árboles, prepárate, y a la segunda, empiezas a correr.

Laida asintió y agarró con fuerza las riendas de Pegaso. El caballo no parecía nervioso en absoluto, sino más bien excitado y ansioso por empezar. De pronto, unas chispas rojas se alzaron unos metros más adelante, por encima de los árboles y desaparecieron tras unos segundos.

Los dos jinetes se agacharon sobre la grupa, clavaron los tobillos y se prepararon para salir. Otra lluvia de chispas, esta vez doradas, surgió entre los árboles y los dos caballos más sus jinetes comenzaron la carrera.

Laida hincó aún más los tobillos y Pegaso, que parecía estar deseándolo, galopó como si le fuera la vida en ello. Corría con gran energía, demasiada energía... Sin embargo, algo extraño ocurría. Pronto dejaron atrás a Lynch y a Calima, y Laida se dio cuenta de que Pegaso iba demasiado rápido. Apenas veía las manchas borrosas que eran los árboles mientras los dejaban atrás. Incluso le costaba respirar. Tiró de las riendas, preocupada, pero el caballo no se detuvo. Pegaso continuó, sin detenerse y sin hacer caso a su jinete, que le instaba a parar. No giró en la bifurcación que llevaba al prado ni paró cuando el sendero se estrechó. Laida tiraba de las riendas todo lo fuerte que podía, pero no había manera de parar al animal. La chica sintió pánico. Su caballo, que nunca le había fallado, parecía haberse vuelto loco y era imposible detenerlo. Si continuaba, podían alejarse incluso de Trun y perderse, ya que Laida no conocía nada fuera de su reino. Pero tampoco podía bajarse del caballo; una caída a esa velocidad podría ser mortal.

—¡Pegaso, para! —gritó a la desesperada, cerrando los ojos. Inexplicablemente, el caballo redujo dócilmente la velocidad. Por alguna razón, Laida ya no oía nada, ni siquiera los cascos de Pegaso. Se arriesgó a abrir los ojos y en cuanto lo hizo, soltó un grito. La parte del animal que conseguía ver desde su posición era la crin y la cabeza. Ambas brillaban y parecían plateadas. Pero lo más asombroso era que, aunque el caballo agitaba las patas como si galopara suavemente, estaban flotando a unos pocos metros del suelo.

Laida cerró de nuevo los ojos y gritó:

—¡Basta!

Cuando los volvió a abrir, Pegaso estaba trotando en el suelo tranquilamente, como si nada fuera de lo normal hubiera pasado momentos antes.

Con el corazón latiéndole con fuerza, tiró de las riendas y el caballo se detuvo, obedeciendo la orden. Laida desmontó y al hacerlo, cayó al suelo. Temblando, consiguió incorporarse un poco y se apoyó en Pegaso, incapaz de levantarse. Apenas podía respirar y se sentía tan cansada como si llevara todo el día caminando.

Escuchó un ruido de cascos y vio a Lynch y a Klaus galopando hacia ella. Esforzándose por mantenerse consciente, aguardó apoyada en Pegaso, que se quedó a su lado. Se le cerraron involuntariamente los ojos, aunque trató de abrirlos de nuevo sin éxito...

—¡Laida! ¡Laida! ¿Estás bien?

La chica despertó y vio dos pares de ojos, unos castaños, otros azules, mirándola fijamente. Su cerebro funcionaba con lentitud y tardó en orientarse. Seguía en el bosque, junto a Pegaso, y en el mismo estado de agotamiento.

—¿Qué ha pasado? —le preguntó Klaus observándola con preocupación.

—Pegaso... Iba demasiado rápido... He perdido el control... —fue lo único que consiguió pronunciar. Se sentía muy cansada y le costaba un gran esfuerzo mantener los ojos abiertos. Lynch, sin apartar los ojos de ella, se acercó un poco más y susurró:

—¿Te encuentras bien?

Laida quiso contestar que sí, pero ni siquiera tenía fuerzas para ello. Lo último que vio antes de desmayarse fueron los bonitos ojos de Lynch clavados en ella.

5

ESPADAS EN LA ARENA

Volaba a lomos de un caballo alado, con los ojos azules, alas plateadas y espléndidas, y la crin ondeante al viento. El cielo estaba completamente despejado. Varias estrellas brillaban alegremente repartidas por el infinito firmamento. Surcaron el cielo a una velocidad de vértigo, con un único objetivo en la mente. Tenía que encontrarlo. Tenía que verlo. Tenía que tocarlo...

Aterrizaron con rapidez pero suavemente, y desmontó con gracilidad. El frío aire de la noche le acarició el rostro y le echó el largo cabello hacia atrás. En el oscuro cielo las estrellas brillaban, haciendo curiosos guiños, como si le desearan buena suerte.

Ella no perdió el tiempo y echó a correr. Atravesó el bosque con decisión, sin detenerse, y pronto llegó a la playa. Sus pies descalzos acariciaron la arena y sus ojos se cerraron un momento para disfrutar del sonido de las olas estrellándose contra la orilla. Y allí estaba él, con su habitual mirada penetrante pero cariñosa y sus grandes ojos castaños, aquellos ojos en los que sentía que se perdía...

Se acercó a él. Sus miradas se encontraron. Ojos verdes y castaños compartieron una profunda emoción... que más tarde se convertiría en amor.

Laida despertó. La habitación se encontraba a oscuras y en silencio. Intentó recordar el extraño sueño que había tenido, pero únicamente logró recordar que estaba en la playa. Se incorporó un poco en la cama y descubrió, aliviada, que ya no se sentía agotada. Se preguntó a qué se había debido aquel repentino estado de cansancio y cómo había podido Pegaso correr a tal velocidad.

Se fijó mejor en la habitación. Era la misma en la que había dormido la noche anterior, la torre del ala norte. El gato persa se encontraba acurrucado en un rincón y parecía dormir. «Oh, no, tú no», pensó Laida afligida al recordar su último encuentro con la extraña criatura.

La puerta se abrió en ese momento y Sarah entró. Su rostro denotaba preocupación.

—Princesa —susurró acercándose—. ¿Te encuentras bien?

—Sí, ahora sí, creo... —musitó Laida.

—¿Qué pasó en el bosque?

Laida dudó. Sabía que tendría que explicar qué había pasado para encontrarse en ese estado. Pero algo le decía que lo que había ocurrido era secreto y no debía contárselo a nadie. Sin embargo, no podía arriesgarse a que pasara algo parecido y finalmente decidió hablar.

—Cuando... cuando empezamos la carrera, espoleé a Pegaso como siempre. Me di cuenta de que parecía ansioso por empezar a correr, mas en ese momento no le di importancia. Pero... cuando comenzó a galopar... Nunca lo había visto así. Nunca había corrido tanto. Y no obedecía mis órdenes. Tiré de las riendas y no se detuvo. Al final grité que parase y cerré los ojos. Los volví a abrir y... —Inspiró hondo, consciente de que lo que iba a decir sonaría ridículo—. Estábamos volando. Pegaso volaba a pocos metros del suelo.

—¿Y después te desmayaste? —preguntó Sarah, que no parecía en absoluto sorprendida.

—Más o menos. Grité '¡Basta!', y estábamos de nuevo en el suelo. Desmonté y me caí. Entonces Klaus y Lynch vinieron hacia mí. No me acuerdo de nada más.

Sarah asintió brevemente y caviló. Laida esperó, pero acabó perdiendo la paciencia y preguntó con ansia:

—¿Qué puede haber sucedido?

—Tal vez... y digo tal vez... hayas hecho magia instintiva.

—¿A qué se refiere con eso?

—Quiero decir que a lo mejor has hecho magia sin proponértelo. —Hizo una pausa y luego continuó—: A veces, cuando un mago o maga no es consciente de su poder, es capaz de hacer cosas asombrosas. Puede que, al querer que Pegaso galopara tan rápido, le hayas conferido una gran rapidez, y al hacerlo, el hechizo te haya consumido energía.

—No, no, no es eso. Pegaso hizo aquello... por sí mismo. —Laida no supo muy bien por qué dijo eso, pero en cuanto pronunció esas palabras, estuvo segura de tener razón. Sarah, que había estado inclinada hacia ella observándola fijamente, se echó un poco hacia atrás con un suspiro—. ¿Puede volver a pasar? —musitó Laida preocupada. Sarah suspiró de nuevo y respondió:

—Princesa... No quiero asustarte, pero cuando entras en este terreno, en el campo de la magia... cualquier cosa que antes parecía imposible puede suceder. Y creo que es más que probable que lo que ha pasado hoy se repita.

Laida se mordió el labio inferior, preocupada. Entonces le vino a la mente, como un relámpago, una pequeña conversación:

—Pero, ¿estás seguro de que vas a ganar? Ningún caballo puede competir con...

—Todavía no lo es, Klaus.

Recordaba a la perfección esas palabras. Klaus parecía inseguro respecto al ganador de la carrera. Había dicho que ningún caballo podía competir con... No había terminado la frase, aunque en ese momento había mirado a Pegaso, y Laida intuyó que se refería a él. Lynch... Lynch había replicado que todavía no lo era. Pero todavía no era ¿qué?

—¿Laida?

La princesa volvió a la realidad y miró a Sarah de nuevo. Por algún motivo, no le contó aquello último. Se limitó a decir:

—Gracias por vuestros cuidados, pero ya me encuentro mejor.

La condesa asintió, sin preguntarle nada más, y salió de la habitación tras desearle buenas noches.

* * * * *

Reúnete con nosotros en las puertas del establo.
Tenemos varias cosas que hacer.

Lynch

Por cierto, hemos conseguido algunas ropas más adecuadas.
Están en el segundo cajón de la cómoda. Te irán bien.

Laida leyó la nota, todavía un poco adormilada. El sol que entraba por la ventana la había despertado, aunque aún se sentía algo perezosa. Lo primero que hizo fue dirigir su mirada al plato que había junto a la nota. Alguien lo había cambiado y tenía de nuevo tostadas y leche. La princesa se sentía terriblemente hambrienta (en las últimas horas su único alimento había sido el desayuno) y devoró la comida.

Cruzó la habitación a desgana hacia la cómoda, donde estaba posado el adorno que Venz había hecho levitar. Tropezó y estiró el brazo para apoyarse en el mueble y no caerse. La cómoda se tambaleó y el adorno se deslizó hacia un lado y cayó.

—¡No! —gritó Laida alargando el otro brazo instintivamente. El ornamento quedó suspendido en el aire, a unos milímetros de su brazo estirado. Sorprendida, se dio cuenta de que, de alguna manera, había hecho magia. Fascinada, movió un poco la mano hacia arriba y el objeto, dócilmente, se elevó. Con sencillos gestos de mano, Laida consiguió dejar el adorno de nuevo en su sitio. Probablemente había hecho lo que Sarah había denominado 'magia instintiva'. Porque cuando había alargado el brazo no pensaba realizar ningún hechizo, sino simplemente impedir que el objeto cayera.

Luego se miró la mano. Había hecho magia. Era una hechicera. No le habían mentido. Sin poder evitarlo, pensó en sus padres. Cerys había sido también maga. Y lo había ocultado. Y Rocco... «Algún día —pensó Laida—, volveré allí, y tendrás que explicarme varias cosas».

Miró un momento hacia el suelo para averiguar con qué había tropezado. Un libro yacía en el suelo. El lomo era azul cobalto, aunque la portada era algo más clara. En letras doradas estaba escrito el título: 'La mágica historia de la magia de Álacer'.

Laida tardó unos momentos en recordar qué era aquel libro y qué hacía allí. Consiguió rescatar ese recuerdo de su mente. Cuando Lynch la había llevado a la biblioteca, había utilizado aquel libro para mostrarle la historia de Álacer. Luego, se lo había entregado, y ella, al llegar a la habitación... lo había arrojado a un rincón.

Un poco avergonzada, se agachó y recogió el libro. Parecía tener muchísimos años y a pesar de todo estaba en buen estado. Lo colocó con cuidado encima de la mesilla de noche y regresó a la cómoda. Abrió el segundo cajón y sacó la ropa.

Una cota de malla, muy fina y brillante; unos pantalones muy ajustados, con protección para las rodillas; y una camiseta, también ajustada aunque flexible. Por último, había unas botas de piel, las cuales parecían resistentes y adecuadas para el combate. Eran ropas de entrenamiento.

Laida, que rara vez había utilizado aquellas prendas, se quedó maravillada. Se apresuró a cambiarse y descubrió con sorpresa que la ropa le venía muy bien. Se preguntó cómo habían acertado. Cuando terminó de vestirse, se miró en un gran espejo oculto tras un armario. La cota de malla le daba un aspecto intimidatorio, y los pantalones se le habían ajustado a la perfección a las delgadas piernas. Con gran dignidad, cruzó la puerta.

Encontró a Lynch y a Klaus apoyados despreocupadamente contra un muro del patio interior. Ambos llevaban una especie de armadura, muy fina, y dos espadas atadas al cinto. Klaus, además, tenía un arco y un carcaj repleto de flechas atados a la espalda.

Los dos chicos volvieron la cabeza al oírla llegar. Lynch dejó escapar un silbido de admiración.

—Te queda muy bien —dijo sonriendo y con fingida fascinación. Laida ocultó una sonrisa y preguntó:

—¿No ibais a estar en la puerta de los establos?

—Sí, pero aquí se está mucho mejor —respondió Klaus con vaguedad. Se desenganchó del muro y se desperezó—. Además, no sabíamos cuánto tiempo ibas a tardar y en los establos hace demasiado frío.

—Bueno, ¿y qué era eso tan importante que vamos a hacer? —preguntó Laida, impaciente.

—No corras tanto, princesa —replicó Lynch—. Todo a su debido tiempo.

—No me llames princesa —contestó Laida. Le resultaba extraño que un chico de su edad, prácticamente desconocido, usara ese título. Lynch alzó las cejas y la miró fijamente. Tras unos instantes, Laida fue incapaz de seguir sosteniéndole la mirada.

—Prefiero que me llames por mi nombre.

Lynch se encogió de hombros y se apartó del muro con un bostezo. Los otros dos lo siguieron hasta los establos. Ensillaron rápidamente a los caballos, aunque Laida se resistió a montar sobre Pegaso. Ya estaban fuera, a los pies del sendero, igual que el día anterior.

—¿Vas a montar o prefieres ir corriendo todo el camino? —dijo Lynch, que, como Klaus, ya estaba sobre su caballo. Laida se mordió el labio y dijo:

—¿Y si pasa como ayer?

Lynch suspiró, como si se armara de paciencia y respondió:

—Pues entonces haces lo mismo que hiciste ayer para detenerlo, aunque no vamos a hacer ninguna carrera. No es necesario que vaya a tal velocidad.

—¿No vamos a repetir la carrera? —preguntó Laida sorprendida. Esta vez fue Klaus quien respondió:

—Dejémoslo en empate. Si hubieras podido controlar a Pegaso y terminar la carrera, hubieras ganado. Pero no fue así, y como Lynch tampoco la terminó, pues no hay ganador.

—¿Y entonces qué vamos a hacer?

—Varias cosas. La primera, ir a la playa. Y ahora, si has terminado de hacer preguntas que hubieran sido respondidas más tarde y sin perder tiempo, ¡vamos! —dijo Lynch, espoleando a Calima. Klaus hizo lo propio con Torn y salió tras él. Con un suspiro resignado, Laida montó en su caballo y galopó para alcanzar a los chicos. En ese momento, su mente abandonó el pensamiento de miedo que tenía por galopar, y uno de excitación por ver la playa y el mar ocupó su lugar.

Azul. Todo era azul. Incluso la arena, a pesar de ser de un color pardo pálido, tenía reflejos celestes. El cielo completamente despejado parecía fundirse con el azul turquí del mar. El sol calentaba con fuerza la arena y arrancaba destellos a las aguas, que convertidas en grandes olas, se estrellaban con un fuerte ruido contra la orilla. Y lo más increíble era que estaba completa y absolutamente desierta.

Los caballos se detuvieron para que sus jinetes pudieran desmontar. Sin embargo, éstos no se movieron. Laida contempló el paisaje que tenía enfrente con una mezcla de alegría, envidia y admiración. Jamás había visto el mar. Y en ese momento lo tenía delante. Desmontó de Pegaso y se dirigió como una autómata hacia la gran mancha azul oscura que tenía delante. Las olas salpicaron ligeramente su cota de malla al estrellarse contra la orilla. Laida inspiró profundamente y el olor a sal la agradó. Esperó hasta que una ola de tamaño considerable llegó y entonces alargó la mano. El agua la rozó. Por primera vez en su vida, había tocado el agua del mar.

Lynch y Klaus se limitaron a sentarse en la arena, observando con curiosidad a la princesa. Tras unos segundos, ésta fue junto a ellos.

—Bonita playa, ¿a que sí? —dijo Lynch.

—Hoy hay olas bastante grandes, además —comentó Klaus. Laida echó una ojeada a las espadas de ambos y al arco de Klaus.

—¿Para qué habéis traído armas?

—Precisamente ésa es la razón por la que estamos aquí —respondió Lynch incorporándose un poco—. Tú dijiste que si ganabas la carrera, te llevaríamos a la playa y te enseñaríamos a hacer magia. Y yo dije que si era el ganador, combatirías conmigo y con Klaus en esgrima. Como nadie ganó, todos cumpliremos con nuestra parte del trato. Y nosotros ya hemos cumplido con la primera —añadió señalando la playa.

—¿Quieres que luche contigo? —inquirió Laida.

—Con los dos —precisó Lynch. Klaus lo miró y le dijo:

—No sé para qué me metes a mí en esto.

—Y además luego te enseñaremos a usar la magia —prosiguió Lynch sin hacerle caso.

—¿Enseñaremos? ¿Yo también? —repuso Klaus.

—Claro, eres tú quien sabe más parte práctica —contestó el otro como si fuera obvio. Klaus alzó las cejas y sonrió levemente a su amigo. Lynch se levantó del todo y desenvainó la espada. Miró a Klaus. Éste hizo lo mismo con la suya y se la entregó a Laida.

—Que comience el duelo —dijo Klaus.

Lynch sonrió con suficiencia y clavó sus ojos castaños en Laida. Ésta dudó. Lynch avanzó hacia ella de pronto y atacó con un golpe que la chica pudo detener a duras penas. El otro retrocedió rápidamente para esquivar el contraataque, y volvió a la carga con una estocada. Laida puso de nuevo la espada de Klaus para interceptarla. No sentía tanta confianza como Lynch para limitarse a esquivar. Éste mantuvo la espada en alto y la estudió entrecerrando los ojos. Moviéndose como una sombra, rodeó a Laida y se puso detrás de ella. Descargó de nuevo un golpe y la chica lo paró con las dos manos puestas en su arma. Sin embargo, Lynch volvió a atacar y movió la espada hacia el costado derecho de Laida. Ésta todavía tenía las manos en la espada y no tuvo tiempo para detener el ataque. Cerró los ojos. El golpe no se produjo.

Los abrió rápidamente. Lynch estaba a unos metros de ella, sonriendo. «Ya ha ganado, pero solo quiere ver hasta dónde puedo llegar», comprendió la joven.

A partir de ese momento, se movió con más confianza y se dedicó a atacar más que a defenderse. Supo perfectamente que Lynch podría haberla derribado en cualquier instante, pero no hizo ningún comentario. Finalmente, el joven golpeó con fuerza la espada de Laida, con lo que el arma salió despedida y cayó sobre la arena. Lynch sonrió.

—Es tu turno, Klaus.

Éste cogió la espada que su amigo le tendía, se desenganchó el arco y el carcaj de la espalda, los arrojó a un lado y se plantó enfrente de Laida, que ya había recuperado el arma. Ambos se pusieron en posición.

—Que comience el duelo —sentenció Lynch.

El combate no pudo ser más diferente que el anterior. Laida esperó a que Klaus descargara el primer golpe, pero éste no se movió. Se limitó a mirarla con sus penetrantes ojos zafiros, siempre con el arma preparada y sin bajar la guardia. Laida levantó la espada y atacó. Klaus sonrió y se deslizó con increíble rapidez por la arena. Paró el golpe y dejó asomar una sonrisa. Su mirada era clara: «Qué predecible». Laida lo intentó de nuevo, moviéndose primero a la izquierda y luego a la derecha. Klaus volvió a detener el golpe y en esta ocasión contraatacó. Su espada brilló bajo el sol mientras giraba en su mano y luego chocaba contra el acero de Laida. Ambos retrocedieron.

El estilo de lucha de Klaus no era como el de Lynch. Éste descargaba los golpes con fuerza y se defendía, moviéndose sin parar. A Klaus, en cambio, parecía gustarle estudiar primero a su oponente, rechazarlo y luego atacar. Además, era zurdo. Mordiéndose la lengua, Laida trató de rodear a Klaus y descargó un golpe sobre su espalda, mas el chico, a la velocidad del rayo, se dio la vuelta y detuvo el golpe. De nuevo, sonreía. Klaus retrocedió un paso, movió con agilidad la espada, a la que el sol arrancó destellos, como si acuchillara el aire, y la dirigió al cuello de Laida. Ésta, suponiendo que el chico imitaría a Lynch y detendría el golpe, lanzó su espada contra el muslo de Klaus. Los ojos de ambos se abrieron sorprendidos, conscientes del error que habían cometido.

Lynch, que hasta ese momento había permanecido sentado en la arena con tranquilidad, acariciando el arco de Klaus, se puso en pie y gritó algo que sonó como: '¡Cuidado!'.

Klaus también gritó algo que Laida no entendió. Sin embargo, el acero del chico no la golpeó, sino que se detuvo en el aire a unos milímetros de su cuello con un agudo sonido metálico. Laida parpadeó sorprendida. Su propia espada dio contra la parte superior de la pierna de Klaus, abriéndole un tajo. El chico hizo una mueca y trastabilló. Antes de que ninguno de los dos pudiera hacer o decir algo, Lynch se acercó a grandes zancadas hasta ellos.

—¿Estáis bien? —preguntó contemplando a Laida, que jadeaba, y a Klaus, que medio se había arrodillado sujetándose la pierna. Tan pronto como éste recuperó el habla, dijo:

—¿Te has vuelto loca?

—¡Lo siento! —gimió Laida angustiada—. ¿Estás bien? ¡Pensé que ibas a esquivar el golpe!

Lynch y Klaus cruzaron una mirada. Ambos parecían sorprendidos. Apoyado en el hombro de su amigo, Klaus dijo:

—Me refería a que si no hubiera alzado una barrera en el último segundo, podrías estar muerta. Prefiero tener un corte en la pierna a estar frente al cadáver de alguien.

—Creo que eso lo preferimos todos —comentó Lynch—. Pero, ¿por qué no te has defendido en vez de lanzar una estocada a la desesperada, Laida?

—Porque pensé que igual que hiciste tú, iba a detener el golpe para luego defenderse —contestó Laida observando a Klaus con preocupación. Éste levantó la cabeza y sonrió con gesto de burla:

—No creas que voy a dejar de atacarte solo porque estés amenazando una de mis extremidades. Aunque por cierto, duele.

Laida se ruborizó levemente y calló, incómoda. Klaus, que parecía muy tranquilo, extendió su mano izquierda hacia la herida, sin tocarla, y musitó unas palabras. Una especie de ondas azules salieron de su mano y acariciaron el corte. Tras unos segundos, la piel era lisa de nuevo.

—Ya está —dijo Klaus, satisfecho. Laida, que observaba el lugar donde había estado la herida, boquiabierta, no dijo nada. Lynch, por otro lado, ladeó ligeramente la cabeza y dijo:

—No, falta una cosa.

Alargó su mano derecha hacia el rasgado pantalón negro de su amigo y movió el dedo índice sin tocarlo, en zigzag. Como si de aguja e hilo se tratase, el dedo recorrió el agujero de la prenda, hasta que ésta quedó completamente restaurada.

—Ahora sí que está —comentó incorporándose. Klaus echó un vistazo al trabajo que había hecho Lynch y le dio las gracias. Laida, que aún no había dicho nada, susurró:

—Es increíble...

Los otros dos sonrieron, complacidos y halagados. Lynch dijo entonces:

—Bueno, pues entonces solo nos queda una cosa por hacer.

—Sí —asintió la princesa emocionada. De pronto, recordó una cosa que le había sucedido al levantarse y añadió—: Aunque puede que ya sepa alguna que otra cosa...

Los dos chicos intercambiaron una mirada. A Laida aquello empezaba a molestarle. Lynch y Klaus repetían ese gesto a menudo, simulando que sabían algo que ella desconocía, y encima parecían disfrutar haciéndolo, como si se sintieran más unidos.

—¿A qué te refieres? —preguntó entonces Klaus, sacándola de sus pensamientos.

—¿Qué? Ah, digo que me parece que ya he hecho magia. Hoy, al levantarme, tropecé y le di a la cómoda donde estaba aquel objeto que Venz hizo levitar. Ese adorno se cayó y yo estiré el brazo...

—Y el objeto quedó suspendido en el aire —terminó Lynch, que no parecía en absoluto sorprendido.

—Eso se llama... —empezó Klaus.

—Magia instintiva, sí, ya lo sé —dijo Laida. No le preguntaron cómo lo sabía.

—Bueno —repuso Lynch acomodándose en la arena—. Lo primero que debes conocer es la historia de la magia: de dónde viene, qué es, y cómo funciona.

—Creí que me ibais a explicar cómo usarla.

—Paso a paso, Laida —replicó Lynch con calma—. Lo primero es lo primero.

6

CONCENTRACIÓN, RELAJACIÓN Y HECHIZO

—Hace miles de años, cuando en Álacer tan solo existían dos reinos, un hombre y su pueblo vivían lejos de las tierras, más allá del mar del este. Aquel hombre se llamaba Sief.

»Las tierras donde vivían Sief y su pueblo no se podían llamar tierras; eran áridas, secas, sin comida ni agua y una persona moría cada día. Aquel lugar recibía el nombre de Hairesh, que en su idioma nativo significaba 'Tierra de Viento'.

»Un día, Sief decidió que no merecía seguir viviendo allí. De modo que, sin despedirse de nadie y sin víveres, se lanzó al mar. No planeaba morir, o al menos ésa no era su intención. Su objetivo era encontrar tierras prósperas donde su pueblo pudiera vivir.

»Sief nadó durante un día y una noche sin descanso, pero no era más que un pobre hombre y el agotamiento pudo con él. Mas se salvó. No murió, que era lo que cualquier otra persona hubiera hecho en aquellas circunstancias. Cuando despertó, sin embargo, estaba en una playa.

»Sief se arrodilló y besó la arena de aquella playa, a la que llamó *Paraíso de Color*. Él había vivido en un lugar gris, y al llegar por fin a la costa, vio un auténtico panorama. Era el ocaso; la arena estaba anaranjada, el cielo rosado, el mar ámbar y el bosque que había detrás, dorado y turquesa.

»Lo principal era un refugio, de modo que atravesó el bosque, y llegó a una superficie de tierra llana pero fértil. Trabajó durante dos días y dos noches sin parar, pero de nuevo el agotamiento le venció y cayó.

»Al recuperar el conocimiento, el refugio estaba terminado y pudo resguardarse en él. Tras unos días de reposo, el hombre recordó a su pueblo, pero se dijo que si no conseguía comida ni agua, por muy maravilloso que fuera aquel lugar, de nada serviría. Buscó durante tres días y tres noches, hasta que cayó en el bosque a punto de morir de sed.

»Ya había intentado beber el agua del mar, pero no servía. Cuando abrió los ojos, vio una cosecha ante él, y un río serpenteando a su lado. Sief cayó de rodillas ante los tres milagros que habían sucedido y gritó al cielo:

»¡Gracias por tu compasión, tu gentileza y tu benevolencia, pues sin ti jamás habría podido yo sobrevivir! A partir de hoy, y para siempre, soy tu esclavo, tu sirviente y tu más fiel servidor.

»Y la Magia, que había contemplado y escuchado a Sief, se introdujo en él. Y Sief rio. Rio de placer, de alegría y de triunfo.

»Esa misma noche, surcó con la Magia el mar de nuevo, aunque en esta ocasión no tuvo que hacer ningún esfuerzo. Regresó a su pueblo, y los transportó a aquel nuevo mundo que había descubierto. Y la Magia se quedó en el interior de Sief, y se fue transmitiendo de generación en generación.

»Y así la Magia existe hoy en los humanos, pues gracias a la valentía y el coraje de un hombre, miles de personas poseen el don de la Magia.

Cuando Lynch terminó de hablar, Laida seguía mirando al horizonte. El chico esperó un poco, tal vez esperando a que dijera algo, pero acabó preguntando:

—¿Y bien? ¿Qué te ha parecido?

Laida, como aturdida, apartó la vista del cielo y del mar y miró a Lynch, cuyos ojos castaños reflejaban el sol.

—No estoy segura... Quiero decir, sé que tendría que ser una historia un tanto... mágica. Pero aun así me parece demasiado... surrealista.

Klaus se mordió el labio y emitió un sonido ahogado, como si hiciera un gran esfuerzo por no reírse. Parecía divertido ante la respuesta de Laida. Lejos de hacer ningún comentario, empezó a garabatear con el dedo en la arena.

—¡¿Demasiado surrealista?! —repitió Lynch, que parecía incrédulo y alterado. Klaus hizo una mueca.

—¿Siempre tienes que gritar al decir eso? —refunfuñó sin alzar la mirada de su dibujo. Lynch no le hizo caso.

—Pero, ¿tú has oído la historia que he contado? Un hombre nadando un día y una noche enteros. Sin comer ni beber durante seis días. Y la magia... ¡La magia es una energía que fluye libremente por el mundo, nunca se ha 'introducido' dentro de nadie! —Lynch parecía alterado, casi furioso, pero a la vez excitado y lleno de energía, como si fuese a echar a correr y a rodear Álacer entero. Klaus siguió dibujando, aparentemente muy concentrado y ajeno a lo que le rodeaba.

—¡Bueno, de acuerdo, de acuerdo, la historia no tiene ni pies ni cabeza! —coincidió Laida, alarmada ante la reacción de Lynch. Éste no se apaciguó del todo, pero calló y echó un vistazo al dibujo de su amigo. Laida preguntó:

—¿Para qué me cuentas esa historia si no crees que sea cierta?

—Porque quiero que entiendas dos cosas fundamentales: la primera, que la gente hace miles de años era inquietamente ingenua, capaz de creerse cualquier cosa (de hecho, hay personas que siguen siéndolo); y la segunda, que la magia es una energía libre e increíblemente compleja, y en todos estos siglos, nadie ha sabido encontrar una explicación a que la magia exista y que los humanos podamos emplearla —contestó Lynch sin apartar la vista de la arena. Por fin, Klaus se retiró y se sacudió la arena de la uña, contemplando su obra.

Había dibujado Álacer, con sus nueve reinos, sus montañas, bosques, ríos y el mar. Laida quedó fascinada al ver que el chico había sido capaz de representar las tierras a la perfección, con todo detalle, y sin un mapa delante.

—Dibujas muy bien —comentó sin dejar de mirar la obra del muchacho.

—Gracias, aunque he visto un montón de veces el mapa y además no es difícil de representar —repuso con modestia. Lynch sacudió un poco los brazos y depositó toda su atención en el mapa de Klaus.

—Bien, vamos a ver... Nosotros estamos aquí —señaló la playa que estaba en la esquina de Trun—. Aquel hombre, Sief, vino desde aquí —apuntó al extremo sureste del mapa, donde estaba el mar. Klaus frunció ligeramente el entrecejo.

—Lo cual es prácticamente imposible, pues las corrientes de agua son demasiado fuertes para atravesarlas a nado.

—Exacto —coincidió Lynch—. Creo que ese dato podemos añadirlo a los ya miles de existentes fallos en esa ridícula historia.

—Pero si esa historia no es cierta, ¿qué fue lo que sucedió en realidad? —inquirió Laida.

—Ya te he dicho que nadie ha sido capaz de encontrar una explicación. Aunque hay algo en lo que todos los magos coinciden: la magia fue después de Álacer. Álacer en general, me refiero —contestó Lynch enroscándose un mechón de su pelo en el índice.

—Para evitar malentendidos, a tu reino lo llamamos Álacer capital —le comentó Klaus a Laida, retocando con la uña una de las islas de Sach. La chica sacudió la cabeza.

—Si la magia fue después de Álacer, tendría que venir de algún sitio, ¿no? O alguien la creó... Pero no puede aparecer de repente.

—Claro que no puede —asintió Lynch sin dejar de jugar con sus castaños cabellos—. Lo que pasa es que eso ocurrió hace mucho tiempo; los magos no somos inmortales. Nadie puede decir a ciencia cierta lo que realmente pasó. Hay muchas teorías... Algunas dicen que un dios o una fuerza poderosa creó la magia después de crear Álacer... Otras respaldan la historia de Sief... E incluso algunas afirman que ya estaba allí desde siempre, desde que el mundo fue creado.

—Llevamos trece años buscando cualquier indicio, cualquier pista que nos condujera a las respuestas —dijo Klaus torciendo un poco la cabeza y arreglando una esquina de Dugeist—. Y toda la información que hemos encontrado es diferente entre sí. No hay nada que la una, por lo que no podemos decidir qué pasó en realidad.

—¿Acaso importa? —preguntó Laida. Los otros dos la miraron incrédulos—. Quiero decir... Ya sé que es muy interesante y que sería útil descubrirlo, pero tampoco tiene tanta importancia. ¿Qué conseguiríamos averiguándolo?

—¿Que qué conseguiríamos averiguándolo? —repitió Lynch estupefacto—. Laida, ¿no has escuchado lo que acabamos de decir? ¡La magia es la energía más importante en este mundo! No es solo curiosidad... Es... Es más que eso... —Parecía costarle encontrar las palabras—. ¡Sería descubrir el origen, el origen de todo!

—El origen de todo... —repitió Klaus apartando la mirada del mapa y mirando a Lynch. Parecía como si se le hubiera ocurrido algo. Alzó sus azules ojos hacia el mar y parpadeó. Murmuró algo para sí y luego dijo—: Me parece que gracias a esas cuatro palabras podría sacar mucha información. Bueno, da igual. ¿Por qué no dejamos ya la clase de Historia y empezamos con la lección práctica?

—Sí, por favor —pidió Laida levantándose. Lynch se encogió de hombros y se acomodó en la arena. Soltó por fin el mechón de pelo y empezó a examinarse las uñas. Klaus se puso en pie y se sacudió la arena de la ropa. Después explicó:

—Bien, Laida. Lo primero que debes saber es que la magia consume energía. Cuanto más potente es el hechizo, más energía te consumirá. Hay dos formas de usar la magia: mediante la mente o usando el arte de las palabras.

—¿Qué diferencia hay?

—Cuando pronuncias un hechizo con palabras, no gastas tanta energía, ya que dejas que sean las propias palabras quienes se encarguen del hechizo. Pero eso también tiene un inconveniente, y es que los hechizos no tendrán tanta fuerza. Si usas la mente, te agotarás antes, pero lógicamente tus conjuros tendrán más potencia. De todos modos, para usar las palabras es necesario tener cuidado, pues si te equivocas, las consecuencias pueden ser fatales. La mayoría de los magos usan la mente, aunque hay quien dice que los hechiceros más poderosos utilizaban las palabras para que los conjuros fuesen más concretos y sin riesgo de agotamiento.

—¿Qué palabras hay que utilizar?

—Usamos un lenguaje especial. En la biblioteca encontrarás varios diccionarios, pero la verdad es que es mucho más sencillo usar la mente, así que por ahora olvídate de lo otro. Bien, ahora quiero que mires lo que hago y lo imites.

Apuntó con la mano al suelo y movió el dedo corazón hacia arriba. Una columna de arena se elevó con lentitud. Klaus giró un poco la mano y la arena se convirtió en una espiral. Después, bajó la mano y dejó caer la arena.

Laida trató de concentrarse e imitó los movimientos de Klaus, pero la arena no se movió.

—Concéntrate —susurró Klaus. Laida lo intentó de nuevo pero la arena permaneció en su sitio.

—Relájate —dijo con calma Lynch, que la había estado observando a la vez que se mordía las uñas—. Piensa que estás aquí, sola. No hay nadie más. La magia fluye. Es muy sencillo... Solo tienes que mover la mano y dejar que la magia haga el resto. Cálmate y deja que la magia fluya...

La voz de Lynch era muy calmada, apaciguadora, sugerente... Laida cerró los ojos. Se encontraba en aquella playa sola. No había nadie con ella. Tan solo tenía que mover un poco de arena... Giró con calma la mano a la vez que abría de nuevo los ojos. Sintió cómo su cuerpo estaba lleno de energía, una energía que ansiaba ser liberada. Dejó que la magia fluyera a través de ella. La envió hacia su objetivo. Y actuó.

La arena empezó a elevarse lentamente, con suavidad. Formó una columna idéntica a la que había creado Klaus. Laida giró un poco la mano. La arena giró con ella, creando otra vez una espiral. Era increíble, pensó. Podía mover las cosas a su antojo con solo un movimiento de mano. Parecía tan sencillo...

—Bien —dijo Klaus sonriendo. Sus ojos lanzaban extraños reflejos azules, y sonreía con algo de picardía—. Aguanta ahí.

Alzó también la mano hasta dejarla al nivel de la espiral de arena, y después la bajó bruscamente. Laida ahogó un grito y sintió cómo se quedaba un segundo sin respiración. No tardó en recuperar la compostura y volvió a alzar la mano. Esta vez le costaba mucho más mantener en el aire la espiral. Klaus intentaba impedírselo con magia y Laida se dio cuenta de que lo estaba consiguiendo. No solo la espiral estaba cada vez más abajo, sino que ella también empezaba a sentirse cansada.

Klaus la miró un momento y dijo:

—Ríndete, Laida. Gastarás energía para nada.

Pero ella se limitó a seguir intentando mantener en el aire la arena. Su respiración se volvió más rápida y casi se asemejaba a un jadeo. Klaus suspiró un momento y bajó la mano de golpe, provocando que la arena descendiera varios metros hasta quedar a unos palmos del suelo. Finalmente, Laida se rindió y dejó caer la mano. Enseguida notó cómo un peso le desaparecía del cuerpo, aunque no por eso se sintió menos cansada. Jadeando, se sentó en la arena.

Lynch, en cambio, se desperezó y con un bostezo se acercó a ella.

—Si hubieras hecho caso a Klaus, ahora no te sentirías así.

En otra ocasión, Laida habría replicado, pero en ese momento no sentía fuerzas para siquiera abrir la boca.

—Bueno, ya lo has visto —dijo Klaus acercándose—. Si un mago trata de desbaratar tu hechizo y tú intentas impedirlo, surgirá una especie de lucha, en la que el que tenga más aguante y más experiencia será el vencedor. Si hubieras seguido con el hechizo, Laida, y yo hubiera seguido empleando fuerza, podrías haber perdido el conocimiento. Y si usas una gran cantidad de magia o energía de golpe, puedes morir.

La chica tragó saliva y asintió. En cuanto recuperó el habla, preguntó:

—¿Todos los hechizos se hacen así? Quiero decir, lo único que tienes que hacer es mover la mano y concentrarte en lo que quieres, ¿no?

—Dicho así, suena mucho más fácil de lo que es en realidad —apuntó Lynch—. Pero sí, ésa es básicamente la idea.

Laida caviló un instante sobre todos los hechizos que se podían realizar, pero se podía hacer magia con cualquier cosa, comprendió, y por lo tanto los hechizos podían ser infinitos. Se preguntó entonces si la magia no tendría sus límites. Pensó en preguntárselo a los chicos, pero desechó la idea. A fin de cuentas, no se lo habían mencionado y tampoco quería ser pesada. Pero finalmente la curiosidad la venció:

—¿La magia tiene límites?

—¿En qué sentido? —preguntó Lynch muy atento de repente.

—En si hay hechizos que no se puedan realizar porque están prohibidos, o porque no puedes desafiar a las leyes de la naturaleza. Como la gravedad —añadió. Se quedó pensando si la magia permitía volar.

—Claro que tiene límites —contestó Klaus—. Como tú misma has dicho, hay hechizos prohibidos. Hay clases de magia que nadie es capaz de usar. Por ejemplo, leer el pensamiento, volar... Puedes elevarte unos metros del suelo, pero de ahí a volar...

—Y además hay hechizos cuyo uso fue prohibido hace cientos de años, ya que eran demasiado peligrosos —añadió Lynch, que ya no parecía tan interesado como antes. Hubo un pequeño silencio. Laida, incómoda, preguntó:

—Bueno, ¿me podéis enseñar más hechizos?

Klaus se apresuró a mostrarle lo básico. Cómo mover objetos, alterar su tamaño y color, crear luz para iluminar una estancia... Pero siempre hizo él los hechizos. No le permitió a Laida que los intentara. Al igual que Lynch, pensaba que ya había gastado suficientes energías en la magia.

En todo ese tiempo, Lynch se limitó a observarlos con aspecto aburrido. De vez en cuando, hacía algún comentario, y se pasaba la mayor parte del tiempo jugueteando con la cuerda del arco de Klaus, acariciando sus cabellos o mordisqueándose las uñas. Al cabo de un rato, después de enseñarle el hechizo de agudizar la vista a Laida, Klaus se acercó a Lynch y cogió el arco (el joven, que había estado tensando la cuerda una y otra vez, le dirigió una mirada reprobatoria) y el carcaj con las flechas.

Puso en el arco una de las flechas. Apuntó hacia uno de los árboles del bosque que tenían detrás. Entrecerró los ojos, hasta convertirlos en dos rendijas azul zafiro. Y disparó.

Era evidente que había usado algún tipo de conjuro, pues la flecha silbó a una velocidad alarmante, con la punta brillando en extraños tonos azules y amarillos, y se clavó en el centro del árbol. De cerca, se podía apreciar que la punta de la flecha ardía, aunque debido a que se balanceaba en el árbol, parecía un borroso juego de colores.

Lynch lanzó un silbido de admiración. Se levantó de nuevo de la arena y recogió la flecha. La volteó y le dio vueltas y más vueltas utilizando con habilidad los dedos. Se la entregó a Klaus, quien la guardó de nuevo en el carcaj, y comentó:

—Es un hechizo muy útil. Pilla desprevenidos a los enemigos.

Laida se preguntó a qué enemigos se refería exactamente, pero algo en la mirada de Lynch le dijo que no quería saberlo. El joven tenía los ojos castaños brillantes, debido al fuerte reflejo del sol, aunque parecían ligeramente burlones y desafiantes. Laida se preguntó cómo había sido capaz de darse cuenta de la expresión del chico con solo mirarlo a los ojos. Se dijo a sí misma que Lynch tendría una mirada muy expresiva. Una parte de ella le decía que era una auténtica estupidez. Sacudió ligeramente la cabeza; le parecía absurdo preocuparse por desentrañar la mirada de Lynch cuando acababa de ver cómo una piedra se volvía púrpura con un único gesto de mano.

—¿Volvemos ya? —preguntó Klaus, que parecía un poco cansado por haber usado tantos hechizos. Laida se sintió culpable, pero no dijo nada. Los ojos de Klaus estaban resplandecientes y el muchacho no se sentía entristecido ni arrepentido de haber estado enseñándole magia. O al menos no lo demostraba.

—¿Tan pronto? —preguntó Laida apenada. Le habría gustado estar un poco más y disfrutar de la playa.

—Ya volveremos otro día —dijo Lynch—. Además, mi padre me dijo que nos esperaba para comer.

—¿Vamos a comer en el palacio, con tus padres? —inquirió Laida.

—Sí, claro —respondió Lynch, sorprendido por la pregunta. Los tres echaron a andar hacia los caballos.

—¿Tú también vives en el palacio, Klaus? —dijo entonces Laida.

—Vivo en una torre del palacio, sí, con... con mi padre —contestó. Tenía la mirada fija en el suelo mientras andaba. Era evidente que la mención del tema lo había incomodado aunque Laida no sabía por qué.

—Klaus y Voxart son prácticamente de la familia —dijo entonces Lynch, como para restarle importancia. Pero el rostro de Klaus se había vuelto algo más serio y Lynch también parecía levemente apenado. Con un suspiro, Laida montó en Pegaso y al hacerlo recordó una cosa. Se cruzó de brazos y clavó la mirada en Lynch y Klaus, que aún no estaban sentados en la grupa de sus respectivos caballos.

—¿Qué? —soltó Lynch con cierta impaciencia, ante la mirada acusadora de Laida.

—Vosotros dos me debéis una explicación.

—¿Cuál? —inquirió Klaus poniendo un pie en el estribo.

—Cuando fuimos a empezar la carrera —comenzó Laida, dispuesta a resolver aquel asunto de una vez por todas—, tú, Klaus, le preguntaste a Lynch si estaba seguro de ganar. Dijiste: 'Pero, ¿estás seguro de que vas a ganar? Ningún caballo puede competir con...'.

—¿Cómo te acuerdas de lo que dije palabra por palabra? —preguntó Klaus perplejo, con el pie todavía en el estribo y girándose para mirarla. Torn relinchó.

—Y tú —siguió Laida señalando a Lynch y pasando por alto el comentario de Klaus—, tú estabas muy seguro y dijiste: 'Todavía no lo es, Klaus'. Pero lo más curioso es que estabais mirando a Pegaso. Así que sabíais lo que iba a pasar, ¿verdad?

—Teníamos la ligera sospecha de que algo así podía ocurrir, es verdad —comentó Lynch sin pizca de vergüenza.

—¡Lynch! —protestó Klaus.

—¿Qué?

—¿O sea que lo sabíais? —dijo Laida con incredulidad—. ¿Y no me dijisteis nada? Pude haberme matado. ¿Qué pasó exactamente con Pegaso?

—Nada —respondió Klaus montando por fin en Torn.

—Nada que debas saber por ahora —precisó Lynch acomodándose en la grupa de su yegua—. ¿Podemos irnos, por favor?

—Sí, vamos —respondió Klaus echándose el pelo para atrás. Se estaba levantando viento y los rebeldes cabellos negros de Klaus le impedían ver. Pese a que no eran largos, se le ponían fácilmente encima de los ojos. Él y Lynch espolearon a sus monturas y tomaron de nuevo el sendero hacia el palacio.

Laida suspiró. Le había gustado mucho la costa; nunca había conocido otra cosa que no fuesen colinas, bosques y llanuras. Echó un último vistazo a la playa, lamentando no poder quedarse por más tiempo, y después salió al galope tras los chicos.

7

COMIDA EN PALACIO Y FRUSTRACIONES

Para cuando llegaron al palacio, el viento se había intensificado y el cielo parecía un lienzo lleno de diferentes trozos grises y pequeñísimas motas azules.

Klaus chasqueó la lengua, molesto.

—A ver si aguanta hasta mañana sin llover. Hoy a la tarde tenemos que ir a la ciudadela.

—Cierto —asintió Lynch.

—¿Para qué? —preguntó Laida con curiosidad.

Los tres estaban ya en las puertas de los establos y se habían detenido un instante para observar el cielo. Laida vio que los dos chicos cruzaban una mirada antes de clavar la vista en ella. Comprendió sin necesidad de palabras.

—Lo siento —se apresuró a decir, ruborizándose—. No es asunto mío, yo...

—Tranquila —dijo Lynch, divertido ante la reacción de la chica—. Vamos a la ciudadela a dar una vuelta y pasar el rato. A veces te viene bien el ambiente de ciudad. ¿Tú en tu reino no salías de vez en cuando para dar un paseo?

—No.

—Qué vida más triste —comentó Klaus abriendo las puertas del establo.

Desensillaron a los caballos y los guardaron en las caballerizas. Laida se sintió aliviada al recordar que Pegaso no había hecho nada extraño. Tal vez no había sido él. Puede que ella hubiese hecho magia sin proponérselo. Sumida en sus pensamientos, no se dio cuenta de que los chicos la esperaban para cerrar las puertas. Se apresuró a complacerles.

Los tres pasaron por el patio interior y atravesaron la puerta principal. Cruzaron un largo y amplísimo corredor, con varios cuadros colgados. Laida pudo ver que eran pinturas bastante extrañas: una representaba un gigantesco tigre atacando a un hombre rodeado de chispas rosas; en otra se veía un atardecer, pero el cielo estaba de color verde y el sol, púrpura.

La princesa se dio cuenta de que estaban a punto de subir una escalera que más arriba se dividía en cinco tramos y se detuvo al pie de ella:

—¿No vamos al comedor?

—Sí, pero primero vamos a las torres a cambiarnos, ¿no? —replicó Lynch subiendo.

Laida se fijó en su ropa. Lo cierto es que se había sentido increíblemente cómoda con ella. A pesar de ser una princesa, su padre había insistido en entrenarla como un hombre. Todas las semanas, combatía con la espada, practicaba puntería con el arco y galopaba a lomos de su caballo. Y nunca había usado las ropas que le habían dado en Trun. Siempre sencillas ropas de entrenamiento o vestidos, claro.

Laida sospechaba que al ser un reino mágico, Trun poseería formas de vida más modernas y avanzadas.

Klaus tomó el pasillo situado más a la derecha del final de la escalera. Lynch, tras indicarle a Laida que tomase el segundo empezando por la izquierda, lo siguió.

A Laida le costó un poco encontrar el camino de vuelta a su habitación. Cuando por fin entró, una luz cegadora que provenía de dentro hizo que cerrara los ojos. Sorprendida, caminó hacia el origen de aquella luz. A uno de los muebles, un extraño aparador color naranja chillón, le daba la potente luz del sol que entraba por la ventana. Maldiciendo por lo bajo, Laida movió un poco el mueble hasta que quedó en una posición más adecuada. Se preguntó (y no por primera vez) por qué aquellos muebles eran de colores tan chillones y llamativos.

Cerró la puerta tras de sí, pero al ir hacia la cama en busca de su vestido, vio que ya no estaba allí. Estaba segura de haber dejado su vestido verde encima de la cama y los zapatos a sus pies. Frunciendo el ceño, se dirigió al enorme armario rosa que había en un rincón y lo abrió. Ahogó una exclamación de sorpresa.

El interior del armario era mucho más amplio de lo que había imaginado en un principio. De hecho, parecía un vestidor. A ambos lados había una brillante barra de metal de donde colgaban varios vestidos y trajes. Al fondo del todo había un gigantesco espejo que le devolvió su reflejo. Laida acarició con suavidad los vestidos. Eran preciosos y todos diferentes. Azules, negros, blancos, verdes, rosas, con tirantes, sin tirantes, largos, cortos...

Y los zapatos. Debajo de los vestidos había multitud de zapatos y la princesa se dio cuenta de que cada par estaba justo debajo de su vestido, perfectamente ordenados.

Laida atravesó el vestidor, deteniéndose a observar todos y cada uno de los vestidos. Encontró el suyo al fondo, junto a un precioso y elegante traje negro tinta.

—¿Todavía estás así? —la sobresaltó una voz por detrás. Laida se dio la vuelta rápidamente y se encontró con los ojos castaños de Lynch mirándola fijamente, con cierta curiosidad y diversión. El muchacho ya había remplazado su cota de malla por una camisa de lino blanca con una cazadora negra y unos sencillos pantalones también negros. Laida se ruborizó.

—Se llama a la puerta antes de entrar, ¿sabes?

—Normalmente una persona no tarda tanto en cambiarse, ¿sabes? —contraatacó él, sonriendo. La princesa sintió que se ruborizaba de nuevo y se defendió:

—Me ha costado encontrar el camino hasta aquí y además, esos muebles tan extraños son un poco inadecuados. Demasiado llamativos.

—Eso es porque estás en el ala norte, y aquí antes no había ventana, solo una triste lámpara de araña que apenas iluminaba. Los muebles tenían que ser de colores alegres, si no, cada vez que entrabas, esto parecía el cementerio del infierno, o algo así. Aunque si lo prefieres, te llevamos a otra habitación.

—No, no es necesario —se apresuró a decir Laida. La habitación era demasiado colorida para su gusto, pero no podía dejar de pensar en las molestias que se estaban tomando por ella. Centró de nuevo su atención en los vestidos—. ¿De quién son?

—De mi madre, cuando era más joven —respondió el chico—. La mayoría los guardó porque le daba pena tirarlos; estaban tan nuevos... Puedes ponerte lo que quieras.

El corazón de Laida dio un brinco.

—¿De verdad?

—Ajá. Además, en el tercer cajón de la cómoda tienes ropa más adecuada para dormir. ¿Y ahora puedes escoger un vestido de una vez, por favor? —añadió con cierta impaciencia en su voz. Laida lo miró un momento, pero obedeció. Acabó eligiendo un precioso vestido fucsia, muy fino pero elegante. Los zapatos eran de un tono bastante más claro, con algunos adornos negros.

Hizo un gesto a Lynch para que se fuera y la dejara cambiarse. Dejó las ropas de batalla en un taburete que encontró en un rincón y se puso el vestido.

Se miró en el espejo. El vestido le iba un poco grande, pero aun así le quedaba muy bien. Combinaba a la perfección con sus oscuros cabellos, que le caían en suaves ondas. Los ojos, en cambio, no iban muy acorde, pero tampoco le importaba. Se calzó los zapatos, recogió la ropa y salió del vestidor.

El comedor era una estancia amplia, iluminada por una espléndida lámpara de araña que colgaba del techo. Había dos ventanas, enfrentadas. Una de ellas mostraba el bosque y el sendero que llevaba a él, y la otra la ciudadela, que a esas horas estaba completamente vacía.

Las paredes eran de un suave color crema, que contrastaba con los trozos de cielo grisáceo que se podían vislumbrar por los ventanales.

Una larga mesa ocupaba el centro del comedor. En ese momento solo tres personas estaban sentadas. En el centro, Venz, con sus extraños ojos glaucos observando a los tres jóvenes. A su derecha, Sarah, con un vestido azul turquesa y sus hermosos cabellos recogidos con una tiara, estaba resplandeciente. A la izquierda de Venz, estaba Voxart, el hombre que había presenciado la batalla entre Lynch y Klaus y que Laida intuía que era el padre de este último. Sin embargo, al verlo de cerca, dudó.

Voxart era un hombre musculoso, no demasiado alto y con ojos pequeños y apagados. Su pelo ya estaba grisáceo en algunas zonas, aunque años atrás había sido castaño oscuro. Klaus era justo al revés. Era alto para su edad, delgado, de hombros estrechos, cabellos rebeldes y negros y con ojos grandes y de un brillante azul zafiro.

Laida se preguntó si realmente eran padre e hijo. Decidió preguntarlo más tarde.

Cuando los tres jóvenes entraron en el comedor (Klaus se les había unido al pie de la escalera), la comida ya estaba servida. Un magnífico ejemplar de conejo asado, con guarnición de verduras, ocupaba el centro de la mesa. Enfrente de cada silla, junto al plato, había una buena hogaza de pan de aspecto apetitoso.

Venz sonrió al verlos.

—¡Chicos, por fin! Venid, venid, sentaos —indicó. Lynch se sentó junto a su madre, Klaus al lado de Voxart, y Laida optó por el asiento que quedaba a la derecha de Lynch. Tenía la sensación de que no pintaba nada allí, que era una desconocida interrumpiendo una comida familiar.

—Me alegro de que te hayas puesto ese vestido, Laida —dijo entonces Sarah con dulzura—. Te queda realmente bien.

—Gracias —dijo humildemente la chica, aliviada por encontrar un tema de conversación. Pero la condesa no insistió más en el tema y Laida se sintió de nuevo excluida. Entonces Voxart centró su atención en ella.

—Así que tú eres Laida, de Álacer. Es un honor conocerte, princesa —dijo con tono afable pero solemne, estrechándole la mano—. Yo soy Voxart y llevo en Trun desde que nací. Es una suerte que tú no puedas decir lo mismo.

—¿A qué os referís, señor? —inquirió Laida con educación.

—Me refiero, mi querida princesa, a que tú tienes la suerte de haber nacido en Álacer, un reino sin magia, pero pese a ello, puedes desarrollar tus poderes en Trun.

—Pero usted ya vive en un reino mágico. No tiene por qué ir a otro reino.

—Ah, sí, supongo que tienes razón —reconoció Voxart acariciándose la barbilla—. Pero después de tantos años... A veces viene bien cambiar de aires.

—Usted tiene mucha suerte, señor —repuso Laida—. Ha vivido todos estos años aquí, y yo he pasado mi vida en Álacer, un reino sin magia, atrapada en un castillo. No veo qué suerte puedo haber tenido.

—En ocasiones, no te das cuenta de lo que tienes hasta que lo pierdes, Voxart —intervino Venz—. Imagino que Laida comprenderá esto ahora. ¿Cómo crees que se sentiría si la obligásemos a volver a su reino ahora que ha encontrado una vida mejor?

Laida sintió un ligero escalofrío al pensarlo. Aquellos últimos días, se había sentido libre. Increíblemente libre. No podía renunciar a aquello.

—No temas, Laida —la tranquilizó Venz—. No tenemos ninguna intención de obligarte a regresar a tu reino. Ésta es tu casa ahora.

—Gracias... majestad —dijo Laida—. Aún no he tenido la ocasión de agradeceros vuestra hospitalidad.

—Oh, por favor, trátame de tú —dijo Venz con modestia—. No tienes que agradecerme nada, Laida. Eres una hechicera y éste es tu lugar.

—¿Empezamos a comer? —propuso entonces Sarah.

Los demás se mostraron de acuerdo y comenzaron a comer el delicioso conejo. Laida se sintió aliviada al ver que la trataban como a una más. Estuvo charlando con Voxart y Venz, que se mostraban muy interesados, sobre su anterior vida en Álacer. Luego, entre Klaus, Lynch y ella contaron a Sarah sus progresos con la magia y la esgrima, y la condesa les preguntó si habían tenido más problemas con Pegaso. La princesa se dio cuenta rápidamente de que los chicos parecían querer evitar el tema. No los culpó, pues resultaba obvio que le ocultaban algo y no querían que ella lo supiera.

Más tarde, estuvieron hablando de sus planes para ir a la ciudadela y fue entonces cuando Venz dijo:

—Ya que vais, Lynch, me gustaría que le dierais esto a Meg, de la tienda de tejidos, y esto a Tays, de la tienda de armas. —Le entregó a su hijo dos pergaminos, especificando cuál era para cada uno.

—¿Para qué es esto? —preguntó Lynch.

—Asuntos de política, Lynch —respondió Venz con suavidad. Pero su tono de voz no calmó a Lynch, que se sentía frustrado por la falta de información. A pesar de todo, no insistió más en el tema.

Terminaron pronto de comer, y Sarah fue la primera en levantarse alegando que iba a dar una vuelta por los jardines. Los siguientes fueron Laida, Lynch y Klaus.

Los tres atravesaron de nuevo la puerta principal y salieron al patio interior. Desde allí cruzaron las puertas del palacio y se encontraron en los escalones de la entrada, con la ciudadela justo delante.

El cielo se había oscurecido aún más y las nubes amenazaban con soltar toda su ira. La ciudadela se extendía a sus pies, como una gran alfombra repleta de minúsculas migas de pan. Las calles parecían un pequeño laberinto visto desde arriba, y la fuente que se hallaba justo en el centro expulsaba agua cristalina que caía de nuevo en el recipiente de piedra, como una cascada en miniatura.

Los tres jóvenes descendieron los escalones de piedra que conectaban el palacio con la ciudadela. Cuando estuvieron al nivel de ésta, Klaus comentó:

—¿Qué crees que quiere tu padre de Meg y Tays? —le preguntó a Lynch.

—No lo sé. Asuntos de política... Maldita sea. Odio cuando nos ocultan cosas. —Parecía frustrado.

—¿Asuntos de política? ¿Qué clase de política hay en Trun? ¿Quién es el rey? —preguntó entonces Laida.

—No hay rey en Trun. Mi padre es de los pocos nobles y es el que ha heredado el palacio, pero tampoco se le puede considerar el rey. Aunque supongo que tiene algo de poder sobre el reino —dijo Lynch avanzando por una estrecha calle. Los otros dos lo siguieron.

—¿Cómo es posible que en un reino no haya rey? —dijo Laida perpleja.

—No es necesario —contestó Klaus torciendo en una bifurcación hacia la izquierda. Habían llegado a un camino algo más ancho—. No creas que tiene que ver con la magia, pues Sach y Yagno sí que tienen sus respectivos reyes. Pero Trun no. Lo cierto es que alguna vez sí que hubo una familia real. Vivía en el palacio. Murieron sin descendientes y los antepasados de Venz heredaron el palacio. Eran nobles, pero nunca se les consideró del todo reyes.

—Nunca he conocido un reino sin rey —comentó Laida.

—Tampoco podemos decir que hayas conocido muchos reinos —apuntó Lynch burlón.

—También es verdad —admitió la chica. Los tres continuaron caminando con lentitud. El cielo seguía tan amenazante como antes, mas todavía no había caído ni una sola gota de lluvia. Llegaron por fin al centro de la ciudadela. La fuente que habían vislumbrado antes parecía señalar el mismo núcleo, como un árbol plantado justo en medio del campo. Lynch bordeó la fuente, sin detenerse a observarla y entró en la primera casa que había junto a ellos. Laida se fijó en el escaparate. 'Telas y Vestidos Resplandor', indicaba. Con curiosidad, siguió a los chicos al interior del establecimiento.

La tienda no era muy grande, pero hasta el último rincón estaba atestado de prendas. En un rincón había varias telas enrolladas con varios estampados. También había vestidos y trajes, cuidadosamente doblados en una mesa. Junto a ellos estaba sentada una chica, de no más de catorce años, con el pelo castaño claro, largo y liso. Se lo estaba acariciando con las manos cuando percibió la presencia de los tres jóvenes. Alzó la cabeza y sonrió. Fue una sonrisa que no le gustó nada a Laida.

—Oh, cuánto tiempo sin vernos. Pensaba que os habíais olvidado de mí. —Hablaba con coquetería y puso cara de cachorro perdido al pronunciar las últimas palabras.

—Cris —saludó Lynch sin nada de entusiasmo—. Queremos ver a Meg.

—¿Seguro? —dijo Cris con una sonrisita maliciosa, levantándose. Se acercó a Lynch y se detuvo a escasos pasos de él. El vestido que llevaba estaba ligeramente subido y su cabello liso le caía a ambos lados del rostro—. Seguro que no habéis venido... hum... ¿para verme a mí?

Guiñó un ojo a Klaus con picardía y Laida vio cómo el muchacho se ponía tenso. Lynch frunció el ceño.

—Meg, Cris. Queremos ver a Meg ahora.

—Es una lástima... Ya que estáis aquí podríais jugar un poco conmigo. Estoy tan sola y aburrida... —Puso de nuevo morros y sonrió con malicia ante la mirada incrédula de Laida. Moviendo los labios pronunció: ¿Celosa?

Laida quiso aclarar las cosas con aquella coqueta niña, pero no tuvo oportunidad. Lynch ya había perdido la paciencia y la había cogido por las muñecas, entrecerrando con increíble fiereza los ojos.

—Cris, dinos de una maldita vez dónde diablos está Meg o te juro por mi vida que te arrastraré hasta el bosque y te dejaré atada hasta que los cuervos te devoren los ojos —dijo furioso. Laida vio con perversa satisfacción cómo un relámpago de ira cruzaba los oscuros ojos de Cris y le dijo solo moviendo los labios: ¿Asustada?

Cris apretó los dientes y se soltó de un tirón de las manos de Lynch. Después dijo:

—Está en la trastienda. Si le pegáis un grito, saldrá.

Cruzó la tienda y se detuvo junto a Klaus. Cris sonrió de nuevo y alzó la mano para acariciarle la mejilla. Él la detuvo sujetándole el brazo con fuerza y susurró:

—Ni lo intentes.

Cris lo miró furiosa y sentenció:

—Esto no quedará así.

Salió del establecimiento con gran dignidad agitando su larga cabellera.

—Estúpida —escupió Laida sin poder contenerse.

—Imbécil —añadió Klaus.

—Idiota —completó Lynch.

En ese momento una mujer salió de una puerta que había al fondo. Era mayor y tenía el rostro serio. Tenía que ser Meg. Suspiró al verlos.

—¿Habéis tenido problemas con Cris? —preguntó con voz cansada.

—¿Va a dejarnos algún día en paz o nos seguirá hasta la muerte? —dijo Lynch con aspereza.

—Se ha encaprichado y me temo que hasta que no le dejéis bien claro que no queréis nada con ella, no os dejará descansar. La verdad es que no sois los únicos. Hay clientes que también se han quejado.

—¿Por qué no la despide? —preguntó Laida. La verdad es que el encuentro con Cris la había dejado de mal humor.

—Porque trabaja muy bien cuando se lo propone —respondió Meg suspirando de nuevo. Cogió el montón de vestidos que había en la mesa y se los llevó a la trastienda. Cuando regresó, una sonrisa adornaba su rostro.

—Bien, ¿en qué puedo ayudaros?

Lynch le entregó el pergamino, que había llevado en un bolsillo del pantalón, y dijo:

—Mi padre ha dicho que te entregáramos esto. Según él, asuntos de política.

Ella sacó del bolsillo de su chaqueta unas gafas y se las puso para leer el pergamino que Lynch le tendía. La sonrisa de su rostro fue desapareciendo a medida que leía. Cuando terminó, estaba pálida y seria. Miró a los chicos a través de sus gafas y dijo:

—Imagino que Venz no os ha contado el contenido de esto.

Los tres negaron con la cabeza. Ella suspiró y musitó:

—Decidle que me reuniré con él dentro de unos días para discutir... bueno, para hablar sobre esto.

—¿Sobre qué? —preguntó Lynch entrecerrando los ojos otra vez.

—Lynch, sabes perfectamente que no voy a decirte nada. —La mujer lo observaba ahora con mirada crítica por encima de sus gafas.

El chico fue a protestar, pero Klaus dijo antes que él:

—Muchas gracias, Meg. Ya nos vamos.

Empujó ligeramente a Lynch para que se diera la vuelta y le hizo una seña a Laida. Con resignación, los tres salieron de la tienda.

Unas suaves gotas de lluvia caían cuando aspiraron de nuevo el aire de la calle. Lynch, a paso largo, empezó a andar por una de las muchas calles de la ciudadela. Era evidente que estaba furioso, o como mínimo, frustrado. Los otros dos lo siguieron.

—¿De verdad esperabas que te dijera algo? —le preguntó Klaus apresurando el paso para mantenerse a su altura.

—Supongo que no. Pero la maldita Cris me está empezando a tocar las narices.

Laida, que nunca había oído aquella expresión, se preguntó a qué se refería Lynch. Enseguida comprendió que no podía ser nada bueno. Los habitantes de Trun hablaban de una manera diferente a los de Álacer. A Laida casi le parecía otro idioma. La voz de Lynch la devolvió a la realidad.

—Espero que la próxima vez intente besarme.

Laida sintió que el corazón se le agitaba. Se preguntó a qué se debía. Intentando que su voz sonase neutra, dijo:

—¿Por qué?

—Porque así tengo una excusa para pegarle un tortazo —respondió andando aún más deprisa. Laida se sintió aliviada al oírle decir eso. Sacudió la cabeza y se puso a la par que los otros dos chicos.

—¿Por qué no le decís a vuestros padres lo que os pasa con Cris?

—¿Por qué íbamos a hacerlo? —replicó Klaus. Tampoco estaba demasiado contento.

—Porque el comportamiento de Cris me parece inadecuado y creo que vuestros padres deberían ser informados.

—Es una cosa nuestra —dijo Lynch—. Sé que en tu reino probablemente haríais eso, pero ya no estás en Álacer. Esto es Trun. No dependemos de nuestros padres para todo.

—Tampoco quería decir eso —murmuró un poco avergonzada. Pero Lynch ya casi no la escuchaba. Habían girado para introducirse en un callejón y el chico había aumentado su paso aún más. De pronto, comenzó a correr. Corrió a través del callejón, con ligereza y rapidez. Laida se detuvo, perpleja. Klaus no parecía sorprendido, sino más bien resignado. Lynch siguió corriendo. Parecía como si se hubiese liberado de las cadenas que lo ataban, se dijo Laida. Realmente parecía libre en aquel momento.

—¿Por qué hace eso? —le preguntó a Klaus, que se había apoyado contra una pared del callejón, observando a Lynch desaparecer tras una esquina.

—Porque se siente frustrado y enfadado. Y corriendo se libera de sus frustraciones. No preguntes por qué, es simplemente que le gusta correr, es como si se ensañase con el suelo cada vez que pisase, como si desafiara al viento.

Lynch había desaparecido al doblar una esquina. Los otros dos se limitaron a esperar bajo la lluvia. Al cabo de un rato, lo vieron reaparecer. Llevaba la cazadora en una mano. Pero Laida no miraba eso. Miraba sus ojos. Normalmente eran grandes, castaños y aparentaban calma. Pero en ese momento estaban desafiantes, libres, muy grandes y expresivos. Como si hubiera nacido para correr. Comprendió lo que quería decir Klaus al explicar que era su manera de liberarse de sus frustraciones. Laida pensó que jamás olvidaría aquella mirada.

8

EL RESULTADO DE CORRER

Lynch jadeaba ligeramente debido al esfuerzo cuando se detuvo junto a ellos, pero parecía aliviado. Se apoyó un momento contra la pared del callejón, junto a Klaus, y luego dijo:

—Bien... ¿Vamos?

Klaus suspiró y asintió. Lynch volvió a ponerse la cazadora y se puso en marcha, esta vez a paso más lento y mucho más relajado. Laida los siguió, todavía sorprendida. No podía quitarse de la cabeza los ojos de Lynch mientras corría. Había sentido... Había sentido como si no existiese nada más que aquellos grandes ojos castaños. Era... abrumador.

Sumida en sus pensamientos, no se dio cuenta de que ya habían llegado a la tienda de armas. Esta vez la visita fue mucho más corta. Tays resultó ser un hombre amable, que leyó el pergamino con rapidez y dio las gracias a los chicos. Por supuesto, no dijo nada sobre el contenido del escrito, lo cual no mejoró el humor de los jóvenes.

Deambularon un rato más por las calles, pero la lluvia empezaba a cobrar fuerza y finalmente decidieron volver al palacio. Laida se sentía levemente decepcionada, pues ni había disfrutado del paseo (el encuentro con Cris y la lluvia lo habían estropeado) ni había descubierto nada sobre los 'asuntos de política' de Venz.

Se despidieron en la división de la escalera del palacio. Lynch y Klaus fueron hacia la derecha, y ella, algo más hacia la izquierda. Cuando subía los escalones, Laida pensó que había hecho más cosas en un día en Trun que en un año en Álacer. Una voz la sobresaltó:

—¡Eh, Laida!

Se giró. Era Klaus.

—Dentro de un rato vamos a bajar a cenar. En el comedor otra vez dentro de un par de horas, ¿sí?

Ella asintió y se despidió de Klaus con un gesto de mano. Llegó por fin a su habitación. El cielo se había oscurecido con gran rapidez y la lluvia caía con más fuerza que antes. Aburrida, se sentó en la cama y echó un vistazo a la habitación. Pero tampoco había nada que ver. Dirigió una nueva mirada a la ventana y se sobresaltó al ver a un gato persa allí encaramado. Recordó lo que había dicho Lynch sobre aquel gato. Era un furk, una extraña criatura capaz de adoptar la forma de cualquier animal.

—Sox —lo llamó al recordar su nombre. Éste ronroneó y de un ágil salto aterrizó en el suelo. Se acercó a ella.

—Así que eres un furk, ¿verdad? Me diste un buen susto ayer.

Sox ronroneó de nuevo, al parecer muy satisfecho. Laida, exasperada, se levantó de la cama y se agachó junto a él. El gato la miró con desconfianza. Ella alargó la mano despacio, con cautela, pero Sox abrió la boca y le enseñó sus afilados colmillos.

—Desconfiado —le reprendió Laida. Sox cerró la boca y se limitó a mirarla. No parecía en absoluto ofendido. Más bien curioso. La princesa se levantó y se dejó caer de nuevo en la cama. Sox, al ver que ya no le prestaba atención, se subió a la cama y agitó la cola, como si quisiera que lo acariciara. Laida lo ignoró. El gato maulló con insistencia. Parecía un minino normal y corriente. La chica alargó la mano de nuevo, esta vez con confianza, y para su sorpresa Sox no se movió. El gato ronroneó cuando Laida le acarició las orejas. Permanecieron así unos segundos, pero la princesa acabó hartándose. Se levantó por segunda vez de la cama ante la mirada ofendida de Sox y abrió el vestidor. Dedicó una media hora a observar todos y cada uno de los vestidos, examinándolos con ojo de experta y estudiando su tejido. Al cabo de un rato, se aburrió.

La verdad era que no había mucho que hacer en aquella habitación y tras cinco minutos salió de la torre.

Paseó sin muchas ganas por el palacio, deteniéndose de vez en cuando para observar algún cuadro, algún soporte para antorchas o incluso alguna alfombra.

Al final de un pasillo, se encontró con Sarah. Le contó lo que había pasado a lo largo de la tarde, incluyendo el encuentro con Cris y la frustración de Lynch. La condesa pareció preocupada ante la reacción de su hijo frente a Cris, pero sobre todo, por su enfado por la falta de información con los pergaminos.

Ambas estuvieron charlando un buen rato sobre Trun y la magia y antes de que Laida se diera cuenta, Sarah y ella se dirigieron al comedor.

La cena fue tan diferente a la comida como el día lo era de la noche. Lynch estuvo callado todo el rato, respondiendo con brevedad a las preguntas de Venz sobre la entrega de los pergaminos. El conde no le preguntó a su hijo la causa de su tono arisco, sino que se limitó a dejarlo tranquilo.

Esta vez fueron Lynch y Klaus los primeros en levantarse de la mesa, seguidos rápidamente por Laida. Llegaron al pie de la escalera y Lynch se marchó a paso largo hacia su habitación. Klaus sacudió la cabeza y le dijo a Laida:

—Mañana nos toca ir a la biblioteca. Solemos leer sobre la historia de Álacer para ver si podemos descubrir algo más. Aunque dudo que si nuestros antepasados no lograron nada, nosotros consigamos algo.

Ella asintió y estaba a punto de irse cuando se detuvo:

—Klaus, espera. —El chico se dio la vuelta y la miró—. ¿Qué le pasa a Lynch? ¿Está enfadado por lo de Cris, por lo de los asuntos de política o por algo más?

Klaus suspiró. Sus ojos azules parecían tristes y Laida supuso que sentía un gran afecto por Lynch.

—No lo sé. La verdad es que me resulta extraño que se sienta así por Cris. No es la primera vez que... en fin. Y tampoco creo que sea porque no nos hayan querido decir el contenido de los pergaminos. Mira, Laida, conozco a Lynch desde los cinco años y en pocas ocasiones le he visto perder el control como hoy ha hecho con Cris. Además, solo corre cuando se siente realmente frustrado. Y nunca lo había hecho delante de otra persona que no sea yo.

—¿Entonces...?

—Tal vez esté preocupado por algo. Quién sabe. Bueno, de todos modos mañana estará de mejor humor. Le encanta ir a la biblioteca y sentir que el destino del mundo está en sus manos. —Algo en su tono de voz indicó a Laida que Klaus no compartía del todo el entusiasmo de Lynch—. Bueno, hasta mañana entonces.

Subió escaleras arriba. Laida, con un suspiro de resignación, se encaminó hacia su habitación. Esta vez no tardó demasiado en encontrarla; se iba acostumbrando al palacio. Cuando entró, Sox ya no estaba. Era evidente que al gato no le había hecho demasiada gracia que hubiera dejado de acariciarlo.

Con un suspiro, abrió el tercer cajón de la cómoda y sacó un vestido muy fino y sencillo, blanco, para dormir. Se cambió y se desplomó sobre la cama. Lo último que vio antes de dormirse fueron los ojos castaños de Lynch, que parecían estar grabados a fuego en su mente.

Corría. Y corría. No sabía exactamente por qué. Solo sabía que tenía que hacerlo. Y lo hacía. Se sentía ligeramente cansada, pero no le importaba. Seguía corriendo. Sabía que era lo que tenía que hacer.

El camino parecía infinito. Pero no se detuvo. Sus pies apenas rozaban el suelo, de tan rápido que avanzaba. Empezaba a vislumbrar el fondo del camino. Había un único muro negro. Liso.

Levantó la cabeza para mirar al cielo. Estaba muy oscuro, mas cargado de estrellas. No había ni una sola nube. La luna, casi llena, iluminaba con su leve resplandor el camino que ella seguía.

Se centró de nuevo en su objetivo. Ya casi había llegado al final. Y por fin podía ver qué había delante del muro. O mejor dicho, quién estaba allí.

Sus ojos brillaban como dos estrellas de color castaño. Eran grandes, aunque la pupila quedaba casi ahogada por el iris. Pero eso los hacía más hermosos aún.

Ella se detuvo por fin. Jadeaba. Su pecho ascendía y descendía rápidamente, pero no tanto como su corazón. Latía con alarmante fuerza y rapidez. No solo por el esfuerzo. También por la emoción de verle a él. Sus miradas se encontraron de nuevo. En aquella ocasión, ella pudo ver mejor sus ojos. Y sintió que su corazón quedaba cautivado por aquellos ojos. Suspiró. Él la imitó. Y ambos sintieron cómo sus corazones se sincronizaban y latían al mismo tiempo. Como uno solo.

Encontrar el camino a la biblioteca no fue nada fácil. Todos los pasillos le parecían iguales, muchas puertas estaban cerradas y no había nadie para indicarle el camino. Y además estaba el hecho de que apenas prestaba atención a por dónde iba.

No podía sacarse de la cabeza un pensamiento, o más bien una sensación. Y sentía que esa angustiosa sensación le oprimía el corazón.

Laida trató de recordar por enésima vez el sueño que había tenido. Y, por enésima vez, no tuvo éxito. Algo le decía que ya había soñado eso anteriormente, o al menos algo parecido. Pero por más que su cerebro intentase rescatar aquel sueño de su mente, no lo lograba.

Sabía (o más bien intuía) que tenía algo que ver con correr. Lo cual tampoco era de gran ayuda, pues en más de una ocasión había soñado que hacía una carrera, o sencillamente escapaba de algo...

Sin embargo, era diferente. No era simplemente correr, sino más bien tratar de alcanzar algo... o a alguien.

Laida maldijo por lo bajo al ver que había pasado de nuevo por la puerta principal. Con un suspiro frustrado, se dio la vuelta e intentó volver a encontrar la biblioteca.

Aunque no se fijaba en el camino, de alguna manera se encontró al pie de la escalera que llevaba a las diferentes torres. Recordó que Lynch y Klaus siempre tomaban el pasillo situado más a la derecha. Puso un pie en la escalera, dubitativa. No estaba segura de si subir para buscarlos y así poder ir de una vez a la biblioteca, o por el contrario, seguir dando vueltas hasta encontrar su objetivo por casualidad. Todavía estaba decidiendo qué hacer cuando vio que una persona se acercaba por el camino del centro. Con un vestido negro, el pelo suelto y ojos castaños, reconoció a Sarah.

—¡Laida! —la saludó ella cuando la vio—. ¿Qué haces por aquí a estas horas? ¿Ya has desayunado?

Lo cierto era que Laida se había despertado muy pronto, justo cuando el sol salía. Se había quedado en la torre, comiendo las deliciosas tostadas que siempre estaban a primera hora en la mesilla de noche. Después, había escogido un vestido muy sencillo que había encontrado (le parecía innecesario usar uno de los maravillosos vestidos del armario) y se había puesto a leer. 'La mágica historia de la magia de Álacer' todavía estaba en su mano cuando Sarah la encontró.

—Sí. La verdad es que no es necesario que sigáis llevándome la comida arriba —contestó con educación—. Puedo bajar al comedor.

—Ya me he acostumbrado —repuso Sarah con una sonrisa resignada—. Lynch y Klaus opinan que el camino hasta el comedor es 'demasiado largo' cuando estás recién levantado. Les llevo el desayuno a ellos; no me cuesta hacer lo mismo contigo.

—¿No tenéis criados y doncellas? —preguntó Laida. Sintió nostalgia al recordar a Kath, su doncella, que siempre era la que le traía el desayuno y la que la vestía.

—Tenemos cocineros abajo y algún que otro hombre de confianza. Pero no es necesario tener guardias en el palacio, la magia es suficiente protección.

Laida asintió y ya estaba a punto de darse la vuelta cuando recordó qué hacía allí:

—¿Sabéis dónde puedo encontrar la biblioteca?

Sarah sonrió y dijo:

—¿Cuántas veces he de decir que me trates de tú?

—Lo siento, es que... Me han educado así y no puedo olvidar eso tan fácilmente.

—Entonces supongo que te sentirás sorprendida por algunas expresiones que usamos aquí.

Laida recordó cómo el día anterior Lynch, cuando salieron de la tienda de Meg, había dicho que Cris empezaba a... No recordaba sus palabras exactas, aunque lo cierto era que tampoco tenía ningún interés en saberlo.

—Bueno, para ir a la biblioteca tienes que seguir este largo pasillo recto. —Señaló el corredor que Laida tenía detrás—. Luego, tuerce hacia la izquierda y abre la puerta que verás al fondo. Ahora solo tienes que girar a la derecha y abrir la primera puerta que encuentres.

—Pero... —Laida trató de recordar sus recorridos por el palacio—. Antes he intentado abrir la primera puerta, la que decís... la que dices que está a la izquierda, pero estaba cerrada.

—No estaba cerrada, pero para abrirla tienes que tirar primero hacia fuera y luego hacia dentro.

—Oh, vaya. Bueno, pues gracias.

—De nada, Laida. Luego nos vemos.

Sarah bajó las escaleras con elegancia y se perdió de vista al doblar una esquina.

Laida siguió el camino que la condesa le había señalado y no tardó en llegar a una puerta grande, probablemente de roble. Tiró del picaporte hacia ella y luego hacia dentro, y con un suave clic, la puerta se abrió.

El largo pasillo que se extendía ante ella le resultó familiar de inmediato. A su izquierda había una estrecha escalera de caracol que llevaba a una terraza; allí era donde había hablado con Lynch por primera vez. Cruzó con decisión el corredor y giró a la derecha. Por fin vio la gigantesca puerta, con el pomo dorado. Con cautela y casi timidez, abrió la puerta sin hacer ruido.

La biblioteca era tal y como la recordaba. Las altas estanterías, las amplias ventanas y justo debajo las mesas, las paredes color azul zafiro. Laida empezaba a comprender por qué llamaban al palacio 'La Joya Azul'. En ese momento, uno de los sofás más grandes estaba ocupado por un joven. Laida no podía verle la cara, pues el grueso libro que tenía justo delante de él se lo impedía, pero enseguida reconoció a Klaus por sus cabellos negros y rizados.

—¿Qué hay? —la saludó él sin levantar la vista del libro.

Laida se quedó perpleja. No había hecho ningún ruido, estaba segura, y el chico no podía ver más allá del libro. ¿Cómo sabía que estaba allí?

Ajeno a su sorpresa, Klaus seguía leyendo, y de vez en cuando daba mordiscos a las tostadas que tenía en un plato junto a él.

—¿Lynch no está? —preguntó la chica. Habían quedado en reunirse allí los tres.

—Me lo he encontrado antes, pero dijo que se había olvidado algo en la torre y ha ido para buscarlo. Ahora vendrá, supongo.

En efecto, al cabo de un par de minutos, la puerta de la biblioteca volvió a abrirse y entró Lynch, con varios libros y pergaminos en la mano y pletórico de energía.

—Oh, ya estáis aquí —dijo al verlos. Dejó todo lo que llevaba en una mesa y dijo—: Vamos, hay mucho que hacer.

Se acercó a Klaus, le cerró el libro y lo arrojó al sofá, no sin antes robarle una tostada. Klaus lo miró con cara inexpresiva.

—Estaba leyendo —protestó.

—Ya lo veo. Pero puede esperar, nadie va a morir en tu ausencia —repuso Lynch sin alterarse lo más mínimo.

—No te creas. Uno de los dragones se está desangrando.

—No te preocupes. Los dragones tienen mucha sangre —comentó Lynch de buen humor. Klaus se levantó y se acercó a la mesa donde estaban las cosas que su amigo había dejado. Laida se dirigió también allí y dejó el libro que ella había traído. Lynch giró levemente la cabeza.

—¿Lo tenías tú? —preguntó.

—Fuiste tú quien me lo dio —le recordó Laida molesta—. Recuerdo que me dijiste que aquí encontraría las respuestas sobre el origen de la magia y ese tema, y justo ayer: 'Nadie ha sido capaz de encontrar una explicación'. Tú mismo lo dijiste.

—Pero, ¿cómo diablos eres capaz de acordarte de todo, palabra por palabra? —preguntó Lynch estupefacto, con la tostada a medio camino de la boca.

—Eso digo yo —comentó sin mucho interés Klaus, rebuscando entre los pergaminos.

—Lo que quiero decir —dijo Laida tratando de redirigir la conversación— es que primero me dijiste que hallaría las respuestas en el libro y luego afirmaste que nadie había sido capaz de encontrar una explicación. ¿En qué quedamos?

—Ahí te ha pillado —observó Klaus, sin dejar de apartar pergaminos y más pergaminos. Laida frunció el ceño; tampoco había oído nunca aquella expresión.

—A ver, un momento —se defendió Lynch—. Yo dije que en el libro encontrarías respuestas a *algunas* preguntas. Algunas, no todas. En el libro leerás por qué Trun se mantiene tan bien, cómo controlar la magia...

—Por qué no puedo volver a Álacer —añadió Laida en voz baja. Aunque estaba muy a gusto en Trun, no podía dejar de darle vueltas a aquel asunto. A fin de cuentas, ¿qué podía suceder que le impidiera volver? Además, ahora que sabía usar la magia y defenderse por sí sola, sentía ganas de vengarse de su padre, mas a veces se decía a sí misma que era mejor olvidarse del asunto.

—Sí... —admitió Lynch—. Y precisamente por eso me estoy preguntando en este mismo momento por qué...

—¡Escuchad! —dijo de pronto Klaus. Lynch calló de inmediato y se puso alerta, como un tigre al acecho. Laida agudizó el oído. En efecto, había un ligero murmullo en el aire, que parecía provenir de muy lejos. «Parece el típico susurro que se escucha justo después de una explosión», se dijo Laida. Los otros dos estaban pensando algo similar.

—¿Qué creéis que ha sido eso, una explosión? —preguntó Klaus.

—Eres tú el que tiene un buen sentido de la percepción, Klaus —repuso Lynch enfatizando la penúltima palabra. El chico le dirigió una clara mirada de advertencia.

—Bueno, da igual —dijo Klaus restándole importancia. Por fin había conseguido extraer el pergamino que necesitaba y lo examinaba meticulosamente—. ¿Dónde lo dejamos el otro día? —añadió extendiéndolo sobre la mesa.

Laida se quedó impresionada. El pergamino mostraba un mapa de la zona del sureste de Álacer, mostrando Yagno, Trun y el archipiélago de Sach. Todo estaba dibujado con increíble detalle y hasta alcanzó a ver el palacio de Trun.

—¿Lo has dibujado tú? —preguntó incrédula.

—Ajá —contestó Klaus mirando el mapa desde diferentes ángulos—. No ha quedado mal, ¿verdad?

Lynch había cogido un pergamino y lo estaba leyendo en voz alta:

—¡Ah, aquí está! 'Y desde los más remotos tiempos la magia se extendió, desde su punto de origen, su cuna, su lugar de nacimiento: Trun. Para ocupar hoy día las ardientes tierras de Yagno y las paradisíacas islas de Sach'. Aquí lo dejamos.

—¿Quién ha escrito esto? —inquirió Laida acercándose para leerlo. La letra era estilizada, de trazo pequeño y suave y era evidente que quien lo había redactado tenía mucha paciencia.

—Yo —respondió Lynch con sencillez, terminándose por fin la tostada.

—Es decir, que tú dibujas y tú escribes —dijo señalando primero a Klaus y luego a Lynch.

—Exactamente —contestó éste, dejando que el pergamino se enrollara—. Aunque no estaría mal alguien que nos buscase la información.

—Y nos la resumiera —añadió Klaus—. Que es lo que intentamos hacer, Lynch. Pronto tu escrito será más grande que todos los libros de Historia juntos.

—Es difícil redactar una historia tan complicada en solo unas pocas páginas —protestó—. Bueno, Laida, ¿entonces nos ayudarás? Nos serías de gran utilidad.

—¿Lo que tengo que hacer es buscar información en un libro sobre la historia de la magia de Álacer?

—No, tienes que buscar información en *varios* y *diferentes* libros para poder unir historias tan distintas —precisó Lynch sentándose en una silla—. Es sencillo. ¿Qué te parece?

Lo que Lynch había denominado como 'sencillo' resultó ser más bien 'complicado'. Había cientos de libros y contaban hechos tan diferentes que Laida solo tuvo claro una cosa: en Álacer había tres reinos mágicos y seis que no lo eran. Pero incluso eso parecía discutible. En un libro titulado 'Mi mágico mundo' afirmaban que anteriormente Moran, Ragots y Bestrek también habían sido reinos mágicos, pero que la magia había ido perdiéndose. Sin embargo, todos los demás escritos estuvieron de acuerdo en la primera teoría, más creíble, y Laida decidió fiarse de ella.

Continuaron trabajando toda la mañana, sin demasiados imprevistos. Aunque Laida se dio un buen susto cuando algo le rozó las piernas. Algo que resultó ser Sox. De vez en cuando, se detenían para leer un párrafo en voz alta, del tipo:

'Todas las leyendas sobre el dios Recalá (Álacer a la inversa) son ciertas. Miles de testigos presenciaron su aparición en la playa de Trun cuando fue a entregar su magia'.

O bien:

'Cualquier indicio de la existencia de la magia antes incluso que nuestras propias tierras es respaldado por la cantidad de fenómenos que ocurrían, pues la magia en libertad es como un huracán de energía imparable'.

Se habían olvidado por completo del curioso ruido que habían oído al principio, cuando algo extraño sucedió.

Laida y Lynch leían en silencio y Klaus dibujaba. El rasgueo de la pluma era el único sonido que había en la biblioteca. Y fue eso lo que alertó a Laida.

De pronto, dejó de oírlo. Levantó la cabeza y vio a Klaus con los ojos entrecerrados, mirando al frente muy concentrado. Lynch lo observaba fijamente. Laida quiso preguntar qué sucedía, pero antes de que pudiera llegar a pronunciar palabra, Klaus dijo, con la voz alterada:

—Hay alguien que no debería estar aquí. En el salón del trono. No es mago.

Un destello de ira cruzó los ojos de Lynch, que se levantó ágilmente.

—Moran —siseó entre dientes, furioso. Echó a correr sin dar ninguna explicación hacia la puerta de la biblioteca, seguido por Sox, con sus afilados colmillos hacia fuera.

—¿Qué...? —empezó Laida, desconcertada. No entendía nada. Pero Klaus también se levantó y corrió tras Lynch, y Laida no dudó en seguirle.

Alcanzar a Lynch era sencillamente imposible. Si a Laida ya le había parecido el día anterior que correr le venía como anillo al dedo, ahora pensaba que había nacido para ello. Porque se movía a la velocidad del rayo, como una exhalación, sin hacer ruido. Parecía un leopardo persiguiendo a una gacela, se dijo la princesa mientras Klaus y ella corrían tras él. Doblaron rápidamente la esquina de la biblioteca y recorrieron el ancho pasillo que había a continuación. Laida pudo ver cómo Lynch y Sox desaparecían tras el corredor al girar a la derecha. Jadeando, Klaus y ella los siguieron.

Pronto llegaron a otro pasillo, con las paredes pintadas de azul cian y grandes ventanas a ambos lados. Lynch ya no estaba allí. Mascullando maldiciones por lo bajo, Klaus se apresuró a recorrer el pasillo, con Laida pisándole los talones. Sox estaba a mitad del corredor, incitándolos para que se dieran prisa. Por fin alcanzaron el final del pasillo y doblaron de nuevo hacia la derecha.

Y allí estaba Lynch, justo enfrente de la gigantesca puerta negra que daba entrada al salón del trono. Klaus se acercó a él, ligeramente jadeante, y Laida, haciendo esfuerzos para respirar, también. Lo cierto era que el recorrido al salón del trono desde la biblioteca no había sido muy largo, pero habían corrido a gran velocidad y Laida no estaba acostumbrada. Al contrario que Lynch, evidentemente. Para cuando llegaron hasta él, su pecho subía y bajaba a velocidad más o menos normal, aunque a Laida le pareció oír los acelerados latidos de su corazón.

—¿Qué ocurre? —preguntó la chica.

Lynch se mordió nerviosamente los nudillos mientras pensaba qué hacer. Y sin previo aviso irrumpió en el salón del trono.

9

ALGO MÁS QUE CELOS

Las paredes eran de un azul celeste más bien oscuro, que les daba aspecto de fortaleza aérea. Las ventanas, situadas a ambos lados, eran grandes, y por ellas entraba el suave sonido de las gotas de lluvia al caer. La alfombra hasta el trono no era roja, como acostumbraba, sino turquí. Incluso el trono, justo al final del salón, tenía reflejos color cobalto.

En medio de la estancia estaba Venz. Enfrente de él había un hombre arrodillado, y por sus ropas Laida adivinó enseguida que se trataba de un soldado. El conde no miró a los tres jóvenes cuando entraron, ni siquiera cuando su hijo empezó a avanzar hacia él. Se limitó a decir:

—Juraría haber dicho que en el salón del trono no entra nadie sin avisar, Lynch.

El joven no se inmutó, aunque se detuvo. Desde su posición, que estaba justo al lado de la puerta, Laida pudo ver cómo el pecho de Lynch ascendía y descendía con mayor rapidez.

—¿Qué está ocurriendo aquí? —preguntó con voz tensa. «Eso me gustaría saber a mí», pensó Laida con amargura.

—Moran, cómo no. Me pregunto si algún día se aburrirá de enviar soldados. —El tono de Venz era divertido.

—La explosión de antes... —empezó Lynch.

—Fue una advertencia a Moran —respondió el conde sin alterarse lo más mínimo—. Mis hombres capturaron a este valiente soldado y lo trajeron ante mí. Aunque supongo que ya sabe lo que le espera.

El soldado habló por fin, mas cuando lo hizo fue con mirada desafiante, observando fijamente los ojos de Venz:

—Yo cumplo las órdenes. Y moriré con honor si es necesario. Pero mi reino no descansará hasta ver cómo cae el vuestro en la miseria.

Laida se quedó perpleja ante la insinuación del soldado, pero nadie se movió ni dijo nada. Por fin Venz explicó:

—Estaba a punto de decidir el destino de este hombre cuando habéis entrado vosotros. Aunque... Lynch, ¿quieres hacer los honores?

Por la mirada divertida de Venz, la expresión tensa de Lynch y la posición de la cabeza del soldado (agachada, como si se acercase su sentencia final), Laida pudo deducir enseguida lo que pretendían.

«No puede ser —pensó horrorizada—. ¿De verdad va a matarlo?».

Lynch se colocó justo detrás del soldado y extendió lentamente su mano hacia el cuello del hombre. Laida miró rápidamente a Klaus, que se encontraba a su lado, pero el joven estaba muy ocupado observando la escena que tenía lugar ante él. La princesa se preguntó por qué iban a asesinar a aquel pobre hombre, solo por penetrar en los terrenos del reino. Trató de decir algo, pero la voz no le salía. Cerró los ojos. No podía mirar. No podía ver cómo asesinaban a un hombre a sangre fría así, sin más.

Pero entonces la mano de Lynch se detuvo.

—Pensándolo mejor, tal vez no sea necesaria la muerte.

Laida abrió los ojos, incapaz de contener un suspiro de alivio. Lamentaba profundamente no haberse quedado en la biblioteca, leyendo sobre Hairesh-Sief, supuestamente el mago más poderoso que había existido nunca. Al menos no tendría que presenciar el final de aquel hombre. A decir verdad, le parecía que la muerte era un castigo atroz.

Lynch bajó de nuevo la mano y el soldado alzó la cabeza:

—Jamás me rendiré ante vosotros ni os suplicaré clemencia. Antes la muerte.

Venz paseó alrededor del hombre, sonriendo.

—De eso no me cabe la menor duda —dijo.

Lynch habló entonces. Su voz era pausada y calmada, pero Laida pudo ver que su respiración seguía siendo algo agitada y se sintió aliviada; al menos, él no aprobaba todo eso.

—Volverás a Moran, soldado. Volverás a tu reino de inmediato y le contarás a tu señor lo que ha ocurrido hoy. Le contarás cómo su ejército ha caído sin poder defenderse y que tú sobreviviste únicamente porque tenías que transmitirle un mensaje. Así que transmítele esto, soldado: si vuelve a enviar hombres a Trun, me temo que acabaremos siendo nosotros los que veremos cómo vuestro reino cae en la miseria.

El soldado no dijo nada, ni siquiera se movió. Lynch levantó la mano de golpe y Laida pudo ver que el cuerpo del hombre se elevaba hasta ponerse de pie, aunque no por voluntad propia.

Venz se detuvo entonces de cara al soldado y le preguntó:

—¿Lo has entendido?

El hombre, sin mirarle, asintió. Esta vez fue Venz quien hizo un ademán con la mano, como si quisiera atrapar el aire, y el soldado desapareció. Lynch fue a darse la vuelta para regresar a la puerta, pero la voz de Venz le detuvo:

—Sabes que no queda mucho tiempo, ¿verdad, Lynch?

El chico se paró de golpe, mirando fijamente a Klaus y a Laida. La chica contuvo la respiración al ver sus ojos castaños, normalmente tranquilos, peligrosamente furiosos y a la vez juguetones, como un gato que invita a jugar a un ratón. Y fue entonces cuando ocurrió. Esa imagen, la extraña mirada de Lynch, se le quedó grabada a Laida en la mente, y al mismo tiempo tuvo la molesta sensación de que aquello ya había ocurrido antes. No toda la escena del salón del trono, sino la expresión de Lynch.

—Sí, padre —respondió el chico por fin, retomando el paso—. Lo sé.

—¿Qué es lo que está pasando? —preguntó Laida cuando por fin estuvieron fuera. Los tres caminaban a buen paso de nuevo hacia la biblioteca, o al menos eso intuía la joven, porque lo cierto era que nadie había dicho ni una palabra desde que habían salido del salón del trono.

Ninguno de los dos respondió, lo cual no mejoró el humor de Laida. Se sentía increíblemente furiosa por el destino que habían sufrido los otros soldados, y el que había estado a punto de sufrir el pobre hombre del salón del trono.

—He hecho una pregunta —insistió tensa.

—Y te hemos oído —replicó Lynch con aspereza.

—¿Y pensáis contestarme?

—Cuando lleguemos a la biblioteca.

Laida emitió un bufido, enojada, pero siguió caminando. Se dio cuenta de que Sox no estaba, aunque tampoco recordaba haberlo visto entrar en el salón del trono. Supuso que habría huido mientras ellos se encontraban allí.

Llegaron a la biblioteca y entraron de nuevo. Klaus y Lynch se sentaron en la misma mesa que antes y acercaron de nuevo los pergaminos. Laida vio a Sox paseando entre las piernas de los chicos y se apartó un poco.

—¿Y bien? —preguntó.

—¿Y bien qué? —dijo Lynch sin el menor interés, cogiendo uno de los libros.

—Quiero saber qué está ocurriendo.

—Lo que ocurre es que Moran no deja de enviarnos soldados para atacarnos y nosotros nos defendemos —contestó Lynch pasando las páginas sin mirarla.

—¿Y por qué os envía soldados?

Klaus y Lynch intercambiaron una mirada y Laida, que ya estaba harta, exclamó:

—¿Queréis dejar de hacer eso?

—¿Hacer qué? —preguntó Klaus mirándola con sus ojos azules.

—¡No paráis de miraros como si pudierais comunicaros sin hablar, solo mirándoos, como si supierais algo que yo desconozco!

—Eso es probablemente porque podemos comunicarnos sin hablar, solo mirándonos y porque sabemos algo que tú desconoces —contratacó Lynch aparentemente divertido. Klaus sonrió y comentó:

—Nos conocemos desde los cinco años, nos entendemos sin necesidad de palabras.

Laida se quedó sin argumentos, pero entonces dijo con fiereza:

—E imagino que no vais a contestar a mi pregunta, ¿verdad? No vais a explicarme por qué Moran os envía soldados, ¿no? Es algo que no estoy 'preparada para saber'.

—Has acertado —dijo Lynch con calma, rascándose la barbilla con la punta de la pluma.

—Estupendo —masculló Laida. Cogió el primer libro que encontró y desapareció tras él. Se encerró en un silencio orgulloso, aparentemente ajena a la conversación de Lynch y Klaus. Aparentemente. Porque los dos chicos habían empezado a hablar sobre Moran y en aquel momento a la chica no había nada que le interesase más.

—Sabes perfectamente que no se cansarán —decía Lynch.

—Tampoco tienen infinidad de soldados, ¿no? —replicaba Klaus.

—Ya sabes que los demás estarían encantados de ayudar.

—Pues que lo declaren abiertamente de una maldita vez.

Y dicho esto, Klaus se puso a dibujar de nuevo y Lynch se sumergió en la lectura de un libro. Laida, decepcionada, también trató de concentrarse en la lectura.

La chica se dio cuenta de que había leído por lo menos tres veces la frase 'A pesar de todo lo que ocurrió, nunca fueron realmente conscientes de la situación en la que se encontraban las otras monarquías, por lo que les fue imposible prestar su muy necesitada asistencia' y no había entendido nada. Con un suspiro de resignación, apartó el libro de su mente y se dispuso a pensar.

Una horda de soldados había penetrado en Trun, y lo que habían recibido era la muerte a manos de los hechiceros. No era la primera vez que Moran enviaba soldados al reino, y probablemente no sería la última. Pero (y Laida compartía su opinión) Klaus había dicho que Moran acabaría quedándose sin soldados. Y... ¿qué era lo que había replicado Lynch entonces? 'Ya sabes que los demás estarían encantados de ayudar'. Los demás, ¿qué? ¿Qué era lo que estaba sucediendo?

Se sentía frustrada y además tenía la sensación de que las cosas estaban sucediendo demasiado deprisa. En unos pocos días había huido de Álacer, había averiguado que podía usar magia, descubierto que Pegaso era capaz de hacer cosas extrañas, había luchado con los chicos en esgrima, conseguido hacer magia, visitado la ciudadela y ahora estaba en la biblioteca intentando descubrir el origen de la magia. Si le hubieran contado que iba a sucederle todo eso días antes, jamás lo hubiera creído.

Sumergida en sus pensamientos, apenas se dio cuenta de que Klaus y Lynch estaban hablando de nuevo:

—...en la ciudadela. Ya sabes lo que opinan nuestros padres —decía Klaus.

—Si quieres, vamos —aceptó Lynch—. Pero no hoy. Hoy no me apetece salir con esta lluvia.

—Está bien.

«De modo que están pensando en ir a la ciudadela mañana —caviló Laida—. Así puede que me entere de algo más».

Dio un respingo cuando notó algo en las piernas. Tan solo era Sox. El gato la observó con fijeza y después saltó ágilmente al regazo de Lynch.

—¿Quieres decirle a tu maldito gato que me deje en paz de una vez? —masculló Laida de mal humor.

—Primero, no es un gato. Segundo, no es mío. Como todos los furks, es una criatura libre —recitó Lynch acariciando a Sox, que ronroneaba.

—Lo que sea, pero a mí que me deje tranquila.

No hablaron ni dijeron nada más en toda la mañana. Fue un alivio para los tres cuando Klaus dijo que ya era la hora de comer. Recogieron y guardaron todos los pergaminos y libros que habían utilizado y salieron de la biblioteca.

En la comida nadie mencionó para nada el encuentro con los soldados de Moran. Todos se comportaron con naturalidad, excepto Laida, que tuvo que hacer un esfuerzo para disimular su enfado. No participó en la entretenida conversación de Lynch, Klaus, Voxart y Sarah sobre cuántos tipos de azules había en el palacio.

La princesa se dio cuenta de que Venz parecía estar observándola, lo cual la hacía sentir bastante incómoda. Cuando terminó de comer, murmuró una disculpa y fue a su habitación rápidamente. Resoplando, se dejó caer en el suelo junto a la ventana, pensativa. Habían sucedido tantas cosas... Se sentía frustrada, enfadada porque no confiaban en ella para decirle qué estaba pasando. De improviso, Sox saltó a su regazo, salido de quién sabe dónde, y Laida lo acarició distraída. Permaneció así lo que a ella le pareció un buen rato, aunque bien podía ser media hora o un par de minutos.

Echó un vistazo por la ventana, desde donde podía ver la lluvia que caía y que le dificultaba la visión de la ciudadela y la entrada del palacio. Vio una figura correr bajo la lluvia en dirección a las puertas de 'La Joya Azul'. Con curiosidad, Laida se incorporó un poco y Sox saltó a la ventana para ver mejor. La persona, fuese quien fuese, había llegado a la entrada y aguardaba con paciencia a que alguien le abriese las puertas.

«No comprende que desde su posición es prácticamente imposible que la vean si no es por casualidad», se dijo Laida. Sin embargo, un muchacho de pelo castaño que parecía ser Lynch salió de pronto del palacio y cruzó el patio interior hasta llegar a la entrada. Una vez allí, abrió las puertas.

La figura que había estado esperando pasó rápidamente, moviéndose con pasitos muy cortos. Una vez dentro, y a pesar de que la lluvia seguía cayendo, se quitó la capucha y su largo cabello castaño claro quedó al descubierto. La chica sacudió la cabeza y se apresuró a alisarse el pelo con las manos, como si temiera que se hubiese encrespado.

«Cris», pensó Laida furiosa. ¿Y qué demonios hacía Lynch con ella? El día anterior había dejado muy claro que no quería saber nada más de la muchacha.

Cris se acercó más a Lynch, moviéndose despacio y contoneándose. Alargó una mano hacia el chico y le acarició la mejilla. Laida sintió una oleada de ira. Empezaba a odiar a aquella chica. ¿Y por qué Lynch no la apartaba?

La vanidosa muchacha se acercó aún más, hasta que sus cuerpos casi se rozaron. Laida apretó los dientes. Pero Lynch no hizo nada para impedirlo, se quedó donde estaba. Cris hizo rozar su mejilla contra la de él.

La cólera de Laida estalló en su interior y empezó a insultar a aquella muchacha mentalmente, llegando incluso a murmurar algún que otro improperio. Sox la observaba con curiosidad.

Entonces Lynch se inclinó hacia la oreja de Cris para susurrarle algo. La expresión de Cris cambió súbitamente. La muchacha, que incluso desde la ventana parecía horrorizada, retrocedió. Pero era demasiado tarde. Lynch hizo un gesto con las manos y en ellas brilló algo dorado que lanzó a Cris. Algo dorado con la forma de... una esfera. La bola de energía que había generado la alcanzó de pleno y la muchacha salió despedida hacia atrás. Lynch no se conformó con eso. Avanzó hacia ella unos pasos y creó otras cuatro esferas mágicas que rodearon a Cris. Poco a poco, Lynch fue cerrando la mano y las bolas se acercaron más y más al cuerpo de la chica, que estaba encogido en el suelo. Sin embargo, no llegaron a rozarla. Se dispersaron ante otra orden del muchacho. Y, tras una última mirada, Lynch se dio la vuelta y se fue.

Laida se sintió inmensamente aliviada. Por fin Lynch había ajustado cuentas con Cris. Por un instante, había temido que la muchacha hubiese logrado seducirlo, pero era evidente que no era así. Sox clavó en ella sus enormes ojos ambarinos y giró un poco la cabeza. Al mismo tiempo, Laida sintió que un sentimiento de inquietud se apoderaba de ella. Por alguna razón, se había sentido increíblemente furiosa con Cris, hasta el punto de sentir el odio corriendo por sus venas. Incluso la había insultado, lo cual no era propio de una princesa. ¿Y todo por qué? ¿Por el anterior encuentro en la tienda, cuando ella le había preguntado si estaba celosa?

¿Y si lo estaba? Laida nunca se había sentido celosa, y menos en comparación con una niña creída de catorce años. Tal vez simplemente no le había gustado cómo coqueteaba con Klaus y en especial con Lynch. Pero tampoco le parecía motivo suficiente. Entonces, ¿a qué se debía su repentino odio? Quizá fuera simplemente que le había disgustado su interés por Lynch. Lo cual llevaba a la conclusión... de que ella también sentía interés por Lynch. Una parte de ella se rebeló rápidamente frente aquel sentimiento. Otra se estremeció.

Lo cierto era que le parecía curioso el carácter de Lynch, le gustaban sus ojos, aquellos ojos que revelaban tantas emociones... Pero hasta ahí. «Eso no significa nada», se dijo con firmeza.

Intentando apartar aquellos pensamientos de su mente, se asomó de nuevo por la ventana, para ver si Cris seguía todavía tirada en el suelo. Y lo que vio la dejó sin respiración.

El rostro de Cris se había convertido en una máscara de odio; su postura, antes coqueta, ahora era firme; y su pelo se había oscurecido por completo. No había nada de humano en la expresión de su cara, se asemejaba más a... una bestia, un diablo, un demonio. Fuera lo que fuese, no parecía una persona. Con paso rápido y apretando los puños, Cris se dio la vuelta y salió por fin del palacio.

Asustada, Laida miró a Sox. El gato la observaba con seriedad y decisión. La princesa dudó. Temía que si contaba lo que había presenciado, nadie la creyera; necesitaba pruebas. Además, sentía que aquello era asunto suyo, suyo y de nadie más. No sabía exactamente por qué pensaba eso. Tal vez porque sentía un repentino odio hacia Cris, tal vez porque no le había gustado verla con Lynch... Quién sabe.

De modo que se levantó, mordiéndose el labio inferior, y, seguida por Sox, se dirigió de nuevo a la biblioteca.

10

EL OBSERVATORIO

Los demonios son criaturas oscuras, que pueden adoptar la forma de un ser humano para así escoger a sus víctimas. Se alimentan de los humanos, aunque si se ven en situaciones complicadas, pueden llegar a satisfacerse con animales. No es nada fácil distinguir a un demonio de una persona, pues pocas cosas los delatan. Una de ellas es su obvia preferencia por la carne humana; otra, su habilidad de fundirse y moverse con las sombras; y, tal vez la más particular, la propiedad de poder manipular a la gente a su antojo. Es bien sabido que la mayoría de los demonios escogen a sus víctimas seduciéndolas, pues bajo su apariencia humana, son capaces de poseer hermosos rasgos. La manera más sencilla de delatar a un demonio es haciendo que experimente fuertes emociones como ira, odio, dolor, felicidad... De esta forma y sin poder evitarlo, los demonios regresan a su verdadera apariencia, pues las emociones los turban y los desconcentran. Solo los más poderosos son capaces de mantener su falso aspecto a su antojo. Los demonios habitan en lugares donde hay bastante actividad, aunque siempre se mantienen en las sombras y tratan de pasar desapercibidos. Quedan muy pocas de estas criaturas en Álacer, pues su caza fue muy bien recompensada en los últimos años. La mayoría de los demonios se refugió en Yagno, un lugar bastante caluroso, pero a la vez adecuado para ellos. La única arma capaz de matar a los demonios es realizar un potente hechizo de luz (preferentemente Resplandor o Sol enano) mientras están en su verdadera forma, pues su apariencia humana les protege de su peor enemigo: la luz. Sin embargo, es necesario dirigir la esfera de luz creada directamente hacia el cuerpo del demonio, puesto que de lo contrario no le haría más daño que los rayos del sol. Así mismo, no es posible acabar con la vida de un demonio como se mata a un humano, aunque posea su falsa apariencia, puesto que la esencia de demonio los protege de los ataques normales. Uno de los ataques más peligrosos de los demonios es una esfera de energía negra, llena de veneno, la cual es mortal para los humanos. La única cura consiste en realizar el hechizo purificador, para eliminar el veneno del cuerpo; de lo contrario, al usar cualquier otro hechizo, el veneno podría extenderse.

Ésta era la definición que aparecía en 'Criaturas oscuras del reino mágico'. Se fijó en que las palabras 'Sol enano' estaban escritas por otra persona; era otra letra y además estaba puesto apresuradamente y apretujado, como si no cupiera.

Tras leer la definición, Laida sintió cómo un escalofrío le recorría la espalda. De modo que era cierto, se dijo. Era cierto que Cris era un demonio. Y lo que pretendía era alimentarse de Klaus y Lynch, por eso insistía tanto y trataba de seducirlos. Y estaba cada vez más furiosa por esa razón: no lo lograba.

Con el corazón acelerado, Laida intentó pensar qué podía hacer. Probablemente, si les contaba la verdad a Klaus y a Lynch, no la creerían. Pensarían que simplemente estaba celosa. Tampoco podía contar con Sarah, Venz o Voxart; los chicos no se habían tomado la molestia de contarles lo sucedido.

Angustiada, miró a Sox, que la había acompañado hasta la biblioteca. La mirada del furk era clara: tendría que resolver eso ella sola.

Y lo cierto es que una parte de ella ansiaba obedecer esa orden. Algo le decía que era un asunto entre ella y Cris. Pensó qué ocurriría si conseguía acabar con ella y todos la veían muerta bajo su forma de demonio. Se estremeció solo de pensarlo. Por mucho que la odiase, ¿cómo iba a matar a una chica, aunque fuese un demonio?

«De todos modos —pensó—, tampoco puedo hacer nada por ahora. No sé realizar hechizos de luz, sea lo que sea eso». Se preguntó si podía conseguir más información acerca de ellos sin levantar sospechas. Tal vez preguntando a Lynch o a Klaus... O quizá había algún libro sobre ellos en la biblioteca.

Paseó entre los estantes, mirando con atención los títulos de los libros. Encontró uno llamado 'Guía de hechizos básicos' y lo abrió por el índice, para ver si había suerte. Todavía estaba buscando cuando una voz desde la puerta la sobresaltó:

—¿Qué haces aquí, Laida?

Era Lynch. Laida sintió cómo su corazón palpitaba con más fuerza, aunque no estaba segura de si era por el susto que le había dado el chico o por algo más.

—¿Qué? Oh, yo... hum... Estaba buscando... ¿Tú sabes algo sobre los hechizos de luz? —preguntó a bocajarro. Sox bufó.

—¿Hechizos de luz? ¿Por qué lo preguntas? —inquirió el chico con cierto recelo.

—Hum... Me había parecido leerlo por algún lado y no he entendido lo que era —improvisó la chica.

—Ya. ¿Y en qué libro? —siguió preguntando Lynch sin dejar de observarla.

—Pues... No estoy segura... O tal vez lo haya oído en algún sitio. Bueno, ¿me vas a decir lo que son?

—Son una clase de hechizos que emiten luz, como su mismo nombre indica.

—Claro, eh... ¿Y cómo se realizan?

—¿Por qué?

—No, nada... Por saber.

—Ya —dijo Lynch; era evidente que no se creía lo que la chica le estaba contando—. Bueno, cuando me digas qué es lo que tramas y si me parece que ésa es razón suficiente, te lo diré.

Y dicho esto, se dio la vuelta y salió de la biblioteca. Laida no pudo reprimir un suspiro de alivio. Sox sacudió la cabeza, evidentemente contrariado. Laida tuvo ganas de gritarle: '¡La próxima vez hablas tú por mí!', pero se contuvo. Resignada, siguió mirando en el índice del libro, para ver si encontraba cómo realizar el hechizo de luz. Se le ocurrió que tal vez si se concentraba lograría realizarlo, de modo que respiró hondo, cerró los ojos y levantó un poco la mano. Pensó en la luz, en el sol, en el fuego, incluso en las estrellas, pero no ocurrió nada. Frustrada, pasó las hojas del libro con rapidez, tratando de encontrar aquel hechizo por casualidad.

Aunque encontró cómo crear una diminuta lucecita (había que chasquear los dedos y mantener los ojos abiertos, preferentemente) dudaba que aquel conjuro le sirviera de algo contra un demonio. «Lo ideal sería crear una bola de fuego o algo así», se dijo Laida pasando las páginas con impaciencia.

Sox saltó hacia ella de pronto y se subió a la estantería que había detrás. Desde allí, alargó una de sus patas y tocó la portada del libro. Laida lo miró sin comprender. El gato maulló. La princesa cerró el libro y observó la portada. Era muy sencilla; sobre un fondo marrón caoba estaba escrito 'Guía de hechizos básicos' en letras doradas.

—¿Qué intentas decirme? —preguntó Laida pasando la mano por la cubierta del libro. Sox bufó y tocó con su pequeña patita la palabra *básicos*.

—¿Qué? Básicos... ¡Oh, claro! Intentas decirme que el hechizo que busco no aparece aquí porque no es básico, ¿verdad? —dijo entusiasmada y orgullosa de haberlo comprendido. El furk parpadeó.

Laida paseó por las estanterías, buscando un libro de hechizos más avanzado. Pero no hubo suerte. Todos los títulos que encontraba eran igual de extraños, así como: 'Cien maneras de educar a un furk', 'El mágico viaje submarino', 'El secreto de los animales celestes'...

Se detuvo ante ese último; le resultaba familiar. Recordó que en su primera visita a la biblioteca también lo había visto y se había quedado mirando la portada: tres caballos alados surcando el cielo. Aquellas criaturas también le resultaban extrañamente familiares...

Sox la devolvió a la realidad con un maullido. Laida suspiró con resignación y siguió rebuscando, pero no tuvo éxito. Finalmente, se dejó caer en el sofá, agotada y a la vez frustrada. Sox se acurrucó en su regazo y le dirigió una mirada que la hizo sentirse enormemente culpable. Permaneció cinco minutos allí tumbada, acariciando al gato, hasta que con un nuevo suspiro reemprendió la búsqueda.

Se pasó en la biblioteca toda la tarde, aunque no encontró absolutamente nada sobre los hechizos de luz poderosos. Había, por supuesto, conjuros para encender una vela o iluminar una habitación, pero ¿de qué le iba a servir eso contra un demonio?

Cuando consideró que ya era la hora de cenar, bajó hasta el comedor y disfrutó de un suculento manjar. Por suerte para ella, nadie le preguntó a qué se debía su larga estancia en la biblioteca.

Cuando el cielo ya se había oscurecido, se encaminó hacia la torre donde dormía. Por el camino, se encontró con Lynch, que a su vez iba a su dormitorio. No hablaron, pero el chico le dirigió una larga mirada pensativa que la hizo estremecerse antes de desaparecer tras la escalera. Laida se reprendió a sí misma mientras avanzaba hacia la torre. ¿Qué diablos le estaba pasando con Lynch?

Llegó por fin a la habitación, se puso el sencillo traje blanco y se metió en la cama. Una vez cómoda, se dispuso a pensar.

Llevaba unos días (no sabía exactamente cuántos) en Trun. Había aprendido a dominar la magia y había descubierto que Pegaso podía realizar cosas... extrañas. Por otro lado, Moran no dejaba de enviar soldados a Trun por una razón desconocida. Una razón que al día siguiente pensaba averiguar. Y por último, ahora sabía que Cris era un demonio y también qué había que hacer para matarla. El problema era cómo hacerlo. Y Lynch... El joven, aunque lo conocía desde hacía pocos días, había sido capaz de despertar sentimientos antes ocultos en su interior, sentimientos que todavía trataba de asimilar. Pero de una cosa estaba segura: no iba a permitir que Cris lo tocase, ni a él ni a Klaus.

Tal vez fuese odio, tal vez celos, tal vez miedo o tal vez otra cosa, mas no pensaba consentir que aquella demonio les hiciese daño.

Con un suspiro, se arrebujó bajo las sábanas y se quedó dormida.

—¿Estás seguro de que es por aquí? —inquirió Lynch.

Klaus resopló y contestó con impaciencia:

—Que sí, ya te he dicho que sí. Mi padre dijo que se reunirían en el centro de la ciudadela, en la fuente.

—Pues aquí no hay nadie —replicó Lynch mirando a su alrededor. Era cierto. A pesar de que las últimas nubes ya estaban desapareciendo y una suave brisa invitaba a la gente a pasar el día fuera, no había nadie en el centro de la ciudadela.

—Pero están todos juntos en alguna parte, de eso estoy seguro —insistió Klaus frunciendo el entrecejo.

—¿Y cómo sabes eso? —preguntó Laida. La verdad es que Klaus parecía tener un gran sentido de la intuición.

—¿Qué? Ah, pues... ¡Esperad, ahí llegan!

Los tres se apresuraron a esconderse tras una pequeña valla que llevaba a un jardín abandonado. Era necesario ocultarse, ya que de lo contrario no podrían averiguar lo que estaba sucediendo.

En efecto, al cabo de unos segundos un grupo de unas quince personas, todas adultas, hizo su aparición y formó un círculo en torno a la fuente.

Entre ellos, Laida pudo distinguir a Voxart; a Meg, de la tienda de tejidos; a Tays, el hombre al que también le habían entregado el pergamino; y a muchos otros que no conocía.

Meg movió la mano a su alrededor y Laida pudo ver durante unos instantes una barrera mágica, que desapareció rápidamente. Los adultos empezaron a hablar, o al menos eso parecía por el movimiento de sus bocas, porque no se les oía nada.

Lynch soltó una maldición.

—Han puesto una barrera para insonorizar. Así no podremos oír nada. A no ser que...

Lentamente, Lynch salió de su escondite y alargó un brazo. Con un veloz movimiento, lanzó una bola de energía mágica que estalló contra la barrera. Los hombres y mujeres reunidos gritaron y se volvieron mirando a su alrededor, intentando descubrir el origen de aquella explosión. Sin embargo, ninguno de ellos se dispuso a salir de la barrera, que ahora parecía dañada donde la magia había impactado.

—¿Estás loco? —siseó Klaus en cuanto Lynch regresó junto a ellos—. ¡Podrían habernos visto!

—Tranquilo, no saldrán de su barrera. Y ahora podemos usar un hechizo para oír lo que dicen. Klaus... —dijo Lynch.

—¿Por qué yo?

—¿Hace falta que te responda?

Con desgana, Klaus extendió ambas manos, abriendo las palmas, y bajó los dedos del centro. Laida dio un respingo cuando oyó varias voces hablando entre ellas.

—¿...crees que puede durar esto?

—Ya he dicho que tenemos que llegar a un acuerdo.

—Lo que habría que hacer es acabar con ellos. ¡Doce ataques en tres meses! Pero, ¿qué es esto, dónde está nuestro orgullo?

—Nos rebajaríamos a su nivel. Tal vez habría que tener paciencia y...

—¡Tener paciencia! ¿Desde cuándo eso equivale a permitir que nos ataquen?

—¡Basta! Basta.

El que había hablado ahora había sido Voxart. Tras imponer orden, explicó:

—Comprendo perfectamente cómo os sentís todos. Pero como bien ha dicho Leys, hay que tener paciencia. Si no lo declaran abiertamente, no podemos hacer nada. Tenemos que esperar a estar seguros. Mientras, lo único que podemos hacer es defendernos contra los ataques de Moran y hacerlos retroceder. Nunca debimos permitir que atravesaran los bosques y fueran más allá de las ruinas. Doce ataques en tres meses... Hoy mismo iremos a los límites de los bosques para poner algo de protección.

—¡Lo que hay que hacer es atacar, no defendernos! Imagínate que fuésemos de uno en uno. ¡Podríamos vencer! —exclamó un hombre.

—Eso sería una masacre —repuso Meg—. Estoy de acuerdo con Voxart. Habrá que ser precavidos.

—Esto no está bien —susurró Laida desde su escondite—. ¡Es una conversación privada!

—Creía que querías enterarte de lo que pasaba —le dijo Lynch.

—Si al menos sirviera para algo... —masculló la chica en voz baja. La verdad es que no conseguía entender del todo la discusión.

—Entonces está decidido —siguió diciendo Voxart—. Hoy al anochecer enviaremos unos cuantos hechiceros más allá de los límites de Trun, en los alrededores del Bosque Antiguo y las Ruinas Espejo. Y mientras, intentaremos continuar con los planes principales.

—¿Venz aún no ha mandado mensajeros? —preguntó entonces Tays.

—No puede hacerlo hasta no estar seguro —respondió Voxart—. Si fuese una falsa alarma y Moran actuara por su cuenta, ¿os imagináis qué pasaría con nuestra alianza con Yagno, y sobre todo con Sach? No, no debemos dar pasos en falso. Tendremos que aguardar el momento adecuado.

Todos los reunidos asintieron y empezaron a decidir dónde y cuándo reunirse para detener a Moran. Lynch salió de su escondite con tranquilidad y les indicó a los otros dos que lo siguieran.

—¿Eso es todo? —preguntó Laida.

—Para nosotros es más que suficiente —respondió Lynch.

—Bueno, pues para mí no —respondió Laida enfadada—. No he conseguido descubrir por qué Moran os envía soldados.

—Y es mejor que todavía no lo sepas —comentó Klaus. Laida fue a protestar, pero acabó callándose. Evidentemente, los chicos no querían decirle nada, y por mucho que insistiera no iba a conseguir que le explicasen algo.

Caminaron un rato por la ciudadela, sin hablar. Lynch parecía pensativo, Klaus, preocupado, y ella no paraba de darle vueltas a un asunto que se le había ocurrido: ¿qué pasaría si Cris aparecía de pronto por las calles?

Tal vez intentaría acabar con Lynch de una vez por todas, quizá seguiría tratando de seducir tanto a él como a Klaus...

Absorta en sus pensamientos, no se dio cuenta de que el sol casi se había puesto. Lynch echó un vistazo al cielo, ligeramente anaranjado.

—Vamos ya al palacio. Hoy hace una noche perfecta para ver las estrellas.

—¿Ver las estrellas? —repitió Laida. Lo cierto era que después de ver lo extraño que era Trun comparado con Álacer, no se había imaginado que sus habitantes pudieran hacer cosas tan normales como ver las estrellas.

—Claro. ¿En tu reino no tenéis estrellas además de magia? —inquirió Lynch mirándola con una ligera sonrisa.

—Por supuesto que desde Álacer podemos contemplar el cielo estrellado. Es solo que se me hace extraño... Después de todo lo que ha pasado, que exista algo tan normal como ver las estrellas.

—Te acostumbrarás —dijo Lynch mirándola ahora con compasión e incluso cierto cariño—. Sé que puede resultar difícil que en pocos días tu vida cambie de golpe y para siempre. Te hace sentir... vulnerable al destino y al futuro, como si no tuvieras elección.

—¿Tú crees en el destino?

—Creo que las cosas ocurren no porque esté escrito, sino porque alguien ha hecho algo para que así sea. Y ese alguien podía haber elegido hacer eso o no, por lo que el destino no existe, o al menos no tiene tanto poder como nosotros.

Laida tardó un poco en comprender las palabras de Lynch. Su forma de pensar tenía lógica, pero llevaba a darse cuenta de que cualquiera podía interferir en tu destino, no, en tu futuro.

Cuando llegaron al palacio el cielo ya se había oscurecido. Estaban a punto de subir los escalones de la entrada cuando una voz les hizo volverse:

—¡Klaus! ¡KLAUS!

Era Voxart. Llegaba corriendo, lo cual parecía haber supuesto un gran esfuerzo para él. Se apoyó un momento en la pared para recuperar el aliento y después dijo:

—Menos mal que te encuentro. Necesito que vengas al bosque, a las Ruinas Espejo.

—Ah, es verdad... Esto, ¿para qué? —preguntó Klaus rápidamente. Había estado a punto de revelar a su padre que ya sabía el motivo.

—Para detener a Moran. Puede haber más soldados apostados por ahí. Necesito que vengas tú. Puedes sernos muy útil —explicó su padre sin darse cuenta de nada—. ¡Vamos, coge algo de abrigo! Tal vez estemos toda la noche.

—¿Tiene que ser hoy? —resopló Klaus. Era evidente que no le hacía ninguna gracia tener que pasar la noche en un bosque oscuro y sombrío.

—Por supuesto que tiene que ser hoy. ¿Acaso tienes algo mejor que hacer?

Obviamente, la respuesta sincera habría sido 'Sí', pero Klaus suspiró con resignación y dijo a desgana:

—Está bien, está bien, ya voy.

Entraron los cuatro en el palacio, lo que Laida agradeció profundamente. La verdad era que, aunque ya estaban a principios de verano, la noche era muy fresca. Se detuvieron, como siempre, al pie de la escalera que se dividía en cinco tramos. Klaus subió rápidamente y volvió al cabo de un par de minutos con una cazadora negra. Estaba a punto de marcharse con su padre cuando Lynch lo detuvo:

—Espera. Llévate a Sox.

Lynch silbó, como si llamara a un perro. Laida dudaba que Sox pudiese oírlo; el palacio era inmenso y el sonido tampoco fue demasiado fuerte, pero a pesar de todo el gato apareció descendiendo ágilmente los peldaños de la escalera situada más a la izquierda.

Ya fuera, Voxart dijo, mirando con recelo a Sox:

—¿De verdad creéis que va a servirnos de ayuda?

Sox lo miró con furia y se transformó en la pantera que Laida había visto en su torre, cuando esperaba para ver a Pegaso. A la luz de las estrellas, parecía más negra, más grande y sobre todo más mortífera. Sus ojos no habían cambiado, sin embargo. Eran los mismos ojos, enormes y brillantes.

La pantera paseó de un lado a otro observando a Voxart, como una fiera esperando para capturar a su presa. Lynch rió.

—Muy bonito, Sox, pero vuelve a tu forma habitual. Llamas demasiado la atención.

El furk le obedeció.

—Bueno, nos vemos mañana —se despidió Klaus. Él y su padre se fueron a buen paso, seguidos por Sox. Incluso de espaldas, se podían ver claramente sus diferencias: uno alto, el otro más bajo, uno delgado, el otro musculoso.

—¿Son padre e hijo? —preguntó Laida con curiosidad a Lynch.

—Sí, bueno... no, en realidad... Da igual.

Lynch le dio la espalda y se dirigió de nuevo al palacio. Laida, moviendo la cabeza con perplejidad, le siguió.

Recorrieron a buen paso los amplios corredores del palacio. Doblaron una esquina y fueron a parar a otro pasillo. Tenía en las paredes varios cuadros que representaban paisajes, la mayoría de Trun. A Laida le hubiera gustado quedarse y observarlos con más detenimiento, pero bastante le estaba costando mantenerse a la altura de Lynch.

El chico andaba con rapidez, sin titubeos ni vacilaciones. Cuando Laida le preguntó a qué venía tan repentino entusiasmo, Lynch se dio la vuelta y clavó en ella sus hermosos ojos castaños:

—¿Quieres ver las estrellas o no? Pues entonces, vamos, ¡deprisa!

Le tendió la mano y ella, casi sin darse cuenta de lo que hacía, se la cogió. El muchacho tiró de ella y empezaron a correr hasta una escalera de caracol. Ascendieron por ella y desembocaron en otro pasillo, que solamente tenía una puerta. Sin soltarla, Lynch avanzó hacia la abertura y la abrió.

Laida reconoció de inmediato el lugar. Desde la ciudadela se podía ver una torre bastante alta, que tenía una estructura muy curiosa. Nunca había estado allí.

—Bienvenida al *Observatorio* —dijo Lynch sonriendo. El nombre no podía ser más obvio.

Desde aquella enorme terraza se podía ver el cielo desde todos los ángulos, pues el balcón rodeaba la misma torre. Le confería un extraño aspecto, como el de un disco con un lápiz en el centro. El suelo estaba cubierto por baldosas, todas blancas. Laida se dio cuenta de que justo delante tenía un azulejo negro, que contrastaba con los demás.

Las estrellas brillaban y cubrían el negro cielo, lanzando destellos y creando una acogedora atmósfera.

Lynch avanzó unos pasos y se apoyó en la barandilla, sin dejar de observar el bello paisaje que tenían arriba y enfrente. Laida lo imitó. Desde su posición, podía observar cómo el pecho de Lynch ascendía y descendía con calma, pero aun así le pareció (o más bien intuyó) que su corazón latía con rapidez.

—Lynch. ¿Por qué eres así?

El chico la miró, sorprendido por la pregunta. Laida sintió cómo algo en su interior se agitaba cuando él clavó en ella sus ojos castaños.

—¿A qué te refieres?

—Pues... Eres una persona muy nerviosa, aunque no lo demuestres. —El chico alzó las cejas, inquisitivo, y Laida continuó—: Cuando estábamos en la playa, no dejabas de jugar con el arco o con el pelo, y si no, te mordías las uñas. Y ayer, antes de entrar en el salón del trono, tenías el corazón latiendo a mil por hora. Yo misma pude oírlo. Y a pesar de todo, no lo demuestras. O al menos no abiertamente. ¿Por qué?

Lynch tardó un tiempo en contestar y Laida temió que la pregunta le hubiese molestado. El muchacho apartó la mirada de ella y empezó a juguetear con un mechón de su pelo, enrollándolo en el dedo. Cuando por fin contestó, lo hizo en un susurro:

—A veces no merece la pena dejarse llevar por las emociones. Sé que soy una persona inquieta; me gusta estar haciendo algo, aunque ese algo sea morderme las uñas. Y en el salón del trono... Mis latidos del corazón siempre han ido más rápido de lo normal.

—¿De veras?

Lynch sonrió y la miró de nuevo. Con delicadeza, le cogió a Laida los dedos índice y corazón de la mano derecha y se los llevó a su propio cuello.

Laida sintió cómo su corazón latía apresuradamente, y se preguntó si no sería porque el muchacho se sentía nervioso. Pero no lo parecía. Es más, rara vez lo había visto tan tranquilo.

La chica apartó sus dedos del cuello de Lynch y sintió otra vez cómo una parte de ella se ponía en contra. Aquel sentimiento empezaba a asustarla.

—Sin embargo, tu corazón ahora late bastante deprisa. Y es porque estás nerviosa —dijo Lynch.

Laida se ruborizó sin poder evitarlo y trató de calmarse. Fue inútil. Por algún motivo, cuanto más quería tranquilizarse, más rápido latía su corazón.

—Y ahora te toca a ti responder —continuó Lynch acercándose un poco más a ella—. ¿Por qué estás tan nerviosa?

Laida se ruborizó de nuevo y contestó, incapaz de apartar la mirada de los ojos de Lynch:

—No lo sé. Simplemente...

Pero no pudo encontrar las palabras. Tampoco fue necesario, por suerte para ella, pues Lynch volvió a centrar su atención en el cielo estrellado. Con un leve suspiro, Laida lo imitó.

Las estrellas producían un curioso efecto sobre la ciudadela; parecía tener un precioso cielo con purpurina. Los astros eran (o más bien se veían) diminutos, mas alumbraban con intensidad lo que tenían alrededor.

Laida pudo ver a Lynch recorriendo el cielo con su mirada, como si buscase algo. Y debió encontrarlo, porque la cogió con suavidad de la mano y señaló un lejano puntito en el firmamento.

—¿Ves esa estrella? —le susurró—. Solo se puede ver en todo el año durante tres días: el solsticio de verano, el día anterior y el posterior.

Laida entrecerró un poco los ojos, intentando distinguir aquella diminuta estrella. Por fin dio con ella. Era pequeña y alumbraba con un suave resplandor azul cian. Recordó con una punzada de dolor y nostalgia que su madre había muerto precisamente el día del solsticio de verano.

—¿Qué? —dijo Lynch un poco desconcertado al verla tan triste.

—Es solo que... —Laida tragó saliva—. Mi madre murió justo el día del solsticio de verano. No puedo evitar acordarme de ella.

—Lo siento —susurró Lynch con suavidad. Hizo una pequeña pausa y después dijo—: Tal vez te parezca increíble, pero a veces puedes ver a una persona que se fue hace tiempo reflejada en otra. ¿Entiendes lo que quiero decir?

—Te refieres a que la reconoces en su hijo o hija.

—Sí, pero no siempre ocurre con la familia. A veces es simplemente el carácter.

—¿Qué me quieres decir con esto, Lynch?

—Quiero decir que a veces, si echas de menos a tu madre, no tienes más que mirarte al espejo. Eres igual a ella.

—¿Y tú eso cómo lo sabes? —preguntó Laida alarmada. Era cierto que se parecía mucho a su madre: los mismos ojos verdes, el mismo cabello negro...

—Porque me lo contaron mis padres.

—¿Venz y Sarah conocían a... mi madre?

—Ella... Sabes que has heredado tus poderes de ella. ¿Crees que una hechicera podía vivir aislada?

—Entonces, todos esos viajes que hacía, cuando se ausentaba...

—Eran para viajar a los reinos mágicos —asintió Lynch. Laida contuvo el aliento, asombrada. Jamás, incluso desde que sabía que su madre había sido maga, había pensado que hubiera viajado a Trun o a Yagno o a Sach. Y, sin embargo, ahora le parecía tan obvio...

Por eso ella misma no soportaba estar tanto tiempo en el castillo, sin salir. Porque era una hechicera, y al igual que su madre, no podía permanecer aislada.

—Ahora lo comprendo todo... —musitó para sí. Lynch la oyó.

—¿Todo? ¿De verdad crees comprenderlo todo?

Ella lo miró. La luz de las estrellas se reflejaba en los ojos de Lynch, confiriéndoles un precioso destello. Se le pasaron por la mente miles de cosas que no entendía, pero en ese momento solo hubo una que le pareció de verdad incomprensible: sus propios sentimientos.

—No. Creo que hay cosas que nunca comprenderé.

Aquello hizo que Lynch sonriera. Ambos volvieron a centrar su atención en las estrellas, y cuando, unos veinte minutos más tarde, Laida ya estaba en su habitación, tuvo la sensación de que aquella noche algo había despertado en su interior. Una llama que nadie podría apagar.

11

EL SECRETO DE LYNCH

Los días iban pasando. Pronto, el clima se volvió más caluroso y las nubes desaparecieron. La ciudadela estaba cada vez más llena y las casas, más vacías. La gente aprovechaba aquellos días de calor para disfrutar al sol, lejos de sus opresivas y sombrías viviendas y libres de sus rutinas.

Laida llevaba ya casi un mes en Trun. Y había sido el más feliz de su vida. Día sí y día no, practicaba con la espada con Lynch y Klaus por las mañanas, aunque ya no en la playa, sino en una sala de entrenamiento. Al principio, Laida no podía siquiera compararse con los chicos, a pesar de sus entrenamientos en Álacer, pero fue progresando y acabó convirtiéndose en un hábil espadachín.

Los días que quedaban libres los empleaba para montar a caballo, siempre dejando un día para ir a la biblioteca. La investigación iba dando sus frutos. Gracias a Laida, Lynch y Klaus eran capaces de trabajar con más rapidez y terminaron encontrando algunas fechas y datos valiosos.

Después de comer, solían dar una vuelta por la ciudadela hasta tarde. Cuando llovía, aunque rara vez sucedía, se quedaban en el interior del palacio, leyendo, paseando, admirando sus obras de arte...

Sin embargo, y para decepción de Laida, no se repitió la noche en el *Observatorio*. Lynch le había dicho que aquella preciosa y diminuta estrella azul cian solo podía verse las noches del solsticio de verano, la anterior y la posterior. Pero la princesa había pensado que los chicos iban a aquella torre con más frecuencia. No fue así.

No había más noticias sobre Moran. Klaus y Voxart habían vuelto al día siguiente con Sox y los tres estaban cansados, decepcionados y asombrados. No habían encontrado ni un solo soldado.

Laida se sentía increíblemente a gusto en Trun. La única restricción que le había impuesto Venz era la siguiente: no salir de los límites del reino.

Pero, ¿quién quería salir de un maravilloso reino mágico donde había tantas cosas por hacer?

Además, era curioso. Sentía que podía ir, estar e incluso sentir lo que quisiera. En ocasiones, pensaba en todos los problemas que tenía: Pegaso, que por suerte no había vuelto a hacer nada extraño; Cris, de quien no habían tenido noticias; Moran y su repentina calma; Lynch...

Otras veces, en cambio, le apetecía olvidarse de todas las preocupaciones, y se tumbaba en la cama, acariciando a Sox o leyendo un libro. Y en esos momentos de libertad... le parecía que por fin era ella misma. Sin normas, sin leyes, libre de las cadenas que la tenían presa en Álacer.

Aunque Laida sentía que algo había cambiado en ella. Ya no era la orgullosa princesa a la que le gustaba que le hicieran reverencias. Ahora era una chica normal y corriente, capaz de combatir y valerse por sí misma.

Una mañana como otra cualquiera, Laida, Lynch y Klaus se encontraban en la biblioteca. Esa vez se habían propuesto buscar la fecha exacta de la aparición de la magia, y si se podía, de Álacer.

—'Cuando Álacer ya era una tierra próspera, hace miles de años, se encontraron los primeros indicios de la magia...' —leyó Laida—. ¡Esto no sirve para nada! ¿Cómo demonios voy a saber exactamente cuántos son 'miles de años'?

Y cerró el libro de golpe. Mientras lo devolvía a su estante correspondiente con cierta brusquedad, Klaus, que hojeaba un libro sin demasiado entusiasmo, opinó:

—Deberías tomártelo con más calma. Al fin y al cabo, todos estos libros tampoco son demasiado antiguos. No conocen datos exactos.

—No pido que mencionen el día, mes, estación y año exactos, pero podrían ser un poco más precisos. Miles de años pueden ser dos mil y pueden ser cien mil —replicó Laida malhumorada. Lynch, que estaba leyendo un libro titulado 'El origen de los tiempos', alzó la cabeza al oír decir eso.

—Si el problema es por la antigüedad de los libros, podríamos echar un vistazo en la sala de planes —dijo.

—¿Sala de planes? —repitió Laida sin comprender. Lynch señaló una estantería y la chica se acercó a ella. Enseguida entendió lo que Lynch quería decir. En la estantería había un grueso libro azul. Laida recordó que en su primera visita a la biblioteca Lynch había tomado precisamente aquel libro y al susurrar unas palabras el volumen había brillado y una puerta había aparecido de improviso.

—Pero si allí ya hemos mirado —protestó Klaus.

—No todos los libros —repuso Lynch.

—Bueno, haced lo que queráis. Yo voy a buscar un libro donde aparece una copia exacta de Ragots; al menos, mapas tenemos de sobra.

Y dicho esto, Klaus se levantó y salió. Lynch se encogió de hombros y utilizó el mismo procedimiento que la otra vez para abrir la sala oculta. Laida entró tras él y cerró la puerta. Se estremeció; había olvidado el frío que hacía allí.

Buscaron en las pocas estanterías que había allí algún libro que les pudiera ser de utilidad, mas no encontraron gran cosa. Era cierto que aquellos libros eran bastante más antiguos, pero tampoco daban datos demasiado exactos.

Tras media hora de búsqueda en la penumbra que había en aquella lúgubre habitación, se rindieron. Después de dejar el último libro en su sitio, Laida se dirigió a la puerta y tiró del pomo. No se abrió. Frunciendo el ceño, tiró de nuevo con más fuerza, pero fue inútil.

—¡Está cerrada! —le dijo a Lynch. El chico se volvió hacia la puerta, repentinamente alarmado. Tiró de ella con todas sus fuerzas (Laida tuvo miedo de que rompiera el pomo). No ocurrió nada.

Lynch no se rindió. Indicando a Laida que se echara hacia atrás, creó una pequeña bola de energía que lanzó contra el pomo. Éste se movió, pero no cedió.

Furioso, el chico descargó una patada contra la puerta, la cual se sacudió peligrosamente.

—¿Qué ocurre? —preguntó Laida. Después del tiempo que había pasado en Trun había aprendido que pocas cosas hacían que Lynch perdiera la paciencia.

—Nos han encerrado.

—¿Quién?

Lynch no contestó, sino que se dejó caer al suelo y se sentó.

Laida tuvo una repentina sospecha. No dijo nada, sin embargo; se limitó a sentarse junto a Lynch y esperó.

Al cabo de unos minutos, el joven se levantó de nuevo e intentó abrir la puerta, sin éxito. Frustrado, Lynch se dedicó a pasear por la habitación, de un lado para otro. Cuando el chico pasó por su lado por vigésima vez, Laida se hartó:

—Lynch, ¿quieres parar? ¡Me estás poniendo nerviosa!

Lynch le dirigió una mirada que hizo que a Laida se le encogiera el corazón. Desde el fondo de los ojos castaños del joven, se podía ver claramente que estaba sufriendo. Era como un tigre enjaulado, un tigre que amaba la libertad y sentir el viento en el rostro al correr.

Laida se quedó un momento sin palabras. Pero la estupefacción dio paso a la ira. Sabía quién los había encerrado. Y también sabía que aquella persona era consciente de lo que Lynch sufría estando encerrado.

Laida se levantó de un salto, a la vez que maldecía mentalmente. Llegó a la puerta y le pegó una patada. Se oyó una exclamación al otro lado. Antes de que nadie pudiera decir nada, el pomo de la puerta brilló y ésta se abrió. Delante de ellos estaba Klaus.

Sin decir una palabra, Lynch se levantó a la velocidad del rayo y salió rápidamente de la habitación. Klaus no lo detuvo.

Laida se acercó a Klaus.

—¿Qué ha pasado?

—Eso me gustaría saber a mí. ¿Cómo es que habéis cerrado la puerta?

—Nos han encerrado —explicó Laida—. ¿No has visto a nadie cuando venías hacia aquí?

Klaus negó con la cabeza. Tras una leve vacilación, Laida preguntó:

—Klaus, ¿qué le pasa a Lynch?

—¿A qué te refieres?

Ella señaló afuera. Lynch no estaba. Era evidente que se había ido.

—Ya... Es... complicado. Pero supongo que ya es hora de que lo sepas. Después de todo lo que ha ocurrido... Busca a Lynch y dile que te cuente lo que ocurrió la noche de la tormenta hace trece años. Dile que yo te he dado permiso.

Laida asintió y ya iba a salir cuando dijo:

—Gracias por salvarnos, Klaus.

El chico asintió. Laida salió de la biblioteca, intuyendo dónde iba a encontrar a Lynch.

* * *

Hacía calor. Mucho calor. Pero aun así no dejó de correr. Sabía que estaba allí. O al menos lo intuía. Y por ahora sus intuiciones siempre habían ido bien encaminadas.

Jadeando, se detuvo a descansar un momento bajo la sombra de un árbol. En el bosque se oía el alegre piar de los pájaros y de vez en cuando un pequeño susurro. Con un suspiro, Laida reemprendió la marcha.

Lo cierto es que más de una vez desde que había salido del palacio se había preguntado por qué estaba haciendo eso. Por qué estaba yendo a buscarlo. Lo más probable era que después de calmarse, Lynch regresara al palacio. Pero aun así quería que le explicase lo sucedido.

Cuando llegó a la playa, el sol ya estaba en todo lo alto. El mar estaba muy relajado aquel día; apenas había olas.

Una figura solitaria estaba sentada en la orilla, dejando que el sol le acariciara el rostro. Su pecho ascendía y descendía con alarmante rapidez.

Laida se acercó a él. Lynch no levantó la vista. Con un nuevo suspiro, se sentó a su lado. Ninguno de ellos habló.

Laida esperó con paciencia, observando el mar y de vez en cuando asegurándose de que la respiración de Lynch volvía poco a poco a la normalidad. Finalmente, cuando los latidos de su corazón ya habían regresado a su velocidad habitual, el chico dijo:

—Pensé que la gente con el paso del tiempo superaba sus miedos.

—Hay algunos que nunca se superan —dijo Laida con suavidad. Lynch no dijo nada. Laida inspiró hondo y recordando lo que le había dicho Klaus, dijo—: Lynch, por favor, cuéntame lo que ocurrió aquella noche tormentosa hace trece años. Klaus me ha dado permiso.

Entonces Lynch sí que la miró. Laida percibió que sus ojos castaños mostraban un brillo más triste que nunca.

—Hace trece años, una calurosa noche de verano, mis padres me llevaron a un bosque que hay en las inmediaciones de Moran. Iban al reino, a arreglar asuntos de política con Shturbik, su rey.

»Sin embargo, algo extraño ocurría. Mis padres no me llevaron al reino, sino al bosque y vi que había una gran actividad en sus alrededores. Entonces estalló la tormenta. Un rayo cayó muy cerca de donde estábamos nosotros y golpeó un árbol. Éste iba a caer sobre mí. Venz usó un hechizo para desplazarme rápidamente unos metros más allá. Conseguí salir ileso.

»Pero allí había un gran desorden, gente que corría, que gritaba... y pronto me perdí entre la multitud, para desesperación de mis padres. Lo que yo más quería en aquel momento era alejarme de aquel bullicio, así que corrí y me interné más y más en el bosque. Corrí y corrí sin parar. Hasta que caí en una trampa.

»Sí... Yo no lo sabía entonces, pero lo que Moran había pretendido era tendernos una emboscada. A mis padres y a los demás hechiceros que les acompañaban. Los estaban atacando e incluso habían colocado trampas en determinados lugares que solo ellos conocían. Yo caí en una de ellas. El funcionamiento de la trampa era sencillamente infalible. Estaba muy bien escondida en el suelo. Al pisarla, caías a un foso que había debajo. Y también habían encontrado el modo de que cuando cayeras se tapara el techo. Te encontrabas atrapado.

»Fueron las horas más horribles de toda mi vida. Yo era demasiado pequeño para hacer magia, pero en ese caso fue una suerte; si hubiera usado algún hechizo hubiera rebotado y me habría dado a mí. Podía oír cómo la gente gritaba y corría, podía oír cómo los soldados de Moran seguían atacando. Pero nadie podía oírme a mí. Si al menos hubiera quedado inconsciente al caer, no tendría que haber pasado por todo eso. Pero no fue así. Tuve que estar atrapado varias horas, sintiendo cómo el oxígeno se acababa poco a poco, sintiendo cómo iba a morir.

»Y entonces alguien abrió la trampa desde fuera. Un niño de increíbles ojos azul zafiro y pelo negro me observaba desde fuera. Me ayudó a salir y me dijo su nombre. Se llamaba Klaus. Yo entonces no podía saber que desde ese momento nuestros destinos quedarían unidos, no podía saber que nos convertiríamos en compañeros de batalla.

»Le conté todo lo que me había sucedido. Y mientras hablaba, me di cuenta de que la calma había vuelto al bosque. Se lo hice notar a Klaus, quien me contó a su vez que también se había separado de sus padres. De modo que los dos nos pusimos en marcha. Conseguimos atravesar el bosque y nos encontramos en la punta norte de las Ruinas Espejo, donde se habían refugiado todos los de Trun.

»Mis padres sintieron un gran alivio al verme sano y salvo. Mientras me reunía con ellos, pude ver a Klaus buscando a sus padres entre la multitud. Me separé un poco de mi madre y fui con él. Y después de echar otro vistazo a la gente, me dijo: 'Ya no están'. Y salió corriendo.

»Se lo conté a mis padres. Me preguntaron cómo se llamaba el muchacho que me había salvado. Bastó con que yo pronunciase su nombre para que identificaran a sus padres, dos distinguidos hechiceros: Lienn y Gosh. Ambos habían muerto en la batalla.

»Buscamos de nuevo a Klaus y los cuatro, seguidos por lo que quedaba de Trun, regresamos. Mi madre sugirió la idea de adoptar a Klaus, a quien estaban enormemente agradecidos por salvarme la vida, pues además sentían mucha pena por él. Sin embargo, Venz dijo que conocía a un noble de confianza, al que le hubiera encantado tener un hijo, y entregó a Klaus a Voxart. Venían a comer al palacio de vez en cuando y Klaus y yo nos convertimos en grandes amigos, al igual que Voxart y Venz.

»Pero yo nunca podré olvidar aquella noche. Porque esa noche hizo que yo sienta un increíble pánico a los lugares cerrados y, a la vez, esa noche hizo que Klaus no tenga a sus verdaderos padres hoy con él. Esa noche... jamás la olvidaré.

Laida cerró un poco los ojos, sintiendo el deseo de abrazar y consolar a Lynch. Su relato le había llegado al corazón. Comprendió varias cosas entonces: la actitud de Lynch, su extraña costumbre de liberarse de frustraciones corriendo, su miedo a los lugares cerrados...

Y por otra parte entendió también por qué Voxart y Klaus no se parecían en absoluto: no eran padre e hijo en realidad.

—Lynch... —empezó. Pero no tenía ni la más remota idea de qué decir—. Gracias por contarme esto.

—Mereces saberlo. De verdad.

Laida permitió que una sonrisa asomara a su rostro y fijó su mirada de nuevo en el mar.

—¿Cómo te encontró Klaus? —preguntó con curiosidad—. La trampa debía estar bien escondida.

—Eso prefiero que te lo diga él —respondió Lynch. Permanecieron un rato en silencio, Laida pensativa y Lynch sin dejar de mirar al frente.

—¿Por eso os ataca Moran? —preguntó entonces Laida—. Esa noche os tendió una emboscada... ¿por qué?

Lynch no contestó.

—Está bien, no pregunto nada más —dijo Laida resignada. Lynch le sonrió.

—No creas que me gusta ocultarte las cosas, Laida, pero no creo que sea conveniente que lo sepas ahora.

La chica se sintió conmovida al saber que a Lynch no le agradaba ocultarle información. De nuevo, silencio.

Laida tenía ahora otro pensamiento en la cabeza. Estaba prácticamente segura de saber quién les había encerrado en la sala de planes, pero no creía que Lynch le hubiera contado a aquella persona lo sucedido esa horrible noche.

—Entonces, ¿cómo lo supo? —se preguntó en voz alta.

—¿Cómo supo qué quién? —inquirió Lynch. Esta vez fue Laida quien guardó silencio. El chico no insistió.

Las olas se acercaban cada vez más a ellos. La marea estaba subiendo. Hubo una onda algo más fuerte que llegó a salpicarlos. Laida se quitó los zapatos y metió los pies en la refrescante agua. Lynch se levantó de un salto, se despojó de la chaqueta arrojándola a un lado y se lanzó al agua.

Laida se apartó rápidamente para no mojarse, aunque Lynch le tendió la mano y tiró de ella hacia el mar. Sorprendida, dio un traspié y se vio arrojada a los brazos de Lynch. El chico avanzó aún más, tirando de ella hasta que el agua les cubrió hasta el cuello. Por fin la soltó y Laida sintió que se hundía. Agitó rápidamente los pies para mantenerse a flote. Lynch la observaba sonriendo. Una sonrisa traviesa. La cogió de nuevo de la mano y se metió bajo el agua.

Estuvieron nadando un buen rato, sin preocuparse por las ropas empapadas, o por la hora (ya eran más de las cuatro y no habían comido). Lynch parecía que se había pasado la mitad de su vida en el agua. Se movía con agilidad, como un delfín. Laida, en cambio, no estaba tan acostumbrada, pero era capaz de mantenerse a flote y bucear, y la verdad es que no necesitaba nada más.

Cuando por fin salieron del agua, empapados y con el sabor de la sal en los labios, se sentaron en la orilla, esperando a que sus ropas se secaran. El sol se estaba poniendo y le confería al mar un color azul con reflejos anaranjados. Ambos se quedaron viendo la bella puesta de sol, disfrutando del sonido de las olas al romper contra la orilla. Laida pensó que jamás había visto nada tan hermoso.

—Tendrías que venir aquí de noche —dijo Lynch—. El espectáculo es aún más bello.

Laida asintió, y los dos se quedaron allí juntos, observando cómo el sol se escondía en el horizonte.

12

ENFRENTAMIENTO SOMBRÍO

—¡Klaus!

El chico se dio la vuelta y se quedó un tanto sorprendido al ver a Laida corriendo hacia él con el pelo empapado y las ropas mojadas.

—Laida, por fin. Empezaba a preocuparme. ¿Qué diablos has hecho? —añadió mirándola.

—Ah, Lynch me arrastró hasta el mar.

—¿Al mar? Y yo por qué me sorprendo... Bueno, ¿ya sabes lo que ocurrió?

—Sí, ya sé todo. Bueno, todo no. Todavía hay algunas cosas que me gustaría aclarar. ¿Subías arriba?

Ambos continuaron por la escalera situada más a la derecha, donde Laida intuía que estaban las habitaciones de los chicos. Los pasillos eran parecidos a los que llevaban al ala norte, aunque más oscuros y con más cuadros.

Laida quería hacerle más de una pregunta a Klaus, pero se contuvo. Prefería esperar a llegar a la habitación. Torcieron a la derecha en una bifurcación y Klaus abrió una puerta. Los dos entraron.

Era una habitación curiosa, pues tenía el suelo completamente negro tinta y el techo azul oscuro. Había una lámpara bastante grande en el techo que proyectaba una potente luz y por la ventana también entraba mucha claridad. Los muebles eran todos de color caoba, lo que Laida notó con cierta desgana al recordar los coloridos muebles de su habitación.

Klaus hizo un gesto a Laida para que se sentara en la cama, pero él se quedó de pie, apoyado en la pared junto a la ventana.

—Dime, ¿qué puntos querías aclarar?

Laida decidió empezar por una pregunta muy sencilla, para no presionar a Klaus.

—Aquel incidente ocurrió hace trece años. ¿Cuántos años teníais cada uno?

—Cinco.

—¿Así que ya tenéis dieciocho? ¿Ya sois mayores de edad? —preguntó con algo de envidia. Ella había cumplido en primavera los diecisiete.

—Yo sí, los cumplí en enero. Lynch los cumple en noviembre.

Laida dudó. Había dos preguntas que le interesaban mucho, pero Klaus era el único que podía responderlas y no podía perder su oportunidad, de modo que decidió ir poco a poco.

—¿Por qué estabas en Moran aquel día?

—Mis padres eran nobles e íntimos amigos de Venz, además de hábiles hechiceros. Venz temía que Moran nos tendiese una trampa, así que mis padres fueron con él. Y a mí me llevaron.

—¿Tú ya sabías usar la magia?

—La educación mágica comienza a los ocho años. Se considera demasiado peligroso enseñar magia a un niño menor de ocho años.

Normal, pensó Laida, mas no lo dijo. Se le estaba agotando el repertorio de preguntas, así que acabó soltando:

—¿Alguien más sabe lo ocurrido aquella noche?

Tal y como suponía, Klaus se mostró un poco receloso y entrecerró sus ojos zafiros.

—¿Qué quieres decir?

—Me refiero a que si alguien aparte de Venz, Sarah, Voxart y vosotros supo lo que le ocurrió a Lynch.

Klaus alzó sus finas cejas y dijo todavía con recelo:

—¿Por qué lo preguntas?

—Responde, Klaus, por favor.

—Responde primero a mi pregunta.

Laida se mordió el labio. Después dijo:

—Y si te digo... que tu vida y la de Lynch dependen de ello, ¿me lo dirás?

Klaus la miró fijamente y después respondió, sin apartar la vista:

—Nadie lo sabe. La gente estaba demasiado ocupada con el ataque de Moran.

—¿Nadie pudo haberos visto u oído cuando se lo contabais a Venz y Sarah?

—No, usaron un hechizo.

—¿Estás seguro?

—¿Me puedes explicar a dónde... diablos quieres llegar? —exclamó Klaus perdiendo la paciencia. Laida no respondió, sino que hizo otra pregunta.

—¿Cómo supiste dónde estaba Lynch? Y no me digas que fue casualidad. También supiste que... bueno, que tus padres ya no estaban. Una vez que fui a la biblioteca me reconociste sin que hiciera ruido y sin verme y ese mismo día averiguaste que había un soldado de Moran en el palacio. ¿Cómo?

Klaus suspiró. Parecía estar buscando las palabras adecuadas. Cuando por fin debió encontrarlas, explicó:

—A veces, un mago o hechicero al nacer... posee una habilidad especial. Un don. Es muy extraño. Sucede en un mago de cada diez mil. En mí, por ejemplo.

»Cuando era pequeño, me entretenía contando a la gente que había en la ciudadela... desde mi casa. No era necesario salir. Sencillamente percibía su presencia. Sabía que estaban allí, aunque no los viera.

»Un día se lo conté a mis padres y ellos comprendieron que yo poseía el don de la percepción. Era increíble. Sin usar la magia, sin agotar energías, era capaz de contar cuántos soldados había en un ejército. Supongo que por eso mis padres no dijeron nada a nadie. Temían que quisieran utilizarme.

»Así encontré a Lynch. Así supe que mis padres habían muerto. Así supe que eras tú ese día, Laida, y así percibí al soldado de Moran. Poseo el don de la percepción.

Laida se quedó un momento en silencio, asimilando aquella nueva información. Eso aclaraba varias cosas, pero entonces...

—De modo que no hay manera de que alguien estuviera en un sitio y tú no te dieras cuenta, ¿verdad? ¿Aunque se oculte?

—Nadie oculta realmente su persona, y eso es lo que yo percibo. ¿Por qué qui...?

—¿Solo percibes a las personas? —lo interrumpió Laida con el corazón a toda velocidad.

—Y a algunos animales y criaturas, como Sox, que son bastante... perceptibles. ¿A qué viene este interrogatorio? —preguntó algo alarmado. Laida tragó saliva. No podía darle explicaciones, y menos ahora. Si solo percibía a las personas, y los demonios eran capaces de fundirse con las sombras...

—Lo siento, Klaus, no puedo decirte nada más. Tendrás que confiar en mí.

Y dicho esto salió corriendo de la habitación, dejando a Klaus con la palabra en la boca.

Atravesó los pasillos del palacio lo más rápido que pudo, estando dos veces a punto de chocar con una pared. Bajó las escaleras sin detenerse y, jadeando, fue a la puerta principal. La abrió de golpe y salió.

Ya había anochecido y el cielo estaba pintado de un azul turquí, con alguna que otra estrella brillando.

Sin detenerse a contemplar el paisaje, atravesó el patio interior como una flecha y salió afuera. La ciudadela tenía un aspecto bastante sombrío a aquellas horas, pero no era el momento para acobardarse. Con el corazón en un puño, caminó por las estrechas calles, bastante más despacio. Tenía la desagradable sensación de que alguien la observaba. Se dio la vuelta. No había nadie.

Seguía respirando con dificultad pese a que hacía unos minutos que había dejado de correr. Apretando los puños, escudriñó entre las sombras. Chasqueó los dedos. Una pequeña lucecita blanca apareció frente a ella iluminando la calle. Estaba desierta.

Con la luz delante de ella atravesó más y más calles, deteniéndose a menudo. Pero en la ciudadela no había ni un alma. De un oscuro callejón salió a la plaza, lo cual fue un alivio. La fuente brillaba frente a la pequeña luz e iluminaba todo a su alrededor.

Laida echó un vistazo a su alrededor. Se detuvo de pronto al ver un destello amarillo proveniente de un callejón. Alarmada, dirigió rápidamente la luz hacia allí. El destello desapareció. Sintiendo los apresurados latidos de su corazón, se dio la vuelta y profirió un grito que desgarró la noche al ver dos grandes y brillantes ojos amarillos.

Al oírla gritar, la criatura entornó los ojos y avanzó hacia ella con lentitud. Laida, bloqueada, lo único que pudo hacer fue contener la respiración. La criatura avanzó aún más, quedando dentro del alcance de la luz.

Una pantera completamente negra, excepto por los ojos amarillos, la observaba con seriedad.

—¿Sox? —pudo decir Laida tan pronto como recuperó la voz. La pantera parpadeó. De noche, su aspecto era muy intimidatorio; sus ojos parecían brillar en la oscuridad. Agitando la cola con elegancia, se acercó a Laida. Ésta susurró:

—Sox, necesito que me ayudes a encontrarla. Sé que sigue por aquí.

La pantera parpadeó de nuevo. De un grácil salto, alcanzó la entrada a otra callejuela y agitó la cola. Era evidente que quería que la siguiera.

Con la blanca luz todavía en el aire, Laida corrió tras Sox intentando no hacer ruido. La pantera giró a la derecha y se detuvo. Sin previo aviso, echó a correr hacia el final de la calle. Un destello furioso había aparecido en sus ojos.

Laida siguió al furk a través de la estrecha callejuela. Cada vez hacía más frío y aunque Sox parecía saber a la perfección adónde ir, Laida no lo tenía tan claro. Intentó no perder de vista a la pantera, que era asombrosamente rápida, y se aseguró de tener siempre la luz delante.

Después de correr y atravesar calles sombrías y siniestras durante por lo menos diez minutos, Sox se detuvo a la entrada de un callejón. Jadeando, Laida lo imitó. El furk caminó por aquel estrecho espacio, con cautela y con todo el cuerpo en tensión. Sin dejar ni un momento la luz que había creado, Laida fue tras él.

Al principio le pareció que era una calle muy larga y por eso no podía ver el final. Pero resultó ser un camino corto y oscuro... que terminaba en un alto muro. Era completamente liso. Laida pudo ver su sombra en él. Se preguntó cómo era posible que viera su sombra, en plena noche. Se dio cuenta de que no estaba la de Sox.

La pantera se detuvo ante el muro, mostrando amenazante los colmillos. Laida comprendió de inmediato. Aquella sombra no era la suya. Aquella sombra era Cris.

De pronto, la sombra se encogió hacia el centro, contrayéndose. Poco a poco, empezó a salir una figura que adquirió forma humana. Cris.

La demonio presentaba el mismo aspecto con el que Laida la había visto por última vez. Su cabello negro, y una cara pálida que parecía una auténtica máscara de puro odio. Desde donde estaba, Laida pudo verla mejor. Sus ojos, antes verdes, eran ahora negros. De su cuerpo había desaparecido cualquier rasgo delicado y era ahora fuerte y rápido. Sus uñas eran largas, negras y en forma de garra. Les sonrió burlonamente.

—Vaya, vaya, quién lo diría. La princesita y su mascota han descubierto la verdad.

Su voz era suave, sugerente y provocaba escalofríos. Laida clavó en ella sus ojos, ahora cargados de odio. Cris sonrió aún más:

—Oh, ya ni me acordaba. Resulta que la princesita me odia porque está celosa. Qué lástima, pensé que podíamos llevarnos bien.

Sox gruñó.

—Serás... —A Laida le costaba encontrar las palabras—. Maldita y asquerosa embustera, eres la criatura más repugnante que he visto en mi vida.

Cris se rió con ganas.

—¿Yo? Eres tú la que no soporta siquiera que mire a Lynch... o a Klaus. Es verdad, también está él. ¿Qué, sopesando tus opciones?

De haber tenido una espada en la mano, Laida se habría arrojado sobre Cris para clavársela. Sox rugió, pero no hizo ningún movimiento. Conteniendo a duras penas la ira, Laida dijo:

—Me llamas celosa a mí, pero eres tú la que está furiosa por no haber logrado tu objetivo. Es increíble que no puedas seducir a dos simples chicos, siendo lo que eres.

Laida vio, con perversa satisfacción, cómo el rostro de Cris se contraía de ira.

—Estúpida —escupió la demonio—. Lo que eres es una estúpida y una cobarde que no es capaz siquiera de decirle a Lynch que...

Laida no aguantó más. Con un grito de rabia, se abalanzó sobre Cris y cayeron al suelo. Cris le pegó una patada en el estómago que la dejó sin respiración y se alejó, con los ojos entornados. Sox rugió y se lanzó contra ella. Trató de morderla en el cuello, pero la demonio, después de dirigirle una última mirada maliciosa a Laida, se fundió con las sombras.

Sox agitó la cabeza y se acercó a Laida, que estaba acurrucada en el suelo. Tenía una fea herida en un costado, allí donde Cris le había pegado. Hirviendo de ira, se puso en pie con esfuerzo. Sox la miró con preocupación. Con una mano en el costado, Laida emprendió el camino de vuelta al palacio, seguida de cerca por el furk.

A la mañana siguiente Laida se encontraba cansada, furiosa y dolorida. Tenía un feo moratón en el abdomen, en el costado izquierdo, que le dolía al moverse. Apenas había dormido nada en toda la noche.

Se sentía furiosa por haber sido tan descuidada; de no haber sido por Sox, Cris podría haberla matado. Pero sobre todo, lamentaba haber perdido la oportunidad de acabar con la demonio, pues ésta estaba en su verdadera apariencia y si Laida hubiera sabido cómo usar un potente hechizo de luz, podría haberla derrotado.

Dedicó todo el día a seguir buscando en la biblioteca algo que pudiera serle de utilidad contra Cris. Klaus y Lynch se mostraron un poco sorprendidos al ver cómo no dejaba de buscar en libros y más libros. A Laida le pareció que Klaus seguía mostrándose un poco receloso (lo cual no era de extrañar, después de la acalorada discusión del día anterior), pero nadie hizo ningún comentario.

Después de comer, los chicos sugirieron ir a dar una vuelta a caballo por el bosque, y Laida, que ya estaba cansada de pasar horas y horas en la biblioteca, aceptó.

Le costaba bastante caminar debido a la herida, lo cual los chicos notaron.

—¿Qué te pasa? —le preguntó Lynch al ver cómo se sujetaba el costado. Laida se ruborizó, pensando una excusa. Pero antes de abrir la boca, Lynch le cogió la camiseta y se la levantó ligeramente, lo suficiente para ver el moratón.

—Pero, ¿qué diablos te ha pasado?

—Nada, es que... Ayer fui a la ciudadela y como era de noche, hum... Tropecé y me raspé con una pared, sí. Habría una piedra salida y me la clavé.

Lynch arqueó las cejas y Laida maldijo por haberse inventado una historia tan pobre. Sin embargo, el chico no hizo ningún comentario, para el alivio de la joven.

Laida no pasó por alto el hecho de que Pegaso estaba muy inquieto. Le costó bastante ensillarlo y cuando por fin lo logró, el caballo trató de liberarse de las riendas que lo sujetaban.

—¿Qué te ocurre? —preguntó Laida intentando controlarlo. El caballo relinchó y se quedó quieto por fin. Con recelo, Laida montó.

Galoparon por el sendero que llevaba al bosque durante diez minutos, y Laida se aseguró de no correr demasiado. Le daba miedo que se repitiera la escena de días antes.

Pegaso se detuvo cuando llegaron a la linde del bosque. Su jinete le espoleó, mas el caballo no se movió.

—¡Pegaso, muévete! —ordenó Laida. Dio otro tirón de riendas y eso bastó para desencadenar el suceso. Pegaso se desbocó, relinchando como loco, y echó a correr por el sendero que terminaba en la playa. Laida se agarró a él como pudo, tirando de las riendas. Pero sabía que no serviría de nada. La última vez había tenido que gritarle que se detuviera... para encontrarse volando en el aire. No podía arriesgarse. No de nuevo.

Pensó a toda velocidad en un hechizo que pudiera serle útil, pero, ¿qué podía hacer para frenar a un caballo desbocado? Solo le quedaba esperar, y confiar en que Pegaso acabara cansándose y deteniéndose.

El caballo galopó a toda velocidad por el sendero. Laida ni se atrevía a mirar atrás para ver si Klaus y Lynch los seguían por miedo a caerse. Por fin llegaron a la playa. Pegaso galopó levantando nubes de arena, y se dirigió al mar. En cuanto sus cascos rozaron el agua, su pelaje brilló, y ante la mirada asombrada de Laida, el animal abrió unas alas salidas de quién sabe dónde y echó a volar.

Planearon por la superficie del agua con tranquilidad, despacio y no a demasiada altura. Laida no podía creérselo. ¡Estaba volando!

Sin previo aviso, Pegaso ascendió como una flecha. Laida chilló y se agarró con más fuerza. El caballo dio una vuelta sobre sí mismo, sin dejar de subir más y más. Laida cerró los ojos. No se atrevía a mirar.

Pegaso se detuvo por fin a varios metros por encima del suelo, abrió las alas todo lo que pudo, y se puso al revés. Laida gritó; no soportaba el panorama de tener el cielo abajo y el suelo arriba. Apenas se dio cuenta de que había liberado los pies de los estribos y de que caía en picado hacia el mar.

Levantando una gran onda, cayó al agua. Entre toses y jadeos, intentó mantenerse a flote. Pero tal y como había sucedido la otra vez, se encontraba cansada, demasiado cansada...

Lo último que vio antes de hundirse fue a una criatura celestial bajando en picado hacia ella.

13

CABALLO A LA FUGA

—Si esto sigue así, vas a acabar matándote —dijo una voz conocida. Aturdida, Laida abrió un poco los ojos. La luz del sol la cegó de inmediato. Mientras parpadeaba, vio a Klaus, Lynch, Calima y Torn. No había rastro de Pegaso.

Se incorporó un poco. Estaba en la playa.

—¿Qué...? ¿Qué ha pasado? —pudo decir.

—Tu caballo se volvió loco de nuevo —respondió Klaus.

—¿Dónde está?

Los otros dos se encogieron de hombros. Lynch parecía confuso.

—Oye, ¿utilizaste algún hechizo cuando te caíste? —preguntó.

—No, ni siquiera podía nadar.

—¿Caíste en el agua? —inquirió Klaus.

—Sí, claro —contestó Laida señalando sus empapadas ropas—. ¿Dónde me habéis encontrado vosotros?

—Aquí —repuso Lynch señalando el lugar donde estaban sentados.

—¿Qué? Pero...

Laida estaba segura de haber caído en el mar. ¿Cómo había llegado a parar a la arena? Sintió una aguda punzada de dolor en el costado y apretó los dientes. Era la segunda vez que Pegaso perdía el control y en las dos ocasiones ella había estado a punto de matarse.

—¿Dónde está Pegaso? —preguntó levantándose.

—Ni idea. Cuando hemos llegado solo estabas tú en la arena —contestó Lynch. Laida intentó dar un paso, pero la pierna izquierda le dolía y tuvo que sujetarse en Lynch para no caerse.

—Hey, quieta. No puedes caminar así.

—¿Cómo vamos a volver? —preguntó Laida. Después de aquello no le apetecía nada montar de nuevo a caballo.

—Podemos teletransportarnos —contestó Lynch—. Pero los caballos...

Miró de reojo a Calima y a Torn. Laida sabía que la teletransportación consistía en desplazarse de un lugar a otro en unas milésimas de segundo, y, cuanto más alejado estaba el objetivo, más energía se gastaba en el hechizo.

—No os preocupéis. Yo puedo llevar a los caballos mientras vosotros os teletransportáis. Nos encontraremos en el palacio —dijo Klaus.

—¿Seguro? —preguntó Lynch.

—Seguro.

Lynch asintió. Cogió la mano de Laida y dio dos pasos al frente tirando de ella. Cuando por segunda vez sus pies iban a tocar el suelo, ambos desaparecieron.

Reaparecieron en una habitación grande, luminosa y muy azul. El techo, azul cobalto. El suelo, azul celeste. La cama, azul marino. Había una estantería (azul, cómo no) repleta de libros y adornos. A Laida le hubiera gustado que su habitación fuera así. Al menos, había un único color, en varios tonos, sí, pero un único color.

—¿Dónde estamos? —preguntó cuando Lynch la ayudó a sentarse en la cama.

—En mi habitación.

A Laida el corazón le latió un poco más rápido, pero no dijo nada. Fue Lynch quien habló:

—No quieres ir a buscar a tu caballo, ¿verdad?

—No puedo dejar de pensar que ha estado a punto de matarme dos veces.

—No es culpa suya.

Laida no dijo nada. Lynch sabía lo que ocurría con Pegaso... y no se lo quería decir.

—Sabes qué es lo que le ocurre —le dijo. No era una pregunta, era una afirmación. Lynch no lo desmintió. Laida insistió—: Dímelo.

Lynch la miró fijamente.

—No puedo.

—¿Por qué?

—Lo único que puedo decirte es que... él no tiene la culpa de lo que ocurre. Deberías ir a buscarlo.

Laida no dijo nada. Lynch se sentó junto a ella y le levantó con cuidado la camiseta. Puso una mano sobre la herida, sin llegar a tocarla. Un destello dorado salió de su mano y se dirigió al moratón. Laida sintió un agradable cosquilleo mientras la magia hacía su efecto. Cuando Lynch retiró su mano, la herida ya había desaparecido. Ambos se miraron.

—Gracias —dijo Laida. Se levantó con cautela y descubrió aliviada que la pierna ya no le dolía. Se volvió hacia Lynch una vez más. Sus ojos castaños la miraban fijamente. Tras unos incómodos segundos, Laida salió de la habitación.

* * *

Ya había anochecido cuando Laida entró en la habitación después de cenar. Con cierto aire de melancolía, se aproximó a la ventana y se apoyó en ella, observando sin mucho interés el paisaje nocturno que tenía enfrente. Disfrutó de la fresca brisa que le acariciaba el rostro con suavidad.

Se sentía culpable. Horriblemente culpable. Y una parte de ella se sentía culpable de sentirse culpable.

Suspiró. ¿Por qué todo tenía que ser tan complicado? Su vida en Álacer había sido tan restringida y controlada, que no había tenido ocasión para que las complicaciones acudieran a ella. En cambio, ahora que estaba en Trun y gozaba de libertad, tenía la sensación de que los problemas la buscaban como una brújula al norte.

En primer lugar, tenía a una demonio que insistía en matar a sus dos amigos, y sobre todo, a ella (lo cual, si las cosas no mejoraban, iba a acabar sucediendo). Por otro lado, algo extraño sucedía con Moran; hacía tiempo que no enviaba soldados. Y por si fuera poco, ahora acababa de perder a su caballo, que por segunda vez podría haberla matado.

Lo más extraño era que se sentía culpable por ello. Laida se reprendió por eso. El que había decidido huir era Pegaso, no ella. Y había sido él quien había estado a punto de matarla. Entonces, ¿a qué se debía su sensación de culpabilidad?

Claro que... Era Pegaso quien la había ayudado a escapar de su padre. Era Pegaso el que le había hecho compañía durante nueve años. Era Pegaso el último regalo de su madre. Era él, era su caballo, era Pegaso...

Suspiró de nuevo. Iba a apartarse de la ventana, pero... Un destello plateado cruzó el cielo de pronto. Con curiosidad, Laida entrecerró los ojos, intentando distinguirlo. No parecía una estrella fugaz. Las estrellas fugaces iban en dirección fija, no trazaban vueltas y arcos en el cielo. Pero aquel extraño destello plateado no parecía tener rumbo. Ascendió de pronto en vertical. Laida vio fascinada cómo de aquel extraño destello surgían de pronto dos alas, también plateadas, creando una curiosa figura en el cielo. Sin previo aviso, las alas desaparecieron y el destello cayó en picado.

Sorprendida, Laida se inclinó para tratar de ver adónde había ido a parar aquello, fuera lo que fuese, mas no tuvo éxito. Lo cierto era que la figura que había aparecido en el cielo durante un breve instante le resultaba familiar...

Laida regresó a la calidez de la habitación y pensó que gracias a aquel destello había apartado de su mente durante unos segundos todas sus preocupaciones. «Ojalá la vida fuera siempre así», pensó con melancolía sin poder evitar mirar por la ventana de nuevo.

Sintiendo que había cosas que jamás comprendería, se metió en la cama y cerró los ojos.

De nuevo corría en su busca, bajo el cielo plagado de estrellas. Pero aquella vez había algo más. Algo que oprimía su corazón. Sentía una gran tristeza y una sensación de vacío en su interior como... como si él la hubiera abandonado.

Como una autómata, cruzó el bosque sin detenerse, apartando sin el menor interés arbustos y pequeñas ramas.

Sus pies descalzos rozaron otra vez la arena. En aquella ocasión había algo diferente. La playa parecía vacía... aunque había alguien en ella.

Él la observaba desde la orilla, sin moverse. Ella, aliviada, se acercó a él, mas algo en su mirada la hizo detenerse. Sus ojos castaños no mostraban absolutamente ninguna emoción, estaban vacíos, sin aquella chispa que los caracterizaba. Se detuvo, indecisa. Él la miró y retrocedió. Sus pies, también descalzos, rozaron el agua.

Un fuerte viento surgió de pronto. Ella levantó la cabeza, buscando su origen. Él también la había alzado, pero como si ya esperara que algo así sucediera. No alzaba solo su cabeza, sino que todo su cuerpo se elevaba en el aire.

Un hermoso caballo alado de pálidos ojos azules surcó el cielo, detrás de él. Pasó por debajo y él se dejó caer, hasta aterrizar en su lomo.

Ella vio con horror cómo el caballo se alejaba. Dio un paso al frente, sin saber qué hacer. Donde estaban, caballo y jinete se detuvieron en el aire. Ambos clavaron su mirada en ella. Ojos castaños sin emoción los de él, ojos azules llenos de rencor los del caballo.

Ambos se dieron la vuelta y emprendieron el vuelo. Ella corrió hacia ellos, y cuando sus pies rozaron el mar, fue realmente consciente de que los había perdido a los dos.

* * *

Laida despertó sobresaltada. Una sola idea ocupaba su mente en aquel momento: Pegaso. Aquel sueño... Apenas lo recordaba, pero sabía que tenía algo que ver. Y esa mirada... La había mirado con rencor. Y luego se había ido. Para siempre.

Se dio cuenta de que tenía los ojos llenos de lágrimas. Miró por la ventana y vio que el cielo estaba aún oscuro. Cerró los ojos de nuevo, y dos lágrimas cayeron por su rostro.

Los chicos no dejaron de notar que se encontraba triste y ausente, pero no hicieron ningún comentario, lo que ella agradeció. Seguía pensando en Pegaso. A pesar de todo, no se decidía a ir a buscarlo. Pero entonces aquella mirada llena de rencor regresaba y Laida sentía que su corazón se partía en mil pedazos.

Una tarde, cuando contemplaba el bosque desde la ventana de su habitación con aire melancólico, algo la hizo olvidarse durante un maravilloso instante de todos sus problemas. Alguien se acercaba a los establos a buen paso. Entró en ellos y pronto se perdió de vista. Con creciente curiosidad, Laida se asomó intentando vislumbrar quién había entrado, pero desde su posición era imposible. Esperó impaciente a que quienquiera que hubiese entrado saliera.

Al cabo de unos segundos, un muchacho salió tirando de una yegua color castaño. Laida reconoció de inmediato a Lynch.

Se acomodó con un suspiro en el alféizar de la ventana, ligeramente decepcionada. Había esperado que fuese alguien desconocido. Observó sin demasiado interés cómo Lynch se subía a la silla de Calima y ambos se internaban galopando en el bosque.

De nuevo, recordó a Pegaso. Parecía que el caballo, aunque ya no estuviese, la persiguiera por todas partes. Eso era, probablemente, porque lo echaba de menos.

No podía olvidar todos los momentos que había pasado con él. A veces tenía que hacer un gran esfuerzo para resistir el impulso que la llevaba a correr a buscarlo. Pero entonces... Su orgullo, que parecía haberse reducido un tanto desde que había llegado a Trun, volvía a aflorar.

A fin de cuentas, ¿quién había huido? ¿Quién la había derribado, estando a punto de matarla? Él, se decía entonces Laida con firmeza. Él fue el que huyó; yo no he hecho nada malo.

Pese a todo lo que se decía para convencerse a sí misma de que el único responsable de todo era Pegaso, la sensación de culpabilidad no desaparecía en absoluto.

Echó otra mirada hacia abajo y vio con cierta tristeza que Lynch ya no estaba. Probablemente, estaría galopando en el bosque, con Calima, escuchando el sonido de sus cascos rozar la tierra...

Incapaz de continuar pensando en su caballo, se alejó de la ventana. Iba a sentarse en la cama cuando un sonido la hizo detenerse. Se volvió con rapidez y volvió a asomarse, buscando el origen de aquel ruido. No tardó en encontrarlo.

Cris, que se hallaba a la entrada del bosque, había lanzado una bola de energía al suelo con rabia, provocando una pequeña explosión. Laida averiguó enseguida el motivo. Seguramente, la demonio estaría en el bosque, esperando a que Lynch se acercase. Y el joven, de nuevo, la habría omitido, o quizá, mejor aún, la habría atacado.

Laida esperó hasta asegurarse de que Cris volvía a la ciudadela. Temía que la demonio acabara cumpliendo su objetivo. Debía encontrar cuanto antes la manera de vencerla. Pero, ¿cómo? Ya había buscado en todos los libros que había considerado adecuados los hechizos Resplandor y Sol enano, pero nada. Era como si no existieran.

La joven no se apartó de la ventana hasta que, unos veinte minutos más tarde, Lynch regresó a lomos de Calima. Quería comprobar que Cris no le había hecho nada. Por suerte, Lynch no parecía haber sufrido ningún daño. Dejó a su yegua en el establo y se marchó con tranquilidad al palacio.

Laida suspiró de alivio. Por un instante había temido que... Pero era evidente que Lynch estaba bien y que no se dejaba manipular por Cris. Se apartó por fin de la ventana y estiró los brazos, que los tenía entumecidos después de tanto tiempo en la misma posición. Echó un vistazo a la habitación y, sin saber muy bien por qué o cómo, regresó a la dura realidad. Intentando apartar a Pegaso de su mente, se preparó para bajar a cenar.

Para distraerse (o para intentarlo, al menos), pasaba horas y horas en la biblioteca, buscando el hechizo para acabar con Cris. Sox solía estar en esos momentos con ella y la ayudaba a seleccionar los libros. No había vuelto a ver a Cris, aunque iba a la ciudadela casi a diario. La demonio parecía estar evitándolos, y pese a que eso era muy gratificante porque significaba que les tenía miedo, también resultaba desconcertante. Además, a Laida le daba pavor que cualquier día los atacase de improviso.

Lynch parecía empeñado en descubrir qué se traía entre manos. Le había extrañado bastante verla tanto en la biblioteca. Laida no sabía muy bien por qué no le contaba la verdad, pero... Aquello era una cosa suya... aunque Lynch y Klaus también tenían bastante que ver, al ser el objetivo de Cris.

El caso era que un día la interceptó cuando iba a dejar el libro 'Conjuros cotidianos' en su estante.

—¿Qué buscas, Laida? —le preguntó directamente. Era evidente que no le apetecía andarse con rodeos.

—Un hechizo —contestó ella.

—¿Cuál?

Laida dudó. Tal vez si solo le decía el nombre del hechizo —Resplandor o Sol enano, si no se equivocaba— no ocurriría nada. Fue a contestar, pero cerró la boca de nuevo, indecisa. Lynch aguardaba con impaciencia.

—Pues... El otro día leí en un libro un hechizo que me llamó la atención, bueno, dos hechizos. He estado buscando en varios sitios, pero no aparecen o no los encuentro.

—¿Qué hechizos? —inquirió Lynch arqueando las cejas. Laida inspiró hondo.

—Sol enano y Resplandor.

Lynch pareció sorprendido y arqueó aún más sus finas cejas. Después dijo:

—Resplandor se realiza chasqueando los dedos de las dos manos cuando están casi juntos y luego separándolos. Crea una gigantesca esfera de luz blanca, capaz de deslumbrar a cualquiera. En cuanto a Sol enano... No tengo ni idea.

Laida se sintió anonadada. Había estado días y semanas tratando de buscar aquellos hechizos en libros y ahora había obtenido la respuesta con increíble facilidad. Era frustrante.

—¿En qué libro encontraste ese hechizo, Sol enano? —preguntó entonces Lynch.

—No lo sé, no lo recuerdo —mintió Laida.

—Es curioso... —comentó Lynch—. Me suena que mi padre mencionó ese nombre, pero no estoy seguro... En fin, ¿ves cómo es mucho más fácil preguntar que estar buscando sin rumbo?

—Sí, es verdad —admitió Laida. Lo cierto es que se sentía como una estúpida. ¿Por qué diablos no había acudido a Lynch desde el principio?

Sin embargo, un nuevo sentimiento se apoderó de ella. Emoción. Por fin tenía un arma contra Cris. Y se le acababa de ocurrir cómo encontrarla.

—¡Gracias, Lynch! ¡Vamos, Sox!

Dudó un momento, pero lo que sentía en ese instante era más fuerte que su capacidad para elegir. Se acercó a Lynch y le dio un beso en la mejilla. Su cuerpo entero se estremeció ante aquel contacto, mas no había tiempo que perder. Miró una última vez a Lynch a los ojos, que por una vez expresaban cierta sorpresa mezclada con un aire juguetón, y salió corriendo de la biblioteca, precedida por Sox.

Corrió a toda prisa por el corredor, sintiendo cómo el corazón emitía unas ciento noventa pulsaciones por minuto. Bajó las escaleras de tres en tres y estuvo a punto de caerse en el último tramo. Recuperó el equilibrio y continuó. Abrió las puertas que llevaban al patio interior de golpe y no se molestó en cerrarlas. Bajó a toda velocidad las últimas escaleras y se encontró en la ciudadela, que en ese momento estaba llena de gente.

Intentó recordar. Una estrecha calle, a la izquierda, bordear la fuente y la primera tienda. Hizo ese recorrido sin detenerse siquiera a saludar a Voxart, que paseaba por allí con aire nostálgico.

Se precipitó hacia la tienda de Meg, con Sox pegado a sus talones, y por poco no chocó contra el mostrador. Todavía estaba intentando recuperar el aliento cuando apareció Meg.

—Pero bueno, ¿a qué viene tanta prisa?

—Cris... Necesito... encontrar... a Cris —jadeó Laida.

—¿A Cris? Ha salido un momento; enseguida regresará. Si esperas un poco...

Volvió a la trastienda, dejando a Laida sola y jadeando. Tras unos segundos, cuando el corazón de Laida ya se había calmado un poco, la puerta volvió a abrirse y entró Cris.

Su cabello, claro, liso y brillante, estaba suelto y le acariciaba el cuello. Sus ojos eran de nuevo verdes, juguetones y llamativos. Otra vez poseía aquellos rasgos delicados y aquella elegancia al andar. Sonrió ampliamente al ver a Laida. Costaba creer que tras esa sonrisa se ocultase un peligroso demonio.

—¡Laida, cuánto me alegro de verte! —la saludó. Laida puso todo su cuerpo en tensión. Retrocedió un poco. La sonrisa de Cris se acentuó—. Oh, no temas. —Bajó un poco el tono de voz y añadió—: No puedo hacerte daño, no ahora.

—Tampoco te atreverías a mostrar tu verdadera identidad ahora —masculló Laida apretando los dientes.

—Puede. Pero déjame recordarte que fui yo la que entré en el palacio y os encerré a ti y a Lynch. Qué pena. No debió de hacerle mucha gracia, ¿verdad? —dijo sonriendo. Laida tuvo que hacer uso de toda su fuerza de voluntad para controlar el impulso que le llevaba a lanzarse contra Cris. En su lugar, dijo:

—Al menos somos humanos, no una asquerosa sombra en el mundo, maldita hij...

—¿Qué está ocurriendo aquí? —interrumpió una voz. Era Voxart, que acababa de entrar por la puerta. Captó rápidamente la tensión en el ambiente—. ¿Hay algún problema?

—Oh, no, por favor. No hay ningún problema —dijo Cris alegremente—. Solo mantenía una amistosa charla con Laida, ¿verdad?

Conteniendo a duras penas la ira, Laida contestó:

—Sí, solo estábamos hablando.

Sox bufó desde el mostrador, donde estaba sentado. Laida, reprimiendo las ganas de pegarle un buen puñetazo a Cris para borrar aquella maldita sonrisa de idiota, salió de la tienda acompañada por Sox y dio un portazo. Oyó cómo en el interior Cris se reía.

Regresó al palacio dando tales zancadas que incluso Sox tuvo que esforzarse para seguirla. Laida abrió de golpe la puerta del establo, y sintió cómo la ira se esfumaba también de golpe al ver vacía la caballeriza de Pegaso. Se acercó allí con tristeza. Vio que Venz o alguien del palacio había grabado en una placa de oro que estaba en la puerta de la caballeriza el nombre de su caballo. La acarició. Parecía muy lejano el día en que lo había montado y había galopado sobre su grupa para huir de su padre. Permaneció allí un rato, observando la placa de oro. Oyó unos pasos tras ella, y al volverse vio a Klaus en la entrada del establo.

Iba todo de negro, lo que contrastaba con la piel pálida y los ojos azules. No pareció sorprenderse de encontrarla allí. Laida evitó mirarlo a los ojos. Se sentía culpable. Y no sabía qué tenía que ver eso con Klaus.

—Laida... —empezó él. Se detuvo y avanzó hacia ella. Laida no dijo nada. Klaus la hizo alzar la barbilla y vio sus ojos verdes llenos de lágrimas. Suspiró—. Deja de torturarte.

—No puedo —susurró ella tratando de contener el llanto—. No puedo. Por mi culpa, ahora podría estar muerto. Y todo porque soy demasiado orgullosa para ir a buscarlo.

—No solo es culpa tuya. Si Lynch y yo te hubiéramos dicho desde el principio lo que sucedía con Pegaso, habríamos podido solucionarlo.

—Pues dímelo ahora. Dímelo y tal vez pueda ir a buscarlo.

—Lynch me mataría —repuso Klaus dudando.

—Pues que te mate, pero primero dímelo. Si no, seré yo quien acabe contigo —dijo Laida con seriedad. Klaus sonrió.

—Primero... te contaré una historia que espero que te haga reflexionar. Y según que decisión tomes... te lo contaré yo ahora o esperarás a Lynch.

Laida asintió.

—Cuando yo tenía... cuatro años, me regalaron a Torn. Era solo un potro, pero mis padres decían que era mejor educar a un caballo desde pequeño. El caso es que Torn daba cantidad de problemas. Cada vez que intentabas sacarlo, se resistía a salir y cuando querías devolverlo al establo, también intentaba rebelarse.

»Al cabo de cuatro años, ya era un caballo hecho y derecho, y se había vuelto peligroso, en opinión de los de la ciudadela. No dejaba que nadie lo montara aparte de mí y cuando alguien lo intentaba, él lo derribaba de la silla.

»Un día, oí a Voxart discutir con un comprador. Querían venderlo. Discutí con mi padre, traté de hacerle ver que en realidad el único problema era que Torn se mostraba desconfiado, pero él, Venz y Sarah insistieron en que lo mejor era deshacerse de él.

»Yo no iba a permitirlo. Hablé con Lynch, que estaba al tanto del asunto y como yo se negaba a que comprasen a Torn. De modo que, una noche, me abrió las puertas del establo con una llave que había conseguido de la habitación de sus padres y hui con Torn. Antes de irme, le dije a Lynch dónde podría encontrarnos. Nos refugiamos en un bosque cercano, en los límites de Trun, pero sin salir del reino. De vez en cuando, Lynch nos traía provisiones y noticias de Trun.

»Una noche, vino galopando diciendo que nos habían encontrado, así que preparé a Torn y huimos de nuevo. Pero esta vez nos encontraron. No puedo negar que mi padre estuviera furioso. Mas se lo dije bien claro. No iba a dejar que me separasen de Torn. En ese momento, supe que mi destino ya estaba unido al de Torn, supe que jamás me separaría de él. Y también supe que él nunca me haría daño.

»¿Qué iba a hacer entonces mi padre? Tuvo que ceder. Sé que no le hizo ninguna gracia, pero era quedarse con los dos, o con ninguno. Y Torn ha mejorado mucho. Sigue siendo arisco y desconfiado, pero muy fiel. Es mi caballo y no voy a permitir que nadie le haga daño, al igual que no permití que lo vendieran.

Klaus terminó de hablar y a Laida no se le ocurrió qué decir. El relato del chico la había hecho sentirse, si era posible, más culpable y miserable.

—Laida, no te he contado esto para que te sientas culpable —dijo entonces Klaus, como si le hubiera leído los pensamientos—. Lo he hecho para que te des cuenta de una cosa. Si yo ahora te dijera qué le ha ocurrido a tu caballo, sé que saldrías a buscarlo inmediatamente. Pero quiero que tomes tú la decisión, sin saber todavía qué le ocurre. Así que tú eliges: ve a buscar a Pegaso, aun sabiendo el riesgo que puede haber, o abandónalo a su suerte.

Laida se preguntó entonces cómo es que había tardado tanto tiempo en darse cuenta de lo que debía hacer.

—Soy una imbécil —masculló—. Pero todavía puedo solucionar mi error.

—Claro que puedes. Y nosotros te ayudaremos —dijo una voz familiar desde la puerta. Era Lynch, que también había entrado en el establo. Sus ojos castaños centelleaban.

14

SURCANDO LOS CIELOS

Diez minutos después, Calima y Torn galopaban por el sendero que conducía al bosque. La yegua llevaba sobre su lomo a Laida además de a Lynch. La muchacha se sentía un poco incómoda. Siempre había sido ella la que llevaba las riendas, y no le gustaba estar detrás, con las manos en torno a la cintura de Lynch.

Hacía un día resplandeciente. El sol calentaba con fuerza los campos y bosques que tenía a sus pies. Los pájaros piaban de forma estridente en el interior de la arboleda y varios roedores pequeños correteaban con alegría a la sombra de los altos tejos. Al piar de los pájaros se le unió de pronto el sonido de los cascos de los caballos, que habían abandonado el galope para acudir a un suave trote.

Laida escudriñó entre los arbustos, buscando cualquier indicio de Pegaso. Lo cierto era que, aunque una parte de ella tenía la esperanza de encontrar a su caballo en cualquier momento, de oír sus cascos resonando por el bosque, en el fondo dudaba del hecho de poder hallarlo allí. A Pegaso no le gustaban demasiado los espacios cerrados.

Siguieron buscando por el bosque durante aproximadamente una hora, sin desmontar de los caballos. De vez en cuando se detenían al escuchar un ruido procedente de unos matorrales, pero siempre resultaba ser una ardilla o algún que otro animalillo.

—Ya que estamos, podríamos mirar en la playa, ¿no? —sugirió Lynch. A ninguno de los otros dos les pareció mala idea, por lo que espolearon a los caballos y tomaron el camino adecuado, sin dejar de mirar a su alrededor.

La playa estaba desierta, al igual que días antes. De nuevo, el mar estaba agitado y las olas se estrellaban con fiereza contra la orilla. Bastó una sola mirada para darse cuenta de que Pegaso no estaba allí. A pesar de todo, Klaus y Lynch espolearon a los caballos y avanzaron por la arena hasta la otra punta de la playa.

—No está, ya se ve —dijo Laida con tristeza.

—No tan rápido —replicó Lynch justo delante de ella. Hizo avanzar a Calima hasta la pared de rocas que había en el extremo de la playa. Después, explicó—: Tras esas rocas hay otra playa, más pequeña, pero puede que esté allí. Sin embargo, para pasar hay que hacerlo por el agua, así que hay que tener cuidado. Creo que es mejor que primero...

Pero Laida ya no le escuchaba. Algo en su interior, en lo más profundo de su corazón, le decía que Pegaso estaba a tan solo unos metros de distancia. Y después de todo lo que había pasado durante esos días, no le apetecía nada esperar para comprobarlo.

De un salto, bajó del lomo de Calima y cayó sobre la arena. Luego, sin preocuparse por quitarse los zapatos, se metió en el mar.

El agua estaba helada, o al menos, así le pareció. Nadó (o más bien anduvo, pues el agua apenas la cubría) con rapidez, deseosa de reencontrarse con su querido caballo. No hizo caso de las voces de Lynch y Klaus, que se habían quedado un poco más atrás.

Enseguida vio la otra playa. Era, tal y como había dicho Lynch, más pequeña, pero también parecía tener la arena más blanca.

Avanzó hasta la orilla y una vez allí se detuvo, indecisa. Sus ojos recorrieron la playa con ansia, hasta detenerse... en Pegaso.

El caballo se encontraba en el otro extremo, con las patas en el agua, y la silla y las riendas puestas. Parecía tranquilo, y no tenía ninguna herida. Laida se quedó unos segundos donde se encontraba, tan solo sintiendo su corazón latir. Y, de improviso, echó a correr.

Corrió y corrió sin detenerse; nada la hubiera detenido en aquel momento. En ese instante solo miraba a su caballo, sus ojos negros, su crin blanca. Era él. Era Pegaso.

Llegó por fin hasta él. Abrazó su morro, sintiendo su respiración, relajada en ese momento. Dejó que las lágrimas cayeran por su rostro. Ya le daba igual lo que ocurriera. Por fin lo había encontrado. Y se había dado cuenta de que lo quería, no importaba lo que sucediera.

Permaneció así unos segundos, hasta que se apartó y lo miró a los ojos.

—Pegaso... —susurró. Tan solo era una palabra, una palabra más, pero para ella estaba llena de significado. El caballo parpadeó. Su pelaje brilló. Era el mismo brillo que había tenido las dos ocasiones anteriores. Sucedía de nuevo. En el lomo, que ya se había vuelto casi plateado, a ambos lados, aparecieron dos hermosas y espléndidas alas. Los ojos se volvieron azules y la crin y la cola relucieron como nunca.

Laida observó, extasiada, cómo Pegaso extendía sus recién adquiridas alas y echaba a volar. Planeó sobre la playa, como una flecha grande y plateada. Se dirigió rápidamente hacia el mar. Y, de pronto, se sumergió en las aguas.

Laida esperó, con el corazón en un puño. No reaccionó cuando oyó a Klaus y a Lynch acercarse. Los tres permanecieron en silencio, aguardando.

Con un poderoso estruendo, de las aguas emergió un precioso caballo alado, con el pelaje reluciente a la luz del sol, pálidos ojos azules, crin y cola plateadas y espléndidas alas extendidas. Ya no había rastro del caballo que había sido, todo había cambiado en él. Era una imagen sobrecogedora: cómo, de las profundidades del mar, emergía un temible y espléndido caballo alado.

Laida sonrió cuando Pegaso se acercó a ellos, empapado y plegando las alas. Sus ojos eran sabios, inteligentes, casi humanos. Los fijó en ella.

—Pegaso... —susurró Laida de nuevo. El caballo parpadeó, ocultando por un instante sus ojos azules. Inclinó un poco la cabeza y Laida lo acarició con suavidad, casi con cautela, todavía maravillada.

—Supongo que ha llegado el momento de que te lo contemos —dijo Lynch en voz baja. Laida apartó la mirada de Pegaso y lo miró. No parecía demasiado sorprendido de haber presenciado aquella transformación, aunque observaba a Pegaso con admiración. Sus ojos castaños eran más grandes que nunca, o al menos así se lo pareció a Laida. Ésta, sin dejar de mirar a Lynch, asintió. El chico tomó aire, como si lo que iba a decir fuera muy grave.

—Tu caballo... es un pegaso.

Laida abrió la boca y la volvió a cerrar rápidamente. Lo único que podía haber dicho era '¿Qué?' y eso no iba a servir de nada. Esperó a que el chico siguiera hablando. Lynch tragó saliva y prosiguió.

—Un pegaso es una criatura mágica, similar a un caballo, pero dotado de una gran inteligencia. Sus alas le permiten volar y es una de las criaturas más rápidas que existen en el mundo. Son capaces de establecer un... vínculo, una conexión, con su verdadero jinete, para poder comunicarse mediante la mente. De esta manera, pueden llegar a transmitir pensamientos y emociones sin hablar, hasta llegar al punto de que uno sepa lo que quiere el otro.

Se detuvo, tal vez esperando a que Laida dijera algo, pero ésta no hizo ningún comentario. Tras tomar aire, Lynch continuó:

—Hace años, los reinos no-mágicos se sintieron amenazados por estas criaturas y acabaron con varias de ellas. Los pegasos se escondieron y adoptaron la forma de caballos normales, para pasar desapercibidos. Ya apenas quedan pegasos puros, es decir, los que jamás han tenido que cambiar de forma. En realidad, ya apenas quedan pegasos.

»Tu madre te lo regaló cuando cumpliste ocho años, cuando solemos empezar a usar la magia. Pero al estar en Álacer, Pegaso no mostró su auténtica apariencia. Al llegar a Trun, donde la magia se respira incluso en el aire, Pegaso quiso liberarse y trató de transformarse. Para ello, te necesitaba a ti, pues tú eres su jinete. Mas solo hoy, cuando le has demostrado que no te importa lo que le ocurra, lo ha logrado. Ya no tiene por qué esconderse. Ahora es un verdadero pegaso.

Lynch calló. Laida se mordió el labio, pensativa, tratando de asimilar toda aquella información. Lo cierto era que todo tenía sentido. Por eso Pegaso había empezado a comportarse de manera extraña al llegar a Trun. Y por eso... se llamaba Pegaso. Su madre le había puesto aquel nombre con la esperanza de que lo reconocieran. Y... cuando él se había transformado por segunda vez... la había salvado. Había impedido que se ahogara en el mar, dejándola en la arena, donde unos segundos más tarde la encontrarían Lynch y Klaus. Y aquel mismo día, al anochecer, la forma plateada que había visto... Ahora todo encajaba.

Miró a su caballo... a su pegaso. Éste parecía interesado en los tres jóvenes que tenía delante y los miraba detenidamente, como si quisiera inspeccionarlos. ¿De verdad podía establecer un... vínculo? Sus ojos azules se detuvieron en Laida y le dio un pequeño empujón con el morro en el brazo. La chica lo miró, desconcertada.

—Quiere que lo montes —explicó Klaus sonriendo. Laida dudó. La última vez que había montado en él no lo había pasado demasiado bien. Pero... ahora era diferente. Confiaba en él. De modo que, con decisión, se subió a la silla.

Pegaso sacudió un poco la cabeza. Laida lo espoleó. El pegaso empezó a galopar por la arena. Mas no galopaba como antes. Lo hacía con mucha más facilidad, elegancia y ligereza. Y también con más rapidez. Laida recordó lo que Lynch había dicho: 'Son capaces de establecer un... vínculo, una conexión, con su verdadero jinete, para poder comunicarse mediante la mente'.

Ahora podría comprobar si aquello era cierto. Se concentró, como hacía siempre que iba a utilizar magia. Pensó con todas sus fuerzas en Pegaso y dijo mentalmente: «Ve más despacio». Y, asombrosamente, el pegaso redujo la velocidad. Laida sonrió, asombrada. Una voz le gritó:

—¡Es un pegaso, no un caballo! ¡Aprovecha para volar!

No necesitó girarse para saber que el que había hablado era Lynch. Sintiendo la respiración agitada, ordenó: «Pegaso, a volar».

Y el pegaso despegó. Era maravilloso, realmente maravilloso sentir el suave viento en la cara mientras surcaba el cielo con lentitud. Desde arriba, todo parecía más bello. Distinguió a Lynch y a Klaus, que paseaban observándolos, y se habían convertido en dos motitas. Pegaso dio un brusco giro y Laida se agarró con más fuerza a la silla. Sintió un repentino pánico al deslizarse ligeramente hacia un lado, viendo el suelo tan lejano. Si se caía...

«Pegaso, desciende», ordenó mentalmente, presa del miedo. No podía soportarlo. Ya se había caído una vez. El pegaso no parecía tener ganas de bajar a tierra firme de nuevo, porque agitó más las alas y ascendió. Aumentó la velocidad según volaba hacia arriba.

—¡Pegaso, baja! —gritó Laida, aterrorizada. El pegaso se detuvo, a regañadientes, y fue descendiendo con lentitud. Cuando todavía quedaban aproximadamente siete metros, Pegaso giró sobre sí mismo. Se quedó boca arriba, planeando plácidamente. Laida chilló y cerró los ojos. Era lo mismo que había sucedido la última vez. Y, en esa ocasión, se había caído.

—¡PEGASO! —gritó fuera de sí. Y el caballo, alarmado, recuperó su posición inicial y descendió a tierra. En cuanto sus patas se apoyaron en la arena, Laida se bajó de la silla, con la respiración alterada y todavía muerta de miedo. Vio que Lynch y Klaus se aproximaban hacia ella.

—¿Qué ocurre? —preguntó Klaus.

—¿Que qué ocurre? ¿¡Pero no habéis visto que casi me caigo de la silla cuando se ha puesto al revés!? —chilló histérica.

—Oh, ¿tienes miedo al mundo bocabajo? —dijo Lynch riendo con sorna—. ¡Es broma, es broma! —se apresuró a decir, todavía riendo, al ver a Laida dispuesta a pegarle.

—Pero si no pasa nada —la calmó Klaus—. Pegaso nunca te dejará caer.

—¡Pues montad vosotros entonces! —gritó Laida. Pegaso agitó la cabeza.

—Cálmate, ¿quieres? —dijo Lynch un tanto molesto—. La culpa de que tengas miedo no es de Pegaso. Él solo quiere que lo montes para que te diviertas.

—Tengo una idea —dijo entonces Klaus—. Déjanos montar a nosotros para que veas que no pasa nada y luego ya montas tú.

—Pero...

Laida vaciló. La verdad era que le resultaba un poco extraño que alguien que no fuese ella montara a su caballo. Sin embargo, quería superar ese miedo lo antes posible, de modo que asintió.

Klaus se aproximó a Pegaso y le acarició el morro. Después preguntó:

—¿Puedo?

Y el pegaso movió la cabeza. Klaus se subió con agilidad a la silla y espoleó al caballo. Unos segundos después estaban en el aire.

Desde abajo todo era diferente. Laida vio fascinada cómo Pegaso movía las patas, como si estuviera corriendo en el aire. Todo su cuerpo parecía plateado a la luz del sol. Pegaso giró sobre sí mismo y ascendió. Abrió al máximo las alas mientras planeaba suavemente. Sin previo aviso, el caballo alado se puso del revés, y siguió planeando plácidamente. Klaus no se inmutó. Pegaso se enderezó y dio una voltereta en el aire. Nuevamente, su jinete parecía tranquilo.

Entonces el pegaso plegó las alas, todavía en el aire, y se precipitó en picado. Cuando ya estaban a dos metros del suelo, abrió de nuevo sus alas y planeó brevemente antes de posarse con suavidad. Klaus descendió sonriendo.

—¿Ves? No pasa nada.

Al ver que Laida seguía dudando, Lynch se aproximó a Pegaso y, al igual que había hecho Klaus, le pidió permiso para montar. En cuanto el caballo dio su consentimiento, Lynch montó y despegaron.

Laida comprendió enseguida por qué le había parecido que Lynch no estaba hecho para pasarse el día encerrado. El aire parecía su elemento. Pegaso volaba más rápido que nunca y realizaba trucos y piruetas bastante peligrosos.

Cuando el pegaso se puso bocabajo, Lynch sacó los pies de los estribos y los dejó caer, agarrándose a la silla únicamente con las manos. Laida ahogó un grito.

Pegaso se enderezó y Lynch volvió a colocarse en su sitio, con naturalidad. El caballo alado ascendió a gran velocidad varios metros, hasta volverse un pequeño punto plateado. Se detuvo en el aire.

De pronto, Laida vio cómo algo (o más bien alguien) se precipitaba desde su caballo, en lo alto, hacia el suelo a una velocidad alarmante. Gritó de nuevo al darse cuenta de lo que era, o mejor dicho, de quién era.

—¡LYNCH! —exclamó angustiada. Se volvió hacia Klaus, que observaba la escena con curiosidad e interés.

—Tranquila, sabe lo que hace —le dijo con calma.

—¿¡Que sabe lo que hace!? ¡¡Se va a matar!! —gritó Laida. Pero cuando ya faltaban apenas tres metros para el impacto, Pegaso hizo su aparición, surcando el cielo como una flecha. Pasó como un rayo justo debajo de Lynch. Éste, aprovechando el momento justo, se subió a la silla de nuevo. Laida, atónita, vio cómo Lynch sonreía mientras Pegaso se acercaba a tierra firme.

—Ya te dije que sabía lo que hacía —comentó Klaus.

—¿Ves? —dijo Lynch desmontando—. Incluso si te caes, Pegaso te recogerá. Y si te tiras, también.

—Has estado a punto de matarte —le recriminó Laida, todavía asustada.

—Sí, pero no me he matado y eso es precisamente lo que a mí me importa en este justo momento —repuso Lynch—. Venga, ahora monta y deja que tu caballo alado te muestre las maravillas celestes.

—¿De verdad pretendes que me suba a Pegaso y me tire de la silla o haga piruetas? —dijo Laida con escepticismo.

—No es necesario —intervino Klaus—. Basta con que le demuestres a Pegaso que confías en él.

—Utiliza el vínculo. No es solo para dar órdenes a tu pegaso, sino para que compartáis emociones. Si sientes miedo, él te calmará. Si te sientes feliz, él compartirá tu felicidad.

Laida suspiró. «Es lo que tengo que hacer», se dijo. Se subió con decisión a la silla. Pensó en Pegaso y consiguió establecer el contacto mental.

«Confío en ti, pequeño», pensó. El pegaso sacudió la cabeza. Con elegancia abrió sus alas y echó a volar.

Laida vio de nuevo cómo la tierra se alejaba e inspiró hondo para calmarse. Pegaso, al darse cuenta de su miedo, volvió a establecer el vínculo.

No dijo nada (a fin de cuentas, seguía siendo un animal), pero le transmitió sentimientos y emociones. Felicidad, calma, confianza... Era su manera de decirle que se relajase, que estuviese tranquila. Él jamás la dejaría caer, jamás dejaría que le pasase nada.

Surcaron el cielo a mayor velocidad que antes, pero en esta ocasión Laida se encontraba tranquila. Sabía que Pegaso no la iba a dejar caer. El caballo alado viró en el aire, tal y como había hecho anteriormente. Laida se deslizó peligrosamente hacia un lado y se agarró con más fuerza a la silla. Pegaso ascendió de pronto, agitando con fuerza las alas. Laida, sospechando lo que iba a hacer, cerró los ojos. Efectivamente, el pegaso se puso otra vez bocabajo. Su jinete sintió el vínculo... que le indicaba que abriese los ojos.

Así lo hizo. Era espeluznante tener el cielo abajo y el suelo arriba, el mundo al revés. Sin embargo, también experimentó unas extrañas ganas de echarse a reír, que fueron rápidamente sustituidas por pánico. Se mordió la lengua para no gritar. Sintiendo su angustia, Pegaso se enderezó y fue descendiendo con suavidad. Laida, sin embargo, protestó.

«No dejes de volar», pidió.

Y el pegaso, obedeciendo su orden, agitó las alas con fuerza y se preparó para surcar el cielo de nuevo.

15

EL SIGNIFICADO DE LOS SUEÑOS

Laida le quitó la silla a Pegaso y la colocó en su sitio. Acarició al caballo, que había recuperado su forma discreta. Sus ojos volvían a ser negros, aunque había algo diferente en ellos. Tal vez era por haberse transformado, pero sus ojos parecían irradiar luz. Laida lo condujo con cariño hasta su caballeriza. Se despidió de él con unas palmaditas y siguió a los chicos de vuelta al palacio.

—Hay algo más que debes saber sobre los pegasos —dijo Lynch—. Son criaturas libres, acostumbradas a volar a su antojo. No te extrañes si Pegaso se muestra en desacuerdo a estar encerrado en el establo.

Laida asintió, prometiéndose a sí misma que cuidaría bien de él.

Los tres fueron a cenar y le contaron a Venz, Sarah y Voxart todo lo ocurrido. Parecieron alegrarse al saber que por fin Pegaso había logrado transformarse.

Laida se despidió de Klaus y de Lynch en la escalera, como siempre, y tomó el camino hacia su habitación. Una voz la detuvo.

—Laida, espera un momento, por favor.

Era Sarah. Llegó hasta donde ella estaba. Laida se dio cuenta de que tenía un libro en la mano.

—¿Sí?

—Quería disculparme.

—¿Disculparte? ¿Por qué? —preguntó Laida sorprendida.

—Porque todos sabíamos desde que dijiste el nombre de tu caballo que era un pegaso. Y nadie te lo dijo.

—Oh, eso...

La verdad era que en el fondo se alegraba de que no se lo hubieran contado hasta ese día, porque dudaba que se lo hubiera creído.

—He de admitir que agradezco que no me lo contarais hasta el día de hoy. Si me lo hubieseis dicho cuando llegué aquí... No sé qué hubiese hecho. Seguro que no os hubiera creído.

—Lo sé. Pero aun así no estuvo bien.

Laida sonrió, agradecida, lo que a su vez hizo sonreír a Sarah. Ésta le mostró entonces el libro que llevaba. Laida lo reconoció de inmediato: 'El secreto de los animales celestes'.

—Me gustaría que lo tuvieras tú —le dijo Sarah entregándoselo—. Cuenta todo lo que hay que saber sobre los pegasos y creo que te será útil.

—Gracias —dijo Laida cogiéndolo. Se quedaron así unos instantes, Laida con el libro en la mano y Sarah observándola. Finalmente, la condesa se despidió de ella y bajó la escalera.

Ya había anochecido cuando Laida se acercó a la ventana. El cielo estaba de un oscuro azul cobalto, plagado de estrellas. La ciudadela a sus pies brillaba como una luciérnaga en la noche.

La joven suspiró, mirando hacia el cielo. Recordó la flecha plateada que había visto el día anterior y sonrió.

—Gracias, Pegaso. Gracias por todo —susurró. Se apartó de la ventana y cogió el libro que Sarah le había dado.

Pegaso y la diosa Atalanta

El cielo azul, cubierto de esponjosas nubes y resplandeciendo por el sol, es uno de los mayores refugios que podamos imaginar. Las criaturas más hermosas lo surcan, de noche y de día, esperando tal vez aislarse de los problemas de tierra. Esas criaturas, dotadas de una inteligencia similar a los de los mismísimos seres humanos, fueron creación de una diosa. Y todavía hoy, mil años más tarde, su esencia sigue corriendo por sus venas.

El caballo más reconocido de toda la Historia se acercó un día a un manantial de Sach. Era un día caluroso, y el caballo estaba sediento. Sin embargo, aquel manantial era un lugar prohibido. Nadie osaba siquiera acercarse. Se decía que la diosa Atalanta había surgido de aquel manantial y todavía residía allí, en las profundidades de la laguna.

Pero el caballo necesitaba agua desesperadamente, y aun consciente del peligro que corría, bebió. En cuanto su morro tocó el agua, el estanque brilló. De su interior, bella como una rosa pero amenazadora como una fiera, surgió un espíritu divino. Una diosa. La diosa Atalanta.

El caballo observaba fascinado la escena que sucedía ante sus ojos. Atalanta, a su vez, miró su reflejo en la laguna. Su cabello, de un suave verde olivo, le caía por la espalda hasta más allá de la cintura, rozando el agua que tenía debajo. Sus ojos oscuros recorrieron con minuciosidad su reflejo, buscando cualquier debilidad. No encontró ninguna. Incluso su carcaj y sus flechas colgaban aún de su espalda.

Entre tanto, el caballo, sin poder moverse, no era capaz de apartar los ojos de la diosa que tenía ante sí. Jamás había visto nada ni nadie tan hermoso. No se asemejaba a los humanos, aquellos molestos individuos a los que tenía que llevar sobre su lomo. No le disgustaba cargar con algunos de ellos, ya que lo trataban bien y lo adulaban con elogios. Mas no todas las personas se comportaban igual. No soportaba a aquellos que lo trataban como a un vulgar asiento. Él era un caballo, no un carro.

Atalanta fijó por fin su atención en el caballo que la observaba embelesado, y éste, presa de un terrible pánico, retrocedió un paso ante la mirada profunda de la diosa.

–¿Cómo osas despertarme? –preguntó, mientras sus ojos se volvían más amenazadores. El caballo, incapaz de dejar de temblar, pronunció con precipitación:

–Tu... Tu estanque era el único capaz de saciar mi sed, mi diosa.

–¿Y crees que ése es motivo suficiente para interrumpir mi descanso?

El pobre animal no contestó, temeroso de la ira de Atalanta.

–Pues si tanto disfrutas de mis aguas, ¡allí te quedarás toda la eternidad!

Y, sin más dilación, arrojó al caballo a las aguas de su laguna, y las cerró con un cristal. Así se aseguraba de que nadie liberase nunca al ser que había perturbado su sueño.

Atalanta fue entonces consciente de que era libre. Había pasado años y años encerrada en aquella dichosa laguna, y ahora era libre. Se dio cuenta de que había condenado a aquel desdichado animal a la suerte que había corrido ella. Mas él se lo había buscado. No debía haber penetrado en las aguas sagradas.

Pero algo en el interior del corazón de Atalanta no cesaba de hacerla sentir una sensación de culpabilidad. Tan solo era una criatura que había hecho todo lo posible por sobrevivir. Aunque... ella seguía siendo una diosa. Era superior a los sentimientos humanos. Antes de que lograse tomar una decisión, la superficie de la laguna se iluminó de nuevo. Atalanta fue testigo de cómo el cristal impuesto por ella se rompía en mil pedazos. Y ante ella surgía...

A simple vista parecía un caballo, pero aquello era como decir que un dragón era un lagarto. No bastaba para describirlo. Su pelaje era de un blanco puro como la nieve, y brillaba con un suave resplandor. Sus cascos, crin y cola eran plateados y sus ojos como dos pálidos y claros zafiros. De su lomo, a ambos lados, nacían dos imponentes y elegantes alas, cubiertas de plumas, las cuales estaban extendidas y de cuyos extremos caían gotas de agua.

La nueva criatura, espléndida y hermosa, posó sus cascos en tierra y plegó un poco las alas. Fijó sus ojos azules en Atalanta, quien por primera vez parecía amedrentada. Tal vez fuese una diosa, pero sus poderes se habían debilitado mientras había estado cautiva en la laguna, y la criatura que tenía ante ella le resultaba desconocida.

—¿Qué... quién eres? —preguntó Atalanta.

—Soy lo que tú has hecho de mí —respondió la criatura con voz profunda.

Al ver que la diosa lo miraba sin comprender, el ser agitó un poco las alas con cierta impaciencia, aunque sin moverse de su sitio, y explicó:

—Me lanzaste sin piedad a la laguna y luego la sellaste con cristal para que no pudiera salir. Me condenaste a lo mismo que has tenido que sufrir tú. Y yo te liberé. Te liberé de esa prisión. Y cuando mi cuerpo se hundió en las aguas, tu esencia, que todavía flotaba en la laguna, se adhirió a mí. Tengo tu espíritu. Soy parte de ti.

Atalanta observó a la criatura con un renovado respeto, mas la sensación de inquietud no había desaparecido.

–¿Quién eres? –repitió.

El caballo alado agitó de nuevo las alas y sus ojos destellaron.

–Soy lo que has hecho de mí. Soy el caballo que ha sido agraciado con el don de volar y de surcar los cielos, la criatura que ha sido agraciada con el don de la libertad. Soy Pegaso.

La diosa contempló cómo Pegaso avanzaba unos pasos hacia ella, sin apartar sus ojos azules.

–¿Todavía me temes, Atalanta? Ni quiero ni puedo hacerte daño. No te guardo rencor, pues gracias a ti, ahora soy lo que soy. Parte de ti. El corcel de una diosa.

Atalanta fue plenamente consciente de lo que aquello significaba. ¿Acaso insinuaba Pegaso que podría volver a surcar los cielos?

–Pero... ¿No lamentas que no haya ni uno más? Estás solo en este mundo.

–No estoy solo. Te tengo a ti, que eres mi jinete. Y cualquier caballo que beba de estas aguas adquirirá mi apariencia. Mi esencia y mi espíritu siguen vivos aquí. En esta laguna... La Laguna de Cristal.

A continuación, Pegaso inclinó levemente su cabeza hacia la diosa, quien interpretando correctamente el gesto, se subió a su lomo. En cuanto Atalanta estuvo bien instalada, Pegaso desplegó sus alas y echó a volar.

Ambos volaron sobre Sach ante la mirada incrédula de sus habitantes. Mientras surcaban el cielo, Atalanta dijo:

–Soy libre. Fui una diosa y lo sigo siendo, mas solo en tu grupa, Pegaso.

–Soy libre. Fui un caballo y lo sigo siendo, mas solo contigo sobre mi lomo, Atalanta.

Y los dos, caballo y jinete, unidos, surcaron los cielos.

Laida cerró el libro, pensativa. De modo que el primer pegaso había surgido de una laguna en Sach... Y gracias a la diosa Atalanta... Pero, ¿de verdad existían los dioses? Y si así era, ¿era cierto que Atalanta había cabalgado sobre Pegaso, el primer pegaso de la Historia?

Quiso seguir leyendo, pero se encontraba bastante cansada, de modo que dejó el libro a un lado y se tumbó en la cama.

Había un clima cálido en el aire, a pesar de ser de noche. Esta vez no tuvo que caminar, ya que estaba en la playa. Miró con curiosidad a su alrededor. No había nadie.

Avanzó con cautela, casi con miedo, hacia la orilla y dejó que el agua acariciara sus pies descalzos. Tenía un mal presentimiento.

Alzó la mirada al cielo estrellado y descubrió que un destello plateado lo surcaba a una velocidad de vértigo. Poco a poco, el destello fue haciéndose más grande hasta que pudo reconocerlo: Pegaso. No iba solo, sin embargo. Llevaba a una persona sobre su grupa.

El caballo alado descendió en picado, convirtiéndose en una mancha plateada. Remontó el vuelo justo cuando parecía que iba a estrellarse contra el mar.

Pudo ver entonces mejor al humano que iba montado sobre el pegaso. Tenía el pelo castaño, corto y se le levantaba con facilidad por el aire. Pegaso ascendió colocando su cuerpo en vertical. El chico que llevaba sobre el lomo no se inmutó.

Cuando ya estaban a unos treinta metros de altura, el pegaso abrió las alas todo lo que pudo, creando una imagen sobrecogedora a espaldas del cielo estrellado.

El joven que iba montado en él hizo un extraño movimiento. Unos segundos después, se precipitaba hacia el mar.

Laida gritó con toda la fuerza de sus pulmones y corrió hacia él. Pegaso plegó las alas y se dejó caer. Cuando llegó a la altura del chico, trató de cogerlo, pero el joven no pudo sujetarse a la silla. Se oyó un terrible estruendo y se produjo una gran explosión en el agua.

Laida gritó más fuerte aún y sintiendo el corazón desbocado y las lágrimas cayendo sobre su rostro, corrió hacia él. Había caído en una zona poco profunda y lo pudo encontrar con facilidad.

No tenía heridas en el cuerpo y sus ojos permanecían cerrados. Laida acarició su pelo empapado con ternura, sin dejar de llorar.

—Lynch —susurró.

El chico abrió los ojos. Aquellos ojos castaños tan especiales quedaron al descubierto y se clavaron en ella.

—Laida —susurró. Parecía que le había costado un gran esfuerzo decir esa palabra.

Los ojos verdes de ella quedaron reflejados en los suyos castaños, y los marrones de él se vieron en los ojos color esmeralda de ella. Ambos los tenían brillantes.

—¿Por qué? —susurró ella.

—Porque el destino lo ha querido así, mi pequeña princesa —contestó él. Laida cerró los ojos un momento, sintiendo cómo el corazón se le rompía en mil pedazos. Acarició su rostro sin apartar la vista ni por un momento de su mirada castaña. Ambos, sabiendo que aquella noche sería la última, alzaron la mirada al cielo lleno de estrellas, preguntándose por qué la vida era tan cruel.

* * * * *

Laida despertó de pronto, con la cara empapada de lágrimas. Pero aquello no le importaba en aquel momento. De hecho, su mente estaba centrada en una única idea.

Por fin sabía qué significaban aquellos ojos castaños, que la habían visitado en sueños. Por fin entendía a qué se debía su extraño comportamiento cuando Lynch estaba cerca. Lo había descubierto en ese último sueño. No podía olvidar aquella sensación, de que ya no merecía la pena vivir, si él moría.

Lo había descubierto. Y la verdad la abrumaba. Pensó por un momento en Cris, y se dio cuenta de por qué la odiaba. No era solo el hecho de que la hubiera llamado celosa, sino que no soportaba que hiciese el menor daño a Lynch. Recordó cuando había visto a ambos en el patio interior, la ira que había sentido y después el alivio al saber que Cris no había logrado manipularlo.

Se levantó de la cama y se asomó a la ventana. Suspiró al ver el cielo estrellado y cerró un momento los ojos. Cuando los volvió a abrir, ya no había rastro de lágrimas en su rostro y éste irradiaba decisión.

—No dejaré que te hagan daño, Lynch —se juró—. Aunque tenga que morir yo.

* * * * *

Arrojó sin demasiados miramientos otro libro a la mesa, empezando a perder la paciencia.

—¿Qué te ocurre? —le preguntó Lynch desde el otro extremo de la mesa. Él, Laida y Klaus se encontraban de nuevo en la biblioteca y, para variar, no habían hecho grandes progresos.

Laida sintió que de su cuerpo desaparecía la tensión cuando Lynch fijó sus ojos en ella.

—Nada —contestó cogiendo otro libro.

Lynch se desperezó y se levantó.

—Voy a coger un libro que me dejé en la habitación. Ahora vengo.

Salió de la biblioteca acompañado por Sox. En cuanto se hubo asegurado de que se habían quedado solos, Klaus cerró su libro de golpe y miró a Laida.

—¿Qué? —dijo ella, incómoda ante sus ojos color zafiro.

—¿Cuánto tiempo vas a seguir así, Laida?

—¿A qué te refieres?

—A que cuánto tiempo vas a esperar para decirle a Lynch que estás enamorada de él.

—¿QUÉ? —soltó Laida, sintiendo su corazón a más velocidad. ¿Acaso era una coincidencia que Klaus se lo dijera justo un día después de que ella se diese cuenta?

—Oh, vamos. Te pusiste como una fiera viendo cómo Cris coqueteaba con él y eso que ni la conocías. Te quedas por lo menos dos segundos mirando sus ojos. Y ayer cuando se tiró de Pegaso... sabes perfectamente de lo que hablo.

Con la respiración alterada y bajando la voz hasta convertirla en un susurro, Laida dijo:

—Es...

—Una decisión tuya, lo sé. Pero las cosas se están empezando a poner feas.

—¿Por qué lo dices?

—Ayer cuando volvimos, noté una presencia en el palacio, en el cuarto de Lynch. Creo que era humana.

—¿Cómo que 'creo'?

—Era una presencia muy extraña.

«Cris —pensó Laida—, bajo su forma humana, claro».

—¿Qué me quieres decir con todo esto, Klaus? —preguntó Laida en voz baja.

—Lo que quiero decir es que...

Lynch entró en ese momento en la biblioteca, con un libro en la mano y seguido por Sox. Klaus se calló de inmediato. Lynch alzó las cejas.

—¿Ocurre algo? —inquirió sentándose de nuevo.

—No, nada —contestó Klaus—. ¿Ya has encontrado lo que buscabas?

—Sí: 'Religión y Magia, dos temas similares'. Habla sobre los dioses; dice que podrían haber sido ellos los que crearon la magia: Recalá, Saturno, Ares, Atalanta...

—¿No fue Atalanta la que cabalgó sobre el primer pegaso? —preguntó Laida.

—Sí, fue ella. ¿Cómo lo sabes? —dijo Lynch.

—Tu madre me dio anoche un libro: 'El secreto de los animales celestes'. Lo leí allí.

—Bueno, de todos modos, y aunque los dioses existan, lo que no me creo es la historia del dios Recalá —dijo Klaus.

—¿Álacer al revés? ¿El dios que supuestamente creó el mundo?

—El mismo. Atalanta, Ares, Saturno... Son nombres de dioses. Pero Recalá... Es lo más absurdo que he oído.

—Entonces, ¿de verdad creéis que los dioses crearon Álacer? —preguntó Laida.

—Sí —contestó Klaus.

—No —replicó Lynch.

—Lo dices porque odias creer que algo superior existe y que estamos a su merced —le reprochó Klaus.

—¡No es verdad! —protestó Lynch, airado—. Lo digo porque no hay pruebas de su existencia.

—Y, sin embargo, sobre todo en Bestrek, Moran y Sach, creen en los dioses.

—Y todos diferentes. ¿No te parece extraño?

—Tal vez todos los dioses en los que creen existieron y cada reino eligió creer en uno.

—¿En serio? Serían muchos entonces. Atalanta, Ares, Saturno, Dionisio, Hiperión... Y puedo seguir así horas.

—¡Pero es una teoría, Lynch, y además tiene su lógica!

—¡No, no la tiene!

—¡Casi todos los libros que hemos mirado hablan de una fuerza superior! ¡No hay otra explicación!

Lynch se levantó y exclamó:

—¡Por supuesto que la hay, Klaus, y precisamente por eso nos pasamos horas y horas en la... maldita biblioteca!

—¿Queréis parar ya? —intervino Laida, mirando a ambos sorprendida. Lynch parecía el más furioso de los dos. Con un resoplido, volvió a sentarse. Continuaron leyendo y buscando información durante una media hora. Cuando ya estaban recogiendo los libros, Klaus garabateó algo en un trozo de pergamino y se lo pasó a Laida, sin que Lynch se diera cuenta.

'Tenemos que hablar', decía. «Y tanto que tenemos que hablar, Klaus», pensó Laida.

Después de comer no tenían nada que hacer, de modo que cuando Lynch arguyó que se iba a dar una vuelta él solo, Laida subió a la habitación de Klaus.

Estaba igual que unos días antes, a excepción de que sobre la cama estaba Sox. Klaus le hizo a Laida una seña para que se sentara en la cama, pero ella la omitió, así que ambos permanecieron de pie.

—Laida, las cosas están cambiando —comenzó Klaus, tocándose nerviosamente el cuello—. Ya sé que... Mira, sé que es decisión tuya, pero me gustaría que se lo dijeras.

—¿Por qué?

—¿Por qué? ¡Pues porque desde que llegaste a Trun...! —Se mordió la lengua y calló, dudando. Laida, conteniendo el aliento, le dijo:

—¡Klaus, por lo que más quieras, dímelo y deja de ocultarme las cosas!

—Está bien... Desde que llegaste a Trun... Lynch no ha hecho otra cosa que pensar en ti.

—¿Qué? —soltó Laida incrédula.

—Nunca... —A Klaus parecía costarle encontrar las palabras—. Él siempre ha sido un chico, vamos a decir... no muy sociable. Le cuesta bastante confiar en la gente. Pero tú... Fue verte y se le iluminaron los ojos. Lo digo en serio, jamás le había pasado eso con ninguna chica. Por eso te pido que le digas lo que sientes, que seas sincera con él, porque los dos saldréis ganando.

Laida lo miró. A través de sus ojos color zafiro pudo ver destellos de comprensión y una sospecha cruzó su mente.

—¿Me lo dices por experiencia, Klaus?

—Podría decirse que sí —sonrió él. Laida también sonrió. Bajó la mirada al suelo y sintió, sin saber muy bien por qué, un escalofrío al ver todo negro. Alzó la cabeza.

—Klaus... No me has traído hasta aquí solo para hablar de Lynch, ¿verdad?

—No, la verdad es que no. Hay varias cosas que quiero hablar contigo. La primera es... ¿qué te traes entre manos?

—¿Cómo dices?

—Te pasaste días y días en la biblioteca buscando a saber qué y de repente desistes.

—¡No desistí! —protestó ella ligeramente ofendida—. ¡Lo que pasa es que encontré lo que buscaba!

—¿Y qué buscabas?

—Un hechizo.

—Cuál y para qué —dijo Klaus mirándola, alzando las oscuras cejas.

—Se llama Resplandor y era simple curiosidad. ¡Es verdad! —añadió al ver su expresión—. ¡Pregúntaselo a Lynch si no me crees!

—En fin... El otro día me preguntaste cosas sobre lo que ocurrió hace tantos años... Eran preguntas extrañas. Si alguien más sabía lo ocurrido allí... Y luego vas, y sin dar ninguna explicación, sales corriendo. ¿Qué te propones, Laida?

La chica se mordió la lengua. No podía decirle lo que ocurría, y menos ahora, que se había convertido en un asunto tan personal. No iba a permitir que Cris tocase siquiera a Lynch o a Klaus, pero a su vez quería ser ella la que acabase con la demonio.

—¿Confías en mí, Klaus? —preguntó fijando sus ojos verdes en los suyos azules.

—Me preguntaste lo mismo la otra vez —le recordó él—. Y me temo que no podré contestarte que sí hasta que me digas lo que tramas.

—Entonces me temo que no me contestarás.

—Está bien... Tú sabrás lo que haces. Y espero que lo sepas de verdad. Y otra cosa...

—¿Sí?

—Me gustaría que, pase lo que pase, sepas que lo que estamos haciendo lo hacemos por tu bien.

—¿Qué quieres decir?

—No puedo decirte nada más, pero...

—¿Lo ves? ¡Ya estamos otra vez con los secretos! ¿De veras crees que una persona puede...?

—Laida, Laida, tienes razón, lo sé, pero yo ahora no puedo hacer nada. —El tono de Klaus era cada vez más apremiante—. Lo que ocurre es que si te contamos más de lo debido... tal vez... esto se convierta para ti en un asunto personal y eso justamente es lo que queremos evitar a toda costa.

—Klaus, ¿qué diablos quieres decirme con todo esto? —dijo Laida perdiendo la paciencia.

—Que confíes en nosotros y... que no hagas nada precipitado.

—Como si pudiera —repuso Laida amargamente. Klaus sonrió.

—Ah, y una cosa más. Y ésta sí que es la última. Cuando hables con Lynch, dile que tal vez tenga razón. Que tal vez los dioses no existen.

—Lo dices solo para que no se enfade —le recriminó Laida. El otro se encogió de hombros.

—Acabas perdiendo la paciencia con este tema. Lynch está empeñado desde pequeño en averiguar lo que ocurrió, y me parece que no descansará hasta conseguirlo. A veces es mejor darle la razón.

—Oye, Klaus, hablando de este tema. ¿Qué hay más allá? —preguntó Laida señalando la ventana. Ambos se acercaron. Sox se subió al alféizar de un ágil salto. La ciudadela bullía de actividad. El cielo despejado había invitado a sus habitantes a que abandonasen sus casas y saliesen a disfrutar de la brisa que alborotaba el cabello y del sol que calentaba la nuca.

—¿Más allá? —repitió Klaus.

—Más allá de esto, más allá de Álacer. Del mar, las montañas, el desierto y las llanuras.

—Pues... Quién sabe. Nadie ha logrado atravesar las montañas, son demasiado frías. El desierto, imposible, demasiado sol. En cuanto al mar de Sach... Se extiende muchísimo más de lo que se muestra en los mapas y nadie, ni siquiera los magos, han podido descubrir tierra.

—¿Y qué pasa con las llanuras que hay al oeste de mi rei... de Álacer? —se corrigió. Había estado a punto de decir 'mi reino' y ya no sentía ninguna simpatía hacia él.

—Los terrenos son demasiado extensos y áridos. Tampoco nadie ha logrado atravesarlos.

—Es curioso, ¿no? Vivimos rodeados de diferentes paisajes y todos forman una especie de muralla. Como si quisieran impedirnos ver qué hay más allá.

—Así es Álacer. No puedes cambiar el mundo, al menos, no en este sentido.

—Pero en el otro tal vez sí —dijo Laida con suavidad.

—Sí, en el otro sentido tal vez sí... —admitió Klaus. Ambos sonrieron viendo cómo Sox saltaba de improviso del alféizar y en plena caída se transformaba en una preciosa águila real que surcaba el cielo con elegancia, mientras el sol calentaba sus plumas y les daba una nueva esperanza.

16

DOS PALABRAS Y UN CORAZÓN

Laida esquivó un golpe a duras penas y retrocedió. El filo de la espada de Klaus había estado a punto de rozarla y sabía que si hubiera tardado unas milésimas de segundo más, ahora tendría una fea herida en el cuello.

Hacía bastante calor, por no hablar del sol. Éste dificultaba enormemente la visión, ya que cada vez que Laida se ponía de cara a él, se arriesgaba a recibir un golpe de Klaus.

Ambos jóvenes luchaban con destreza en la playa, moviéndose con agilidad por la arena, sin dejar de atacarse el uno al otro.

O, al menos, Laida atacaba, porque Klaus se dedicaba más bien a detener golpes. Ésa era una buena estrategia, ya que mientras Laida se cansaba de descargar su espada, la cual nunca llegaba a su objetivo, gracias a los increíbles reflejos de Klaus, su oponente se limitaba a mover la espada. De vez en cuando, Klaus sobresaltaba a Laida moviéndose de pronto y descargando un golpe sobre ella, quien lograba pararlo a duras penas.

Ésa era la técnica de Klaus, limitarse a detener los golpes para cansar a su oponente y luego pillarlo desprevenido. Y, por ahora, funcionaba muy bien.

Laida, jadeando, avanzó un paso y movió la espada en dirección al brazo derecho de Klaus. Éste la detuvo, pero en ese movimiento, su brazo izquierdo, el que sujetaba la espada, quedó desprotegido. Laida volvió a atacar a su objetivo, pero vio sorprendida que Klaus ya había movido la espada de nuevo y le había dado tiempo a contrarrestar el golpe. Frustrada, retrocedió.

Podía ver perfectamente el perfil de Klaus, que quedaba ligeramente sombrío debido a que el sol estaba justo detrás. Aquello le dio una idea. Se movió con rapidez, como si fuera a descargar un nuevo golpe. Tal y como esperaba, Klaus se giró un poco, sin moverse de su sitio, y movió la espada para detener el golpe. Laida se movió un poco más hacia la derecha y descargó un nuevo golpe con fuerza. Otra vez, Klaus lo paró.

Ahora era él quien quedaba de cara al sol. Laida levantó la espada, triunfante, y vio que Klaus, al alzar la suya para defenderse, cerraba los ojos debido al potente resplandor del sol.

Sin embargo, y aun con los ojos cerrados, Klaus movió la espada en la dirección correcta. Los dos metales chocaron, para sorpresa de Laida. Klaus apartó su espada con rapidez y descargó un nuevo golpe, con tanta fuerza que arrebató a Laida la suya de las manos. El arma se clavó en la arena.

—Es increíble que aun usando esa táctica no consiga vencerte —dijo Laida mientras sacaba su espada de la arena—. ¿Cómo has podido saber dónde descargar el golpe?

Klaus sonrió y sus ojos color zafiro destellaron. Laida comprendió al instante.

—¡Has usado tu percepción! ¡No es justo!

—¿Y acaso lo es deslumbrar a tu oponente con el sol? —inquirió Lynch, que estaba plácidamente sentado a la sombra de una duna.

—No es trampa, es una estrategia —replicó Laida sentándose junto a él, exhausta, y poniéndose a la defensiva.

—La percepción tampoco da demasiada ventaja en un combate de esgrima —dijo Klaus dejándose caer al otro lado de Lynch.

—No, qué va —dijo Laida sarcásticamente, algo fastidiada por su derrota.

—No, tiene razón —intervino Lynch—. Incluso usándola, nunca me ha ganado en un combate.

—Ni tú a mí —protestó Klaus.

Era agradable estar discutiendo con calma, a la sombra en un día caluroso y con el batir de las olas como música de fondo. Laida sonrió al recordar sus tardes de verano en Álacer, encerrada en el castillo, sola. No cambiaría por nada aquel momento, oír a los chicos hablar sobre sus habilidades con la espada, dejar que el viento acariciara con suavidad su rostro y escuchar el relajante sonido del mar.

Los tres se recostaron el uno contra el otro, con las piernas estiradas, contemplando cómo una gigantesca ola rompía en la orilla.

Laida apoyó con suavidad su cabeza en el hombro de Lynch. Escuchó los latidos de su corazón, que en ese momento iban a velocidad normal. Los comparó con los suyos, que iban más despacio. Lynch tenía razón. Incluso en momentos como ése, su corazón latía más rápido.

Pero a ella le gustaba así, con aquellas peculiaridades, con aquella obsesión por descubrir lo sucedido, con aquellos ojos tan curiosos...

Recordó la conversación que había mantenido con Klaus y sonrió de nuevo, sintiéndose agradecida. Klaus no había puesto absolutamente ninguna objeción, la había respetado e incluso la animaba a que le confesase a Lynch lo que sentía, pero ante todo había comprendido que era su decisión.

Sintió cariño por Klaus, y también por Lynch. Por los dos, por aquellos dos chicos que habían hecho que su vida cambiara por completo. Los quería, los quería a ambos, aunque era muy diferente el afecto que sentía por cada uno. Para uno era amor, y para el otro, simple cariño. Pero aun así los quería y estaba dispuesta a dar su vida por cualquiera de los dos.

«Y —pensó mientras veía un águila cruzar el cielo y dirigirse hacia el mar— aquello era hermoso». Querer tanto a una persona que su vida te importe más que la tuya propia. Aquello... aquello era amistad, era amor.

Sonrió otra vez mientras veía cómo el águila cambiaba de rumbo y agitaba sus alas en dirección al este, pensando que, a fin de cuentas, la vida era el mayor regalo que podía existir.

* * *

El cielo adquirió un intenso color naranja conforme la tarde iba avanzando. El sol pronto se convirtió en un brillante semicírculo encima del mar. La arena empezó a enfriarse, debido a la ocultación del astro que la calentaba.

Los chicos iban ya a montar a los caballos para volver, cuando Laida fue consciente de que Pegaso no estaba. Echó una ojeada a su alrededor. Nada. Miró entonces al cielo y descubrió una curiosa figura volando junto al mar. Sonrió sin poder evitarlo.

—Te lo dije —dijo Lynch también sonriendo y observando al pegaso—. No soportará estar demasiado tiempo sin adoptar su auténtica forma.

—¿Os importa que me quede un rato? —preguntó Laida.

—No, claro, pero intenta volver antes de que el sol se oculte por completo —consintió Lynch. Sonrió a Laida y le acarició brevemente la mejilla. La chica se volvió hacia él, sorprendida, pero Lynch ya había montado en Calima y trotaba hacia el interior del bosque. Klaus le dirigió una última mirada a Laida que decía claramente 'Te lo dije' y también montó en su caballo y siguió a Lynch.

«Ven, Pegaso», pidió Laida mentalmente. El caballo, obediente, descendió con rapidez y aterrizó a su lado. La chica sonrió mientras lo acariciaba. Momentos después, estaba sobre su lomo.

Ambos surcaron los cielos, como uno solo, sintiendo el viento en su rostro, oyendo el mar y viendo cómo el sol se ocultaba.

Pegaso viró y se dirigió hacia el mar. Descendió poco a poco a medida que se acercaban. Laida, intuyendo su propósito, aguantó la respiración. En efecto, Pegaso se zambulló en el mar. El agua estaba curiosamente cálida y resultaba muy fácil de atravesar, o tal vez eso se debiera a que era Pegaso quien cruzaba las aguas. Tras unos segundos, Laida sintió que sus pulmones eran incapaces de aguantar más, pero no hizo falta dar una orden al pegaso. El caballo alado emergió del mar, tal y como había hecho la primera vez, rodeado de una explosión de agua. Giró sobre sí mismo, sacudiéndose las gotas que habían quedado en su cuerpo.

Laida se apartó el pelo mojado de la frente y realizó un hechizo de secado para evaporar el agua de su ropa. Se agarró con fuerza a Pegaso cuando éste volvió a descender, mas esta vez no se sumergió. Se limitó a dejar que el agua rozase sus brillantes patas, manteniendo el equilibrio con sus alas desplegadas al máximo.

El caballo alado dio un potente aletazo y se alejó del mar. Galopó por el aire moviendo apenas las alas, sin destino fijo. Cuando cambió de dirección y pudieron ver el mar de nuevo, Laida vio que el sol ya se había ocultado. Con resignación, tiró de las riendas de Pegaso y éste dio la vuelta, dirigiéndose al bosque.

Volaron sin prisa durante unos veinte minutos, observando sin mucho interés el paisaje. Vieron el ya conocido palacio de Trun, que debido a la falta de luz parecía algo siniestro.

Pegaso plegó las alas y dejó bajar a Laida. La joven lo condujo a los establos de nuevo y se despidió de él. Tomó el camino para ir al palacio, pero cuando ya iba a cruzar la puerta principal, algo la hizo detenerse. Se acercó a las escaleras que llevaban a la ciudadela y observó lo que se extendía ante ella.

La luna ya había salido e iluminaba con su débil resplandor las calles, acompañada por las estrellas. A esa hora todavía había gente, especialmente en la plaza principal. La mayoría de las tiendas ya había cerrado y algunas calles presentaban un aspecto un tanto sombrío.

Vio unos ojos amarillos vigilarla desde el callejón más cercano y sonrió. Esperó a que Sox se le acercara en forma de pantera para acariciarlo. La criatura movió la cola con elegancia, mientras sus brillantes ojos seguían recorriendo la ciudadela.

Se detuvieron en una bocacalle curiosamente oscura y los entornó. Laida lo acarició y apartó la vista del lugar. No iba a permitir que nada le estropeara aquel día.

Sonrió al encontrar la calle por la que Lynch había corrido, después de entrar en la tienda de Meg. Le había parecido tan curioso... Parecía haber pasado una eternidad desde entonces. Y, al mismo tiempo, tenía la sensación de que las cosas habían ocurrido demasiado rápido.

Levantó la vista hacia el cielo. Estaba, como de costumbre, cubierto de estrellas. Tal y como había dicho Lynch en su día, no había rastro de la estrella azul cian que habían visto desde el *Observatorio*, ya que solo se podía ver el día del solsticio de verano, el anterior y el posterior.

Se fijó en un puntito rojizo, algo más pequeño que el resto de las estrellas. Lanzaba destellos, pero su tamaño le hacía pasar bastante desapercibido.

Le hubiera gustado ir de nuevo al *Observatorio*, con Lynch, y ver una vez más las estrellas. Pero desde aquella noche en que Lynch le había explicado su carácter, no habían vuelto a ir.

Su mirada se detuvo de pronto en un grupito de estrellas, que formaban la imagen de un... ¿pegaso? Sí, así era. Laida pudo ver las alas, la cola, las patas e incluso usando la imaginación, aquellas estrellas alineadas podían ser la crin.

Se dedicó entonces a buscar más imágenes en las estrellas. Para ello, había que utilizar la imaginación, puesto que de lo contrario era imposible ver la pelea entre dos hechiceros, uno de ellos con una bola de energía a medio lanzar.

Se dio cuenta entonces de lo tarde que era. Caminó hacia el palacio, seguida por Sox, y traspasó sus puertas. Fue a subir por la escalera que llevaba a su habitación, pero al pie de ésta ya había alguien.

—¿Te suena que te dijera que vinieses antes de que se pusiera por completo el sol? —dijo Lynch sonriendo. Laida también sonrió.

—He venido pronto, pero me he entretenido mirando las estrellas.

—Entonces supongo que no te apetecerá ir al *Observatorio*, ¿verdad?

—Haré un esfuerzo.

Lynch la tomó de la mano y la condujo con rapidez a la torre. El aire de la noche era frío, y más allí arriba, pero ninguno de los dos hizo ningún comentario. Se acercaron a la barandilla.

—Las estrellas crean formas curiosas —dijo entonces Laida.

—Constelaciones —asintió Lynch—. De hecho...

Retrocedió unos pasos. Se colocó justo encima de una baldosa negra, que contrastaba con las demás blancas. Dibujó en el aire unas líneas, ante la mirada de perplejidad de Laida. Cuando terminó, le hizo una seña a Laida para que se colocase donde él estaba. La chica se quedó sin aliento.

Lynch había unido con finas líneas plateadas varias estrellas, creando la imagen de un pegaso. Era lo mismo que Laida había visto antes, pero gracias a las rectas que había creado Lynch, el pegaso se podía vislumbrar mucho mejor.

—¿Puedes dibujar constelaciones? —le preguntó Laida incrédula.

—Sí. Es una buena forma de expresar sentimientos.

—¿Vienes aquí cuando estás frustrado?

—No, me parece un crimen llenar el cielo de rayas sin sentido. No, me refiero... a otra clase de sentimientos.

—¿Qué sientes ahora, Lynch? —se atrevió a preguntar Laida. El chico la miró fijamente.

Dibujó algo en el cielo, uniendo unas pocas estrellas. Laida alzó la mirada. Era un corazón.

—Lynch...

Pero no tenía ni idea de qué decir. El chico la había dejado sin palabras.

—Es curioso cómo un dibujo tan simple puede decir tanto. Lo mismo ocurre con las palabras.

—¿Qué palabras? —susurró Laida. Sus ojos verdes se clavaron en los suyos castaños, que brillaban con intensidad. Incluso desde donde estaban, Laida pudo oír los latidos del corazón de Lynch, que iban en ese momento a toda velocidad.

—Te quiero.

Y, sin añadir nada más, se inclinó hacia ella con suavidad y la besó. No hicieron falta palabras o dibujos para expresar lo que ambos sintieron en ese momento. Habían esperado meses, y ahora todo parecía tan sencillo... Lo que sentían había recaído sobre un dibujo y dos palabras. Sobre un corazón hecho de estrellas y dos palabras cargadas de amor: 'Te quiero'. Y era tanto lo que sentían que parecía absurdo, pero al mismo tiempo real.

Sus corazones se sincronizaron. El de Lynch se calmó, mientras que el de Laida se aceleró. Sus miradas se encontraron. Ojos verdes y castaños compartieron una profunda emoción... que por fin se había convertido en amor.

—Hay que ver las ironías que tiene la vida —sonrió Lynch. Laida sonrió también, sin poder evitarlo, pero no apartó ni por un segundo los ojos de Lynch. En ese instante no pensó en nada más. Para ella, en ese momento, solo existía él.

17

UNA NOCHE INOLVIDABLE

Los días siguientes fueron como un sueño. Incluso el tiempo pareció celebrarlo, pues no hubo rastro de nubes y el sol calentaba con fuerza.

La ciudadela también estaba más animada. Personas y algún que otro animal doméstico salían con más frecuencia de casa, animados por el buen tiempo.

Por primera vez en mucho tiempo, Laida era completamente feliz. Por un lado, tenía a Lynch. Era maravilloso tener a alguien en quien poder confiar plenamente, poder estar a su lado y sentir cómo su mirada se dulcificaba al posarse en ella. Y luego estaba Klaus. El chico estaba tan feliz como Lynch y de hecho fue el primero en hablar con Laida sobre ese tema:

—Me alegro de que por fin estéis juntos —le dijo cuando ambos se reunieron en los establos.

—Y todo gracias a ti, Klaus. Si no me hubieras dicho lo que en realidad era obvio, no estaríamos ahora así —le contestó Laida. Y era cierto. Se sentía en deuda con Klaus por haberla hecho entender lo que desde el principio era tan evidente.

—No me des las gracias. Cualquiera habría hecho lo mismo en mi lugar, viendo cómo sus amigos se quieren y no se atreven a confesar sus sentimientos al otro. De verdad que me alegro por vosotros.

—Gracias, Klaus.

Y lo abrazó. Sentía un gran cariño por él, además de un profundo afecto y, por supuesto, gratitud. A fin de cuentas, él había hecho todo aquello posible. Era gratificante saber que podía contar con él para lo que fuera.

Otro motivo de su felicidad era que Cris no había vuelto a dar señales de vida, lo cual la aliviaba. ¿Cómo iba a reaccionar la demonio al enterarse de que Lynch y ella estaban juntos? Pese a todo, seguía teniendo la sensación de que Cris no se había ido para siempre.

Y luego estaba Moran. Nada de soldados en los últimos dos meses. Ni una sola alerta. Nada. Tal vez, como había predicho Klaus en su día, su repertorio de soldados se hubiera agotado. O quizá habían comprendido por fin que no eran rivales para los hechiceros. O puede que ambas cosas.

Las playas y los bosques de Trun hicieron olvidar a Laida por completo las llanuras de Álacer. Mientras que en su reino solo había extensas planicies, en Trun había diferentes paisajes. La playa, los bosques e incluso un día fueron a visitar un bonito valle.

Venz se mostraba ahora ligeramente más confiado y permitió a los chicos salir de Trun de vez en cuando. Aprovecharon aquellos días para buscar algún rastro de los soldados de Moran (sin llegar a penetrar en el reino, claro está) y fueron a visitar las Ruinas Espejo, que se hallaban en los límites de Moran, en una seca meseta.

La investigación en la biblioteca avanzaba. Habían dejado de buscar fechas exactas —ya se habían convencido de que era inútil— y se dedicaban a encontrar la relación entre las diferentes teorías. Los tres ponían especial hincapié en los dioses.

—Pensé que no creías en ellos —le dijo Laida a Lynch una tarde.

—Y no creo. Pero me gustaría conocer la historia de cada uno y por qué han surgido.

Era curioso. Lynch no creía en los dioses, pero eso no le impedía querer saber más sobre ellos, lo cual sorprendía a Laida, mas no a Klaus.

—Pronto te acostumbrarás —le había dicho a Laida—. Fueron parte de la Historia, ya que en cierto año adquirieron gran popularidad. Así que Lynch cree que algo debió suceder realmente para que la gente creyera en los dioses.

—Nunca lo había visto desde ese punto de vista —había admitido la chica.

Cierto era. Lynch tenía una forma de pensar un tanto peculiar.

Cada vez pasaban más tiempo en la playa y menos en el interior del palacio. Lynch le había prometido a Laida cuando ambos estaban sentados en la orilla que la llevaría a la playa de noche, para que pudiera contemplar su belleza. Ella no le había dicho que en realidad ya la había visto, en sueños, pero la había visto.

Una noche, Laida subía a su habitación muy cansada. Había estado practicando hasta tarde con la espada y el resultado había sido una gloriosa derrota a manos de Lynch.

Entró en el cuarto y cerró la puerta. Algo de brisa entraba por la ventana, mas no hacía olvidar del todo el sofocante calor. La joven se metió en la cama, bostezando, y se quedó dormida rápidamente.

Cuando despertó todavía era de noche. Con ojos somnolientos, echó un vistazo a la habitación, preguntándose qué la había despertado. Se encontró con la mirada penetrante de...

—¡Lynch! —gritó sobresaltada—. ¿Qué haces aquí?

—¡Shh, baja la voz! —susurró él—. ¿Qué hacías?

—Dormir, es lo que suele hacer la gente a las dos de la madrugada.

—En realidad todavía son las doce de la noche. Ven, quiero enseñarte algo —dijo tirando de ella para que se levantara.

—¿Ahora? Lynch, es tarde...

—Vamos, confía en mí.

Laida suspiró y se levantó. Lynch le hizo una seña y abrió sin hacer ruido la puerta de la torre. Bajaron las escaleras en silencio, intentando ser sigilosos.

—Lynch, ¿adónde me llevas?

—Shh, ya casi estamos.

Laida esperaba que la condujera a algún lugar secreto, pero no era más que la terraza donde había hablado con él por primera vez.

—A la de tres, ¿vale? —le susurró Lynch.

—¿Qué...?

Pero Lynch dio un paso al frente, tirando de ella. Otro paso y cuando iba a dar el tercero, ambos se teletransportaron.

Aparecieron en un lugar que Laida reconoció de inmediato: la playa. Pero era la más pequeña, en la que había encontrado a Pegaso.

—Te dije que algún día te traería aquí —le susurró Lynch al oído. Laida sonrió con pesar.

El espectáculo era increíble. El mar estaba en calma, iluminado por el tenue resplandor de la luna llena. Las estrellas brillaban en el cielo azul cobalto, destellando y creando curiosas formas. Una leve brisa les agitaba los cabellos, volviendo aguantable el calor del verano. Era tan simple, y a la vez tan hermoso...

Lynch condujo a Laida hasta la orilla, tirando de ella con suavidad.

—¿Hoy no me vas a arrastrar hasta el mar? —le preguntó ella sonriendo.

—No, esta noche quiero que sea solo para nosotros y me temo que no la vamos a usar para nadar —susurró él sonriendo a su vez.

Los dos se sentaron en la arena, observando cómo el mar llegaba a la orilla, cerca de donde ellos estaban, y se iba, volvía, y se iba de nuevo...

Permanecieron en silencio unos minutos, acompañados por el suave susurro del mar. Laida apoyó la cabeza en el hombro de Lynch, agradeciéndole profundamente que la hubiera llevado allí. El chico respiraba con calma e incluso su corazón latía sin prisas.

—Laida... —susurró. La chica lo miró. Sintió cómo su corazón se agitaba cuando se miraron. Aquellos ojos castaños... Jamás los olvidaría.

El chico alzó la mano, en dirección al mar. Laida vio, maravillada, cómo el agua creaba una curiosa forma, siguiendo las órdenes de Lynch, hasta crear una especie de cúpula. Lynch se levantó y tiró de la mano de Laida hasta conducirla al interior de la bóveda de agua. Cuando ambos se hubieron introducido, ésta se elevó. Laida observó que sus ropas, pese a haber traspasado el agua, estaban secas.

La cúpula se detuvo, a varios metros del suelo. Laida miró hacia arriba y vio otra vez las estrellas. De nuevo, Lynch alzó la mano y trazó varias líneas en el aire. Trabajó en silencio durante unos minutos, con Laida a su lado. Cuando bajó la mano, Laida sintió que su corazón se desbordaba.

Lynch había dibujado justamente la escena que estaban viviendo, con los dos en el interior de la bóveda de agua, observando las estrellas. Encima de la extraña figura flotante había escrito: 'Si yo fuese una constelación, tú serías la estrella que va en mi corazón'.

Sintió que se quedaba sin aliento.

—Lynch...

No encontró palabras. Se limitó a apoyar de nuevo la cabeza en su hombro y a dejar que él sintiera sus acelerados latidos del corazón.

—Si yo fuese una estrella fugaz, tú serías aquel sobre el que me encantaría pasar —le susurró. No lo había planeado y sabía a la perfección que no podía compararse con lo que Lynch le había dicho, pero... Sencillamente, era lo que le había salido en aquel momento. Sintió cómo el corazón de Lynch, ya de por sí rápido, también se aceleraba.

—Laida...

Pero, al igual que ella, no encontraba palabras. Y no las necesitaban. Se quedaron así, abrazados, observando las estrellas, mientras escuchaban el mar, situado a varios metros por debajo.

Los dos tenían una sola idea en la mente: que la persona que estaba a su lado merecía lo mejor, y querían ser los que hicieran sus sueños realidad.

18

VICTORIA SACRIFICADA

Hacía viento. Los árboles se inclinaban peligrosamente a su merced, incapaces de permanecer en su postura. Varias hojas habían caído y algunas ramas ya estaban también en el suelo. Parecía increíble que estuviesen en pleno agosto.

Laida se alejó de la ventana, molesta. Era difícil concentrarse en los libros escuchando al fuerte viento arremeter contra los árboles.

—'Hace exactamente dos mil cien años, el hechicero más poderoso que ha habido en toda nuestra historia surgió. Dedicó toda su vida a las investigaciones de la magia. Su mayor descubrimiento fue...'. Vaya, para una vez que encontramos una fecha exacta, y no nos interesa —dijo Klaus con resignación.

—¿De quién habla el libro? —preguntó Laida, tratando de hacer caso omiso al viento que oía fuera.

—De Hairesh-Sief —respondió Klaus con desgana.

—Hairesh-Sief... Me suena el nombre.

—Fue, según dicen, el hechicero más poderoso que tuvo nunca Álacer. Pero al final de su vida quiso que solo existiera la magia y decidió acabar con todos los que no poseían el don —contó Lynch.

—¡No lo dirás en serio! —dijo Laida horrorizada.

—Sí, ya lo creo que sí. Pero su hijo le paró los pies, aunque para ello tuvo que sacrificar su propia vida. Dicen que había heredado los poderes de su padre. Muchos lamentan que no haya tenido más descendientes.

Laida echó otra mirada a la ventana. El sonido del viento estaba empezando a ponerla nerviosa.

—¿Te pasa algo? —preguntó Lynch al notarlo.

—El viento me impide concentrarme.

Klaus suspiró y se levantó de la silla. Se acercó a la ventana y pasó la mano por delante. Segundos después, el ruido había cesado.

—Gracias —dijo Laida agradecida. Continuaron trabajando, haciendo de vez en cuando comentarios o apuntando algo.

—'Después de cinco mil años, el reino de Moran continúa su po...'. ¿Qué ha sido eso? —dijo Klaus de pronto. Los otros dos también se pusieron en guardia. Habían oído una pequeña explosión, proveniente de unos pisos más abajo.

—Klaus... —empezó Lynch.

—No hay nadie aparte de nosotros y tus padres.

—Pero entonces... —dijo el otro muchacho, dudando.

«Oh, no, Cris, ahora no», pensó Laida. Oyeron otra explosión, esta vez más fuerte.

—¡Vamos! —gritó Lynch sin pensárselo dos veces. Se lanzó hacia la puerta y echó a correr por el pasillo. Naturalmente, los otros dos lo siguieron. No podían mantenerse a la altura de Lynch, pero gracias a la percepción de Klaus sabían qué camino seguir.

Lynch los llevó hasta la puerta del salón del trono, donde los tres se detuvieron.

—¿Estáis seguros de que el ruido venía de aquí? —susurró Laida. Como si quisiera responder a su pregunta, oyeron otra explosión, más fuerte todavía. Sin duda alguna, provenía del salón del trono.

Entraron. Allí solo estaba Venz, mirando plácidamente por la ventana. Fijó la vista en ellos al oír la puerta abrirse.

—¿Ocurre algo? —preguntó. Laida se dio cuenta de que parecía un poco cansado.

—Hemos oído explosiones provenientes de aquí, padre —explicó Lynch, mirando de reojo el salón.

—Ah, sí, no os preocupéis por eso. He estado intentando practicar un nuevo hechizo, pero al parecer no surge demasiado efecto en espacios cerrados. El ruido se debía a eso.

—Está bien —asintió Lynch. Los tres se dieron la vuelta para irse, cuando Venz dijo:

—Ah, por cierto, no es por nada, pero creo que hay alguien en el patio interior. ¿Esperabais a alguien?

—¿En el patio interior? —repitió Klaus. Lynch se encogió de hombros. Laida, en cambio, se acercó a una de las ventanas. Justo en el centro del patio, con la suave cabellera castaña al viento y un vestido extremadamente corto, estaba Cris.

—Oh, no, tú hoy no —masculló entre dientes. Sin dar ninguna explicación a Venz o a los sorprendidos chicos, salió corriendo del salón del trono.

Oyó a Klaus y a Lynch llamarla y salir tras ella. Si no se daba prisa los chicos la alcanzarían y le pedirían explicaciones. Recorrió el pasillo a toda velocidad y se encontró cara a cara con la puerta principal, que abrió de golpe.

Cris sonrió al verla. Tan pronto como Laida se acercó lo suficiente, levantó la mano y creó una especie de pared negra ligeramente transparente, que las rodeó, para que nadie más pudiera intervenir.

Laida vio cómo Klaus y Lynch se detenían de golpe ante el muro creado por la demonio.

—Vaya, vaya... —sonrió Cris—. Volvemos a encontrarnos.

—Y espero que por última vez —masculló Laida, viendo de reojo cómo una pantera negra arremetía contra el muro y salía despedida.

—Esta vez estás sola, Laida, nadie puede ayudarte. Ni tu querido furk, ni Klaus, ni Lynch...

—Y esta vez acabaré contigo de una vez por todas, Cris.

—¿De verdad lo crees? ¿Conmigo, que soy una de las criaturas más poderosas? Oh, por favor. No me hagas reír.

—¿Una de las criaturas más poderosas que no es capaz de seducir a dos simples chicos humanos? —dijo Laida con sorna. No podía hacerle nada a Cris mientras ésta no adoptase su verdadera forma, y para ello tendría que enfurecerla.

Tal y como esperaba, el bello rostro de Cris se ensombreció.

—Es curioso que me hables tú de esos dos chicos, cuando el mero hecho de pronunciar su nombre hace que te mueras de celos.

Esta vez fue Laida quien sintió ira.

—Pues resulta que he conseguido en dos meses lo que tú llevas intentando años y años. ¿O me niegas que andas detrás de Lynch desde que lo conociste y que él jamás te hizo caso?

Cris dirigió una breve mirada al joven, que trataba junto con Klaus y Sox de derribar el muro.

—No es cierto... Tú y él no... —Estaba tan furiosa que ni podía hablar.

—Sí, él y yo sí. ¡Es curioso cómo una simple humana puede enamorar a un chico, pero que una demonio no pueda hacer lo mismo! —gritó Laida. Cris no lo soportó más. Lanzó una bola de energía mágica que Laida pudo esquivar a duras penas. Pero para decepción de la joven, Cris todavía no había cambiado de forma.

—¿Ahora quién es la que está celosa? —preguntó Laida. Cris atacó de nuevo, pero en esta ocasión Laida estaba preparada y la esquivó sin problemas.

—Tú... tú eres una... estúpida, una maldita hija de...

—¿Ves? Ni siquiera puedes soportar la idea de que haya conseguido lo que tú pretendías. Pero te diré algo: Lynch no es para mí un trofeo y jamás lo he considerado como tal. ¡Al contrario que para ti, que es un premio que nunca podrás obtener!

Cris no lo soportó más. Con un grito desgarrador, adoptó su verdadera forma y se lanzó contra Laida. La chica la rechazó creando una pequeña explosión. Ambas retrocedieron. Cris volvió a atacar, lanzando una extraña substancia negra. Laida se tiró a un lado, mas el fluido le rozó el brazo izquierdo. Sintió un agudo dolor. Al examinarse el brazo, vio que manaba una gran cantidad de sangre.

Apretando los dientes, recordó lo que le había dicho Lynch:

—'Resplandor se realiza chasqueando los dedos de las dos manos cuando están casi juntos y luego separándolos. Crea una gigantesca esfera de luz blanca, capaz de deslumbrar a cualquiera'.

«Bien, Lynch, espero que esto funcione», pensó Laida. Miró a Cris, que esperaba con una maliciosa sonrisa a que Laida se acercase.

—Jamás debiste hacerles daño. A ninguno de los dos —sentenció Laida.

—Se lo hice, Laida, ¡y se lo haré cuando acabe contigo!

Y se lanzó de nuevo contra ella. Laida se preparó. Juntó las dos manos y las separó al mismo tiempo que chasqueaba los dedos. Ya tenía a Cris encima. La había derribado...

Una enorme esfera de luz blanca surgió entonces de las manos de Laida. Cris ya había creado otra bola de energía oscura y se preparaba para lanzarla contra el corazón de Laida. Cuando la demonio vio la luz, se apresuró a lanzar la negra substancia. Laida, que tenía las manos encima del corazón, hizo lo mismo. Ambas esferas colisionaron.

Se oyó un horrible grito desgarrador, un grito inhumano, algo negro se desvaneció en el aire... Y después silencio.

Laida fue vagamente consciente de que el muro negro había desaparecido. Sentía un horrible dolor en el pecho. Bajó la cabeza y vio que tenía una especie de agujero en el centro, allí donde la bola de Cris la había golpeado.

Sintió cómo dos personas se acercaban a ella.

—¡Laida! ¡Laida! ¿Estás bien?

Era la voz de Lynch. El joven levantó con suavidad su torso del suelo y lo apoyó contra su cuerpo. Laida vio a Klaus examinarle la herida. Sus ojos azules denotaban preocupación.

—Klaus... —Laida nunca había oído la voz de Lynch tan angustiada.

—La ha herido un demonio. Normalmente... —Klaus calló, sin saber qué decir. Laida, haciendo un gran esfuerzo por mantenerse consciente, susurró:

—No... me ha tocado... el corazón.

Sintió a Lynch acariciarle la mejilla con suavidad. Cerró los ojos, agotada.

—Hay que llevarla dentro, Lynch —dijo Klaus con urgencia.

Lynch no se movió. Alargó la mano hasta la herida de Laida y la abrió, mostrando la palma.

—Lynch... —susurró Klaus.

—Lynch, no lo hagas —suplicó Laida. Pero el chico los ignoró. De su palma brotó una luz dorada que llegó hasta el agujero. Laida chilló, sintiendo como si le clavasen un cuchillo.

—¡Lynch, para! —gritó Klaus alarmado. Y Lynch paró. Parecía confuso.

—Tiene... veneno —jadeó Laida.

—Su pu... Qué maldita y asquerosa hija de...

—Lynch, cálmate —pidió Klaus. Desde donde estaba, Laida sintió la respiración de Lynch, rápida y dificultosa.

—Hay que... realizar un... hechizo... purificador —pudo decir Laida. Empezaba a costarle respirar.

—Lynch, tenemos que llevarla dentro —urgió Klaus.

—¡El veneno de extenderá si la movemos! —exclamó Lynch fuera de sí.

Antes de que pudieran decidir qué hacer, oyeron un grito. Laida giró la cabeza lo suficiente para ver a Sarah.

—¡Lynch! ¡¿Qué ha pasado?! —preguntó arrodillándose junto a ellos.

—La ha herido un demonio —dijo Klaus, que parecía el único capaz de conservar la calma.

—¿Un demonio? Pero, ¿cómo...?

—¡No hay tiempo para eso, por todos los dioses! ¡Se está muriendo! —gritó Lynch. Sarah respiró hondo.

—Está bien. No hay que moverla, o el veneno se extenderá. Klaus, por favor, sujétala. Lynch, ve a buscar a Venz.

—Ni hablar —dijo Lynch sin separarse de Laida.

—Lynch...

—Yo de aquí no me muevo. Sox, ve, ve a buscar a Venz —ordenó Lynch. El furk, que todavía era una pantera, se apresuró a obedecer. Un minuto después, Venz examinaba con detenimiento la herida de Laida.

—Hay que realizar un hechizo de purificación para eliminar el veneno. Pero es difícil de llevar a cabo y más aquí...

—Si la movemos... —empezó Sarah.

—...el veneno se extenderá; sí, lo sé —completó Venz. Examinó a Laida minuciosamente y sus ojos se detuvieron ante la herida del brazo izquierdo.

—Aquí no ha penetrado el veneno, sin embargo, solo la ha rozado —murmuró el conde para sí—. Pero también está perdiendo sangre. Está bien. Sarah, cúrale la herida del brazo mientras yo le elimino el veneno del cuerpo. Lynch, sostenla. Klaus, ve limpiando la sangre del cuerpo. Sox, ve a buscar a Voxart.

Mientras la pantera volvía al palacio, los demás obedecieron las órdenes de Venz. Laida se dio cuenta de que a Lynch también le costaba respirar.

—Sigue consciente —observó Klaus. Sarah dudó.

—Venz, en estos casos creo que es mejor...

—No. —Fue Lynch quien habló—. Déjala consciente.

Venz se acercó a Laida. La chica pudo ver, a través de sus párpados entrecerrados, sus curiosos ojos glaucos que la observaban con preocupación. El conde puso sus dos manos encima de la herida, sin llegar a tocarla. De ellas manó un fluido plateado que se introdujo en la herida. Laida se esforzó por no gritar. Pero el fluido le producía más dolor incluso que el hechizo de curación que había intentado Lynch.

Intentó centrarse en la herida del brazo, que Sarah le estaba curando. La magia le hacía cosquillas al rozar la piel. Laida chilló cuando el fluido que Venz le había introducido encontró el veneno. Era como una lucha... que sucedía en el interior de su cuerpo, cerca de su corazón, para ser exactos.

Sintió que la mano de Lynch le acariciaba dulcemente la mejilla. Se concentró con todas sus fuerzas en ese contacto, intentando omitir el agudo dolor que sentía. Empezaba a perder el conocimiento...

Lynch se inclinó entonces hacia su oreja derecha y le susurró:

—Aguanta, pequeña. Por lo que más quieras, aguanta.

Laida cerró los ojos. Se concentró en esas palabras, deseando con todas sus fuerzas que no fueran las últimas que oyera.

19

CONVALECENCIA

El sol bañaba con su tenue resplandor la habitación. De nuevo, era un día caluroso. En la ciudadela había más actividad de la normal. Todo el mundo comentaba lo ocurrido en palacio, cómo un demonio había tratado de cruzar sus puertas y cómo una joven hechicera lo había detenido, poniendo su vida en peligro.

La mayoría de las versiones eran ciertas, pero en todas faltaban detalles: quién era exactamente el demonio, a qué se debía su intrusión en palacio y cómo habían acabado con él.

Laida sintió el sol bajo los párpados. Sin embargo, no quiso abrirlos, todavía no. Se encontraba cansada, dolorida, somnolienta... A pesar de todo, el resplandor se volvió tan potente que sus ojos acabaron cediendo.

Estaba en la cama de su habitación en la torre, en el ala norte. Con un suspiro, echó un vistazo a la habitación y vio que todo estaba como siempre, pasando por alto el hecho de que había un joven dormido junto a ella.

Laida se sorprendió al ver allí a Lynch. El muchacho dormía profundamente y la joven sonrió al ver que su pecho ascendía y descendía a velocidad normal, para variar. Dudó si despertarlo o no, ya que se le veía calmado, pero no tenía la sensación de que Lynch se hubiera dormido allí a propósito, de modo que lo llamó.

—Lynch. Lynch, despierta.

El chico abrió los ojos. Sus iris castaños se hicieron más amplios al verla y dejó escapar un suspiro de alivio.

—Por fin. Menos mal... Empezaba a temer que no despertases nunca.

Se irguió un poco y le pasó un brazo por detrás de la cabeza. Parecía exhausto.

—Lynch, ¿cuánto tiempo llevo inconsciente? —preguntó Laida estremeciéndose.

—Tres días.

—¡¿Tres días?! Pero... Y tú... ¿Has estado aquí todo el tiempo? —le preguntó con temor.

—Sí —contestó con un bostezo—. Klaus también estaba aquí de vez en cuando y me persuadía para que comiera. Mi madre también ha venido, pero Venz y Voxart han estado ocupados.

Dio otro bostezo. Laida se sintió culpable y a la vez conmovida.

—¿Has estado... tres días sin dormir?

—Sí. Bueno... dos y medio, según veo.

Laida lo miró incrédula. ¿Cómo podía estar tanto tiempo sin dormir, por estar junto a ella? Recordó entonces todo lo ocurrido. Pero no se atrevía a mirar la herida que le habría quedado en el pecho.

—En fin... ¿Estás bien? —le preguntó Lynch mirándola directamente a los ojos.

—Cansada y dolorida, pero sí, estoy bien. ¿Qué... qué sucedió exactamente?

El rostro de Lynch se ensombreció.

—La magia de Cris te dio justo en el centro, y por suerte no rozó tu corazón, si no, habrías muerto al instante. Venz introdujo un fluido purificador en tu cuerpo para eliminar el veneno. Luego, te curaron la herida y Voxart se encargó de que no te quedaran secuelas.

Laida bajó la vista a su pecho y vio que, en efecto, no había rastro de la herida. Miró su brazo izquierdo. Estaba liso.

—Lynch... —dijo Laida al recordar un detalle—. ¿Por qué impediste que me dejaran inconsciente?

—Porque sé que no era lo que querías —respondió con sencillez. Los dos se miraron.

—Laida, ¿cómo pudiste enfrentarte a ese... a ese ser sola? Aun con el hechizo adecuado, mira lo que te hizo. Si te hubiera matado, yo... —A Lynch se le quebró la voz.

—Lo sé. Y lo siento. Pero no lo soportaba más y quería ser yo quien acabara con ella. Te encerró sabiendo que no lo soportabas. Escuchó a escondidas todo lo sucedido hace trece años.

—Por eso tú le preguntaste a Klaus... Él intuía que te traías algo entre manos. No parabas de hacer preguntas extrañas y... La herida que tenías en el costado...

—Fue ella —asintió Laida.

—Qué hija de... —Suspiró con resignación—. En fin, ya da igual. Ya está muerta.

—Al menos todo lo que hice sirvió para algo —suspiró Laida.

—Has estado a punto de morir —le recriminó él.

—Sí, pero no he muerto y eso es precisamente lo que a mí me importa en este justo momento —le recordó ella sonriendo. Lynch sonrió resignado. Laida se acercó más a él y descubrió, con sorpresa, que el brazo izquierdo todavía le dolía. Se llevó la mano derecha a él y alzó la mirada hacia Lynch, interrogante.

—Aunque no te quede cicatriz pasarán unos días hasta que se te pase el dolor. Así que te tendrás que quedar aquí.

—¿Pretendes que pase unos días aquí, sin hacer nada?

—Fastidia, ¿verdad? —dijo él sonriendo. Se acomodó junto a ella, con cuidado de no rozarla donde la magia de Cris la había golpeado.

Permanecieron un rato así, en silencio, Laida acariciando con suavidad el claro cabello castaño de Lynch. El joven parecía muy cansado, pero no hizo ningún comentario. Laida sonrió cuando Lynch cerró los ojos y su respiración se volvió más regular. Se había quedado dormido.

No se lo podía reprochar, teniendo en cuenta que llevaba casi tres días sin dormir.

Observó con cariño su rostro, acordándose de lo que había sucedido tres días antes. Lo había logrado. Había vencido a Cris. Había sufrido graves daños, pero merecían la pena.

Recordó cómo la voz de Lynch denotaba angustia cuando la había encontrado en ese estado. Cómo el chico se negaba a separarse de ella, ni siquiera para avisar a su padre. Cómo la había sostenido, con la cabeza contra su pecho. Cómo la había acariciado y, cuando ya sentía que no había esperanza, cómo le había susurrado aquellas palabras.

Se sentía en deuda con él. Y no solo con Lynch, también con Klaus, Venz, Sarah, Voxart, Sox... Todos la habían ayudado.

Acarició con ternura el rostro de Lynch, con suavidad para no despertarle. Parecía tan tranquilo, tan relajado, y a la vez tan vulnerable...

La puerta se abrió de pronto.

—Lynch, Sarah me ha pedido...

Klaus se detuvo en seco, con una bandeja en la mano y sus ojos azules bastante abiertos. Era evidente que esperaba la escena al revés: Lynch despierto y Laida dormida.

Laida sonrió. Se llevó un dedo a los labios para indicarle que no hiciese ruido y le hizo una seña.

Klaus dejó la bandeja con el desayuno en la mesilla y sonrió al acercarse a la cama. Se acomodó como pudo en el suelo.

—Hola. ¿Estás bien? —la saludó susurrando.

—Sí, gracias, Klaus. —Laida se desplazó ligeramente a la derecha, con cuidado de no despertar a Lynch.

—¿Está dormido?

—Sí.

—No me extraña, lleva tres días sin dormir.

Laida se irguió un poco, para poder hablar más cómoda con Klaus.

—¿Dónde están Venz, Sarah y Voxart? —le susurró.

—Venz y Voxart en la ciudadela. La están rastreando en busca de más víctimas de Cris.

—Klaus, imagino que para eso no... —empezó Laida con temor. Le parecía cruel utilizar a un chico para encontrar cadáveres.

—No te preocupes, están usando hechizos. De todos modos, dudo que aceptara ese 'trabajo'. En fin... Sarah está abajo; me ha pedido que le trajera esto a Lynch. ¿Tienes hambre? —le preguntó señalando la bandeja. Laida sonrió y cogió una tostada.

—Tengo que darle las gracias a tu padre, Klaus, por hacer que no me queden cicatrices. Bueno, tengo que daros las gracias a todos.

—¿Cómo sabes que...? Ah, ¿Lynch te lo ha contado? —Laida asintió—. Pero aun así, tuviste suerte de que el veneno no se propagase demasiado.

—Si me hubiera dado en el corazón, habría muerto al instante —susurró Laida. Klaus la observó, apenado.

—Pero lo importante ahora es que estás bien. Y conseguiste derrotar a esa... bueno, a ese ser.

—Supiste que me traía algo entre manos. Cuando aparecí aquel día con la herida, todas aquellas horas en la biblioteca y cuando te pregunté sobre si alguien podía haber escuchado aquella conversación, hace trece años.

—Ahora todo encaja, supongo. Por eso no la percibía. —Había un deje de amargura en la voz de Klaus.

—Klaus, no te sientas culpable. Nadie podía saber que... en fin... Yo lo averigüé por casualidad. La vi en su verdadera forma un día.

Klaus suspiró. También parecía cansado.

—¿Tú tampoco has dormido? —le preguntó Laida.

—No me he pasado noches en vela como Lynch, pero lo que se dice dormir, la verdad es que no. Aunque te curamos las heridas, temíamos que el veneno hubiera afectado algún órgano.

La puerta se abrió de nuevo. Por ella entró un gato persa gris, con ojos amarillos, que maulló al verlos.

—¡Sox! —susurró Laida. El furk parecía contento de verla. Se subió de un ágil salto a la cama y se hizo un ovillo en el regazo de Laida. La chica lo acarició.

—¿Qué ocurrió exactamente mientras luchaba con Cris? Vi que Sox salía despedido al tocar la barrera.

Klaus asintió.

—Los demonios usan hechizos diferentes a los nuestros. Aquel muro o lo que fuera hacía que cualquiera que lo tocara saliera volando por los aires, lo digo literalmente. Lynch y yo le lanzamos diferentes hechizos, pero ninguno fue capaz de traspasar la barrera.

—Sus ataques eran muy fuertes. Leí en un libro que creaban esferas llenas de veneno. Eso fue lo que me lanzó.

—Sí. Cuando Lynch intentó curarte, el veneno se rebeló y por eso sentiste dolor.

—No quería que Lynch me curase. Sabía que la herida era grave y... tal vez a él le hubiera sucedido algo si hubiese agotado sus energías. En ese momento no se me pasó por la cabeza que ese hechizo me perjudicaría. Recordé lo del veneno después.

—Probablemente, si hubiese seguido con el hechizo de curación normal, los dos habríais muerto. Pero los hechizos que empleamos eran sencillos y Venz, Sarah y Voxart son muy hábiles con la magia. No les consumió demasiada energía.

Laida asintió y se terminó la tostada. Sintió cómo Lynch se movía un poco y lamentó haber hablado tan alto. Pero el chico seguía profundamente dormido.

—Deberías irte a dormir, Klaus —le aconsejó. El muchacho se pasó una mano por la cara y suspiró.

—Ya dormiré más tarde. A fin de cuentas, estos días dudo que hagamos gran cosa. Tú así, y Lynch y yo sin dormir... Estamos como para presentar batalla.

Bostezó. Apoyó la cabeza contra la cama y estiró las piernas. Laida le acarició el pelo, negro y rizado.

—Klaus, estás agotado.

—Como todos —respondió él con vaguedad. Sox saltó a su regazo y Klaus lo acarició sin mucho interés.

—La verdad es que nunca se nos pasó por la cabeza la idea de que Cris fuese una demonio —comentó el chico—. Quiero decir, pensamos que simplemente estaba interesada en nosotros, en especial en Lynch.

—Os quería para que fueseis su cena —dijo Laida con un escalofrío—. Lo que me extraña es que no consiguiese... bueno, seduciros. Leí que poseen una gran habilidad para eso.

—Tal vez su obsesión le hizo perder la concentración, quién sabe. Imagino que por eso te odiaba.

—Sí. Precisamente eso le dije para que adoptara su auténtica forma. Sabía que la pondría furiosa. En realidad, ése era su punto débil. No soportaba que Lynch estuviese conmigo cuando hacía tan solo dos meses que lo conocía. Supongo que por eso me odiaba, estaba celosa.

—Nunca he oído hablar de un demonio celoso —comentó Klaus. Ambos rieron.

Laida miró con cierta pena por la ventana. Hacía un día espléndido, no había rastro del viento que se había levantado días antes. A pesar de todo, se sentía un poco cansada y en ese momento se sentía a gusto allí, en la cama, hablando con Klaus.

Éste bostezó y dijo:

—Mi padre y Venz ya han vuelto. Imagino que dentro de un minuto subirán con Sarah.

En efecto, tenía razón. Los tres se alegraron al verla consciente, aunque también les regañaron: a ella por enfrentarse sola con un demonio (aunque se sentían contentos por haberlo derrotado) y a Klaus y a Lynch (aseguraron decírselo en cuanto despertara) por estar tanto tiempo despiertos. Examinaron a la chica para ver que no había quedado rastro de las heridas y le advirtieron que no debía hacer esfuerzos y que tenía que quedarse unos tres días en la cama. Al cabo de un rato, salieron, lo cual Laida agradeció. Se sentía incómoda con tanta gente en su habitación.

—La verdad es que algo de razón tienen —observó la chica—. No deberíais haber permanecido despiertos.

—¿Dormirías sabiendo que Lynch se debate entre la vida y la muerte? —Laida no dijo nada, pero sonrió a su pesar—. Pues eso. Además, yo he dormido, poco, pero he dormido.

Laida suspiró.

—Sois cabezotas, ¿eh?

—Mucho —afirmó el muchacho.

—Tres días en la cama sin moverme... Y todo por enfrentarme a una demonio...

—...y estar a punto de morir en el intento —completó Klaus—. Son cosas que pasan. No te preocupes. Además, ya te lo he dicho antes: ninguno de nosotros va a tener muchas ganas de salir del palacio.

Hacia la una del mediodía Sarah volvió con algo de comer y le pidió a Klaus que se acostase en su cuarto, a lo que el chico se negó rotundamente, para desesperación de la condesa.

Cuando el sol empezó a declinar, Laida echó un vistazo a Lynch, que seguía dormido, y le preguntó a Klaus:

—¿Deberíamos despertarlo?

—No, déjale dormir.

—Algo que tú también deberías hacer —observó Laida.

—Me iré a dormir cuando se haga de noche o cuando Lynch se despierte.

—Klaus...

—Sabes que no voy a cambiar de opinión. ¿Por qué no lees un poco para distraerte? —sugirió el chico. Laida se encogió de hombros (sintió una ligera molestia en el brazo izquierdo) y se estiró para coger el libro que había sobre su mesilla. En cuanto se movió, sintió un opresivo dolor en el pecho que le impedía respirar. Jadeando, miró asustada a Klaus. El chico se levantó de inmediato y le puso una mano en el pecho, lo cual la ayudó a respirar.

En cuanto se recuperó, Laida preguntó:

—¿Qué ha pasado?

La sensación de opresión había desaparecido, pero seguía asustada.

—Aquella bola de energía te dio justo en el pecho, así que no hagas esfuerzos o te costará respirar —dijo Klaus, mirándola con preocupación.

—Genial, justo lo que me faltaba. —Laida suspiró y recordó entonces una cosa que le habría llamado la atención de no haber estado tan preocupada por su vida—. Oye, Klaus, ¿estás seguro de que Lynch no cree en los dioses?

—Sí, seguro, ¿por qué?

—El otro día dijo: '¡No hay tiempo para eso, por todos los dioses!'. Lo recuerdo.

—Es solo una expresión.

—Ya, pero... No sé. Me sorprendió, la verdad.

Después de cenar, el cielo empezó a oscurecerse de verdad. Klaus bostezó y se levantó.

—Ay, qué dolor de cabeza —masculló mientras se desperezaba.

—Te lo dije, Klaus. Por no dormir.

—Es igual.

Laida miró a su izquierda y vio a Lynch.

—¿Lo despertamos?

—¿Te importa dormir hoy con él? —inquirió Klaus.

—No, en absoluto.

—Pues déjale. Bueno, hasta mañana.

—Klaus... —El chico se detuvo en la puerta, con Sox pegado a sus talones—. Gracias por quedarte conmigo.

—No hay de qué. Y ahora descansa, ¿vale?

El muchacho salió y cerró la puerta con suavidad. Laida suspiró y se acomodó en la cama, mirando a Lynch. Sonrió al verlo allí, tan a gusto. Cerró los ojos, sin dejar de pensar en lo afortunada que era.

20

SIEMPRE DISPUESTO A PERDONAR

Laida dudaba que hubiera logrado aguantar los días siguientes sin la compañía de Lynch y Klaus. Era frustrante, aburrido y deprimente estar en la cama sin hacer nada.

Los dos muchachos solían estar en su habitación, a veces ambos, a veces uno o a veces el otro, pero rara vez la dejaban sola, lo cual Laida agradecía.

Venz y Voxart habían logrado descubrir seis desapariciones, todas ellas de varones, y eran, obviamente, obra de Cris. Por supuesto, no habían encontrado cadáveres, pero gracias al hechizo de búsqueda de Voxart encontraron algunos restos enterrados detrás de una antigua casa.

Laida echaba de menos los combates con Klaus y Lynch con la espada, las mañanas en la biblioteca y las tardes en la ciudadela. Aunque debía admitir que tampoco estaba en condiciones de hacer esfuerzos. El día siguiente a despertarse, trató de levantarse y sintió de nuevo aquella sensación de ahogo. Solo la rápida intervención de Lynch impidió que cayera al suelo.

Había otro tema que preocupaba a la joven. Lynch le había dicho que Pegaso no iba a soportar demasiado tiempo sin volar, así que Laida temió que le ocurriese algo. En cuanto se lo contó a Lynch, éste prometió montarlo en su lugar de vez en cuando. Ni él ni Klaus habían salido del palacio, y aunque habían agregado que no les apetecía y que estaban a gusto cuidando de Laida, ésta sabía que también se sentían cansados.

Lynch había despertado a la mañana siguiente, aunque era evidente que todo un día de sueño no compensaba tres días sin dormir. Klaus también estaba cansado, pero se negó a dormir durante el día y solo se acostaba a la noche.

Después de cuatro largos e interminables días de reposo (Sarah había insistido en que se quedase uno más, por si acaso), Laida bajó de la torre. Recorrió los pasillos del palacio y llegó al tramo que se dividía en cinco escaleras. Esperó con paciencia apoyada en la barandilla y al cabo de un par de minutos Lynch y Klaus bajaron. Los tres se dirigieron a los establos, bastante más despacio que de costumbre, ya que a Laida todavía le costaba un poco caminar.

Ensillaron a los caballos —todos parecían contentos de verles, en especial Pegaso—y tomaron el sendero hacia la playa. Cuando se sentaron al sol, Laida echó un apenado vistazo a su caballo.

—No deberías volar con él todavía —le dijo Lynch con suavidad al notarlo. Laida suspiró.

—Supongo que no.

Pero no pudo dejar de lamentarlo. Pasarían aún unos días antes de poder volar y andar con normalidad, y tal vez incluso una semana para poder combatir y correr.

Laida dirigió su mirada hacia arriba y sonrió al ver el cielo azul, sin una sola nube. Recordó la última tarde que habían pasado en la playa y sintió añoranza. Combatiendo con Klaus, esquivando sus golpes, charlando con los chicos y observando cómo las olas se estrellaban en la orilla... Había sido una tarde inolvidable y parecía haber pasado tanto tiempo... Aunque apenas habían sido dos semanas.

Inspiró hondo y sintió una débil punzada de dolor. En ese momento se le ocurrió una idea y preguntó a los chicos:

—¿Existe algún hechizo para rechazar ataques? Lo único que pude hacer cuando Cris se me echó encima fue crear una explosión para apartarla.

—Lo sé, lo vimos —dijo Lynch sonriendo—. Luchaste muy bien.

Laida sonrió. Aquello, viniendo de Lynch, era un gran halago.

—Existe un hechizo escudo, que sirve para detener golpes —dijo entonces Klaus.

—¿Y cómo se realiza?

—Es uno de los hechizos más sencillos.

Klaus alargó los dos brazos y abrió las manos, como si fuese a parar algo. En efecto, hubo un pequeño destello y un escudo medio transparente surgió, creando una barrera delante de Klaus. Éste puso fin al hechizo.

—Me hubiera sido útil contra Cris —comentó Laida.

—No estés tan segura. Hiciste bien en usar Resplandor. Si no, Cris habría acabado contigo al instante —dijo Lynch, sombrío.

—Pero, ¿el escudo no hubiera detenido el ataque?

—No —intervino Klaus—. El ataque de Cris era demasiado potente y hubiera traspasado sin problemas el escudo.

Pasaron la mañana en la playa, aunque sin espadas ni caballos alados resultó algo aburrida. Cuando tomaron de nuevo el sendero del bosque para volver al palacio, Laida se dio cuenta de que Klaus parecía pensativo.

—¿Ocurre algo, Klaus? —preguntó Lynch al notarlo.

—Es que... tengo la sensación de que hay un montón de gente por aquí, pero... están demasiado lejos.

—¿Son hechiceros? —preguntó Lynch.

—No puedo saberlo desde aquí. Están demasiado lejos.

—¿Hasta dónde llega el radio de tu percepción, Klaus? —inquirió Laida con curiosidad.

—Depende de cuanta gente haya por el lugar. Si hay mucha, unos pocos kilómetros. Pero si el lugar está vacío, bastante más, porque las personas son más...

—¿Perceptibles? —sugirió Lynch. Ambos chicos sonrieron.

A pesar de todo, mientras continuaban su camino hacia el palacio, Laida vio que Klaus miraba repetidas veces hacia la derecha, en dirección a los árboles, como si esperara encontrar algo.

Llegaron a los establos y dejaron los caballos. Laida fue consciente de que Pegaso parecía levemente decepcionado, y sabía por qué. El caballo confiaba en que volara de nuevo. Suspiró.

—¿Quieres que luego vuele un rato con él? —se ofreció Klaus.

—¿Lo harías?

—Sí, así puedo averiguar qué era eso que percibí en el bosque.

—De acuerdo. Gracias, Klaus.

Los tres comieron en el palacio con Venz y Sarah —Voxart había ido a atender algunos asuntos en la ciudadela— y después pasaron un par de horas en la biblioteca.

Hacia las cuatro de la tarde, Klaus se fue a dar una vuelta con Pegaso, y Lynch y Laida deambularon sin mucho interés por el palacio.

Laida sabía que Lynch habría podido ir con Klaus y Pegaso, pero había preferido quedarse con ella, lo cual agradecía.

Contempló con cierto aire nostálgico el paisaje que se extendía ante ella desde la ventana. Vio una figura plateada volando a gran velocidad y sonrió. Al menos, Pegaso estaba a gusto. Sintió una presencia tras ella y no necesitó girarse para saber que era Lynch.

—Es frustrante, ¿verdad?

Laida suspiró.

—Lo sería más para ti.

—Sí, eso es cierto.

Se apoyó en la ventana junto a ella y posó la vista en el caballo alado.

—Te hubiera gustado volar con él.

No era una pregunta.

—Claro que me hubiera gustado, pero... Así no puedo.

—¿Temes no recuperarte?

Laida apartó la vista de su pegaso y lo miró. Sus ojos castaños relucían.

—Ni siquiera puedo andar con normalidad. Y no digamos correr.

—La primera vez que intentaste levantarte casi te ahogas. Y ahora puedes andar. Tuviste suerte de que la energía creada por Cris no te rozase el corazón.

—Lo sé. Pero...

—Y el brazo ya no te duele. Además, todavía no has intentado correr.

Laida lo miró entonces con un nuevo brillo en los ojos. Lynch comprendió de inmediato.

—¡Ah, no, ni hablar! Ni se te ocurra intentarlo ahora.

—¿Por qué no? Lynch, tú mismo has dicho que no lo he probado, así que tal vez no pase nada.

—¿Y si pasa?

—Correré el riesgo.

Lynch suspiró. Laida sonrió y se alejó de él unos pasos. Cuando estuvo a unos pocos metros de distancia, corrió hacia él. Inmediatamente, notó la angustiosa sensación de que se ahogaba y horrorizada, sintió que apenas podía coger aire. Quiso gritar, decir algo, pero le faltaba el aliento. Lynch corrió hacia ella y le puso una mano en el pecho. Poco a poco, la opresión desapareció.

—Te lo advertí —le susurró él. Ella no dijo nada. Dejó que Lynch la calmara y los dos volvieron a la ventana. Ya no se veía ni a Pegaso ni a Klaus y el sol empezaba a ocultarse.

Lynch la condujo de nuevo a su habitación y se quedó con ella un buen rato. Sus palabras y caricias no bastaron del todo para consolar a Laida, que se sentía débil y vulnerable. El joven, al ver que nada de lo que decía surtía efecto, se inclinó hacia ella y susurró:

—¿Quién necesita correr teniéndome a mí?

Aquello hizo que Laida, inevitablemente, sonriera. Lynch, a su vez, la imitó.

Ambos bajaron a cenar, y se reunieron con Klaus, su padre y los condes. No hubo demasiado tema de conversación. Klaus parecía ausente; Venz y Sarah, preocupados; Voxart, meditabundo; y Laida, triste. Lynch, después de varios intentos de entablar conversación, se dio por vencido y fue el primero en levantarse. Sus dos amigos no tardaron en seguirle.

—¿Encontraste algo, Klaus? —preguntó Lynch unos minutos más tarde, cuando los tres estaban reunidos en el cuarto de éste.

—No, pero esa presencia seguía allí. Dentro de unos días volveré a echar un vistazo. ¿Y vosotros qué tal?

—Mal —respondió Laida, que no estaba de buen humor.

—Ha intentado correr y el resultado no ha sido, digamos, prometedor —explicó Lynch.

—Gracias, Lynch, ya me siento mucho mejor —dijo Laida fulminando al joven con la mirada.

—Ten paciencia, Laida —intervino Klaus—. Poca gente se ha enfrentado a un demonio y ha salido completamente ilesa.

—Eso le he dicho yo —apuntó Lynch con vaguedad.

—¿Qué tal con Pegaso? —preguntó Laida, decidida a cambiar de tema.

—Bien, hemos dado una vuelta por la playa, por el bosque... Parecía contento de volver a volar.

—Mañana podríamos ir a la biblioteca, ¿no? —sugirió Lynch, al ver que el humor de Laida no mejoraba.

—Sí, así nos distraemos —aceptó Klaus.

—Justo lo que necesitaba, estar horas trabajando en una estupidez para nada. Me voy a la cama —anunció Laida cortante, levantándose. Dio la espalda a los chicos y no pudo ver el destello de decepción que cruzó los ojos dolidos de Lynch.

Al día siguiente, mientras comían, Laida se fijó en que Lynch evitaba mirarla. Y, nuevamente, fue el primero en levantarse de la mesa. Klaus le hizo un gesto a Laida y ambos salieron del comedor.

—Laida...

—Creía que hoy ibais a ir a la biblioteca —dijo ella. No podía estar segura de si los dos chicos habían acudido, ya que no los había acompañado. Se sentía fatal. Sabía que había herido los sentimientos de Lynch, después de todos los cuidados que él le había proporcionado.

—Ya hemos ido. Y te aseguro que rara vez he visto a Lynch así.

—Bien, Klaus, creía que no podía sentirme más infeliz. Pues bien, me equivocaba. Ahora aparte de deprimida, frustrada, impotente y resignada, me siento culpable.

—Pues arréglalo.

—¡No puedo! —se desesperó—. ¿Pero tú te das cuenta de lo que he hecho? Ha estado tres días enteros sin dormir por velarme, más otros cuatro encerrado en el palacio por mí. Y yo lo único que hago es herirle. ¿Te das cuenta de la clase de persona que soy?

—Laida, lo que has hecho ha sido descargar tus frustraciones sobre él. Y él lo sabe. Y por eso se siente culpable.

—¿Que se siente culpable? ¿Por qué? ¡Si no ha hecho nada!

—Imagino que piensa que es culpa suya que te sientas así —dijo Klaus con vacilación.

—¿Que él cree que...? Pero... Tengo que hablar con él.

—Sí.

—¿Dónde está?

—En su dormitorio, supongo.

Laida no perdió el tiempo. Se despidió de Klaus con un ademán y subió las escaleras hacia el cuarto de Lynch. Se sintió un poco perdida al ver aquellos pasillos desconocidos, pero no tardó en encontrar el correcto. Se paró frente a una puerta de caoba. Inspiró hondo y llamó.

—Lynch, ¿puedo pasar?

Oyó un suspiro.

—Pasa.

Laida abrió la puerta con suavidad y entró. Los muebles azules de Lynch la deslumbraron, en especial el armario. Halló al joven, que estaba sentado en la cama, con la vista fija en el suelo, y se acercó a él.

—Lynch, lo siento mucho.

Él no dijo nada.

—Te has pasado todo este tiempo cuidando de mí, has pasado tres días sin dormir aquí encerrado más otros cuatro haciéndome compañía. Y yo te lo agradezco descargando mis frustraciones sobre ti.

Se sentó a su lado, nerviosa al ver que no decía nada.

—Sé que... fui muy brusca contigo. Sinceramente, no creo que la biblioteca sea una pérdida de tiempo, al contrario, sabes que me gusta ir y... estar contigo. Me encanta ver cómo nunca te desanimas y sigues buscando y buscando en más y más libros, porque crees de verdad que puedes hacerlo, que puedes descubrir lo que ocurrió. Y estoy de acuerdo. Sé que puedes... que podemos hacerlo. Lamento haber herido tus sentimientos, pero quiero que sepas que era porque en ese momento no pensaba en lo que decía y lo pagué contigo. De verdad que... lo siento.

Lynch alzó la cabeza y la miró. Sus ojos castaños estaban tristes, mas un ligero atisbo de sonrisa asomaba por sus labios.

—Está bien —suspiró.

Laida cerró los ojos, aliviada, y le pasó con cariño una mano por el castaño cabello.

—Gracias por todo lo que has hecho por mí, Lynch, de verdad.

El chico sonrió.

—Sabía que... sabía que en realidad me trataste así porque te sentías frustrada. Pero al mismo tiempo no pude dejar de pensar que era culpa mía.

Laida lo abrazó y lo atrajo hacia sí.

—Por favor, nunca pienses eso. No es culpa tuya en absoluto. Tú lo único que haces es ayudarme. Y yo te lo agradezco de verdad. Todo lo que has hecho por mí... No sé cómo pagártelo.

—No tienes que hacerlo. ¿Tú...? —Vaciló—. ¿Tú habrías hecho lo mismo por mí?

Laida lo miró con seriedad.

—Sin dudarlo ni un momento y aunque hubiera tenido que morir.

Hubo un destello en los ojos de Lynch. Laida se inclinó hacia él y sus labios se encontraron de nuevo. En cuanto se separaron, Laida lo miró directamente a los ojos, aquellos preciosos ojos castaños, y le dijo:

—Te quiero, Lynch.

—Y yo a ti, pequeña.

21

DOBLE ÉXITO

Laida pasó la página con rapidez y con el corazón algo acelerado. En cuanto encontró el párrafo adecuado, leyó:

'Álacer está rodeado de gélidas montañas, amplias llanuras, un seco desierto y un insalvable océano. Todos estos factores crean una insuperable barrera para todos aquellos que quieran entrar o salir de esta tierra...'

—Lynch, ¿qué te pasa? —preguntó Laida al chico, que había estado leyendo lo mismo que ella.

—Su pu... —Lynch ni siquiera pareció escucharla—. Klaus, dame un mapa.

—¿Un mapa? —repitió Klaus sorprendido.

—¡Sí, un mapa de Álacer que no te sirva! —contestó Lynch con impaciencia. Cogió el pergamino que le pasaba su amigo y lo desplegó sobre la mesa ya atestada de plumas, pergaminos, mapas y libros. Lynch cogió una pluma y marcó las montañas de Bestrek, el mar de Sach, el desierto de Yagno y las llanuras de Dugeist.

—¿No os parece un poco raro que estemos rodeados de elementos naturales que nos impiden ir a otras tierras?

—Sí, bueno, ya se lo comenté una vez a Klaus... —dijo Laida sin entender adónde quería ir a parar Lynch.

—¿Desde cuándo es la guerra entre hechiceros y humanos normales, Klaus? —preguntó Lynch.

—Pues... no sé. La primera batalla fue hace... ¿dos mil años?

—¿Seguro? —insistió Lynch.

—Creo que sí. ¿Por qué lo preguntas?

—Por esto. —Cogió de nuevo la pluma y señaló las montañas y las llanuras—. ¿Qué os hace pensar... que esa guerra no se remonta años atrás?

—¿Estás diciendo... que los habitantes de lo que ahora son los reinos no-mágicos vinieron a Álacer precisamente para huir de los hechiceros? —dijo Klaus.

—Exacto —asintió Lynch.

—¡Pero no es posible! —exclamó Laida.

—¡Sí lo es! Piénsalo: Álacer era sencillamente perfecto. ¿Cómo iba a imaginar nadie que se refugiarían en un lugar tan inhóspito?

—¡Pero dijisteis que nadie podía atravesar las llanuras o las montañas y seguir vivo! —insistió Laida mirando a Klaus.

—Eso pensaba... —Klaus parecía confuso.

—El clima y los paisajes van cambiando. Tal vez hace años habrían podido cruzarlos —dijo Lynch.

—Entonces... los hechiceros de Trun vinieron del desierto o del mar, ¿verdad? —preguntó Laida. Lynch asintió.

—Imagino que luego se extendieron hacia Sach.

—Eso significaría que... —empezó Klaus.

—La magia ya existía cuando habitaron Álacer —completó Lynch. Hablaba tan rápido que apenas se le entendía—. ¿No os dais cuenta? ¡Al principio pensamos que crearon Trun, Álacer y Moran y luego la magia llegó a Trun, pero es al revés! Trun ya era un reino mágico y la guerra se remonta años, tal vez siglos atrás. Por eso los habitantes de Álacer y Moran vinieron a estas tierras: huían de los hechiceros.

—Espera —lo interrumpió Laida—. ¿A qué te refieres con 'la guerra'?

Klaus y Lynch intercambiaron una mirada. Era evidente que pensaban que habían hablado demasiado.

—Hace años —dijo Lynch con cautela— los hechiceros se enfrentaban con los no-mágicos, ya que éstos creían que la magia era peligrosa y que los magos debían ser exterminados.

—Pero... Eso ya terminó, ¿no? —inquirió Laida.

—Sí, eso ya terminó —asintió Lynch. Pero hubo un extraño destello en sus ojos que a Laida no le gustó.

—Todo esto quiere decir... que hay algo más allá de Álacer —dijo Klaus redirigiendo la conversación.

—Cierto. —Los ojos de Lynch centelleaban.

—Al menos tanto tiempo en la biblioteca ha servido para algo —suspiró Laida. Lynch sonrió y su mirada se dulcificó. Era increíblemente satisfactorio que después de tantas horas hubieran encontrado una respuesta: la magia era más antigua que los reinos de Álacer.

Continuaron investigando y encontraron datos interesantes: hace años, las llanuras no eran tan áridas (se habían ido desgastando con el paso del tiempo), nadie sabía a ciencia cierta hasta dónde se extendía el mar de Sach, se habían hallado rastros humanos en las montañas más alejadas de Bestrek...

Tras pasar toda la mañana en la biblioteca, decidieron dar otra vuelta por la playa. Klaus, además, quería intentar averiguar qué era esa presencia que había advertido.

De modo que después de comer, ensillaron a los caballos y tomaron el ya conocido sendero. A mitad del camino, Klaus se puso alerta y detuvo a Torn.

—Es que hay alguien. Pero está demasiado lejos. —Parecía frustrado—. No consigo... saber dónde.

Lynch chasqueó la lengua y miró alrededor. A continuación miró a Laida.

—¿Por qué no le dejas a Pegaso? Me está empezando a poner nervioso la sensación de que haya alguien por aquí que no debería estar.

—Sí, claro —consintió Laida desmontando y tendiéndole las riendas a Klaus. Éste, a su vez, bajó de la silla de Torn y se subió a la de Pegaso.

—Esperadme en la playa, ¿de acuerdo? —pidió Klaus. Espoleó a Pegaso y ambos se alejaron del sendero. Segundos después, el caballo se transformó y se perdieron de vista.

Laida suspiró y montó en Torn. El caballo relinchó y agitó la cabeza.

—Ten cuidado con Torn —le advirtió Lynch—. Es bastante desconfiado.

Laida asintió e instó al caballo para que se pusiera en marcha. Torn, seguido de cerca por Calima, empezó a galopar.

Llegaron pronto a la playa, cuando el sol todavía estaba en lo alto. Desmontaron de los caballos y se acomodaron en la arena. Lynch miraba con frecuencia hacia arriba, tal vez esperando ver a Klaus.

—¿Quién crees que es el que Klaus percibe? —le preguntó Laida. El otro se encogió de hombros.

—Quién sabe. Pronto lo sabremos, espero.

Se quedaron sentados en la arena durante media hora, esperando impacientes el regreso de Klaus. Laida observó sin mucho interés las nubes que cubrían el cielo azul, creando extrañas formas.

De modo que, a pesar de todo, la magia era anterior a Trun... Jamás lo hubiera pensado. Claro que tampoco había creído que existiera una guerra entre magos y humanos normales. Klaus y Lynch nunca lo habían mencionado. Tal vez por eso su padre odiaba la magia. Era lo que siempre había ocurrido. Pero entonces, ¿cómo se había casado con su madre? ¿Para qué lo había hecho, sabiendo que si tenían un hijo, éste heredaría los poderes?

¿Y por qué nunca le había dejado salir de Álacer? A fin de cuentas, no hubiera ocurrido nada si hubiese visitado Dugeist o Reynwest, ya que no eran reinos mágicos. Quizá lo había hecho solo para que fuera infeliz, incapaz de soportar la idea de que su propia hija fuese una hechicera.

«Entonces, ¿para qué te casaste con ella, si luego ibas a odiarme?», pensó Laida con rabia. Le parecía injusto y egoísta.

Inmersa en sus pensamientos, no se dio cuenta de que Lynch se había puesto en pie. Laida lo imitó y vio que una flecha plateada surcaba el cielo. Pegaso descendió con Klaus sobre su grupa y plegó las alas. Su jinete descendió de inmediato. Parecía alterado.

—Soldados de Moran. Están en los límites del Bosque Antiguo.

—¿Qué? —soltó Laida.

—¿Cuántos son? —preguntó Lynch.

—No estoy seguro. No parecían muchos.

—Tenemos que informar a mi padre ya —dijo Lynch volviendo a montar en Calima.

—Pero creía que ya se habían rendido —señaló Laida subiendo a la silla de Pegaso, que de nuevo era un caballo normal.

—Bien, pues es obvio que nos equivocábamos —dijo Klaus montando en Torn.

—¡Vamos!

Lynch espoleó a su yegua en dirección al bosque otra vez. Klaus lo siguió. Laida, con cierta resignación, fue tras ellos.

—No podrán ir más allá del Bosque Antiguo —dijo Venz con calma en cuanto su hijo le hubo explicado lo ocurrido—. He puesto una barrera. Nadie que no sea de Trun puede traspasarla, y tampoco es posible acceder al reino con un hechizo de teletransportación, aunque seas poseedor de los poderes mágicos.

—¿Y entonces qué hacemos? —preguntó Lynch.

—Lo más lógico sería acabar con ellos de una vez, pero... No parece que se cansen de enviar soldados. Al parecer, la advertencia de la última vez no ha durado mucho.

Laida recordó que habían dejado vivo a un único soldado para que volviera a Moran y explicara lo sucedido al ejército.

—Está bien —dijo al fin el conde—. Os teletransportaré al Bosque Antiguo. Quiero que uséis la magia para asustarlos, solo asustarlos. No quiero que matéis a ninguno. Tal vez la derrota a manos de tres jóvenes los humille y les haga cambiar de opinión.

Venz sonrió, al igual que Klaus y Lynch. Laida, en cambio, se mostraba preocupada. El conde había dicho 'tres jóvenes'. No dos, tres. ¿Eso significaba que ella también tenía que ir?

—¿Cuándo vamos? —preguntó Lynch.

—Ahora.

Una sombra cruzó el salón del trono a toda velocidad y se detuvo junto a Lynch. Laida se dio cuenta de que era Sox. Al parecer, el furk también quería ir.

Venz movió las manos frente a ellos. Unos segundos después, los tres jóvenes y el gato habían desaparecido.

* * *

El Bosque Antiguo era bastante frondoso. Diferentes árboles y plantas crecían en él. El camino que seguían era pequeño y estrecho, por lo que solo podían avanzar de uno en uno.

Los tres jóvenes continuaron por el pedregoso sendero del bosque, seguidos por Sox. Klaus iba el primero. Mantenía la cabeza agachada y parecía sumido en sus pensamientos. Detrás iba Lynch, mucho más relajado. Caminaba con tranquilidad y parecía bastante animado. Laida avanzaba unos pasos por detrás de los otros dos. Tenía el entrecejo fruncido y no estaba demasiado contenta.

Caminaron un rato sin hablar hasta que Lynch rompió el silencio.

—¿Cuántos son, Klaus? —preguntó incitando a Sox para que se le acercara. El chico se detuvo, ceñudo.

—Diría que unos veinte, tal vez menos. No creo que nos den grandes problemas.

Anduvieron durante diez minutos. El sendero cada vez era más estrecho y los árboles dificultaban el paso.

—¿Qué vamos a hacer exactamente cuando encontremos a los hombre de Moran? —preguntó Laida al cabo de un rato.

—Ya has oído a mi padre. Solo asustarlos un poco para que se retiren —contestó Lynch.

Continuaron un buen trecho en silencio hasta que Laida, incapaz de permanecer callada, preguntó:

—Pero... ¿seguro que no les va a suceder nada?

Lynch no pudo evitar un suspiro:

—Laida, ¿quieres dejar de preocuparte? —dijo con evidente impaciencia—. Mi padre solo nos ha pedido que los asustemos un poco con magia para que no avancen más. ¡Pronto llegarán a Trun! ¿Qué quieres, que nos invadan el reino?

—No, pero tampoco quiero que sufran ningún daño —replicó la chica. Lynch volvió a suspirar y parecía que iba a decir algo más, pero al final optó por callarse. En ese momento, Sox se subió con agilidad a su hombro y se quedó allí, ronroneando. Lynch lo acarició.

—Estamos cerca ya, ¿no, Klaus? —preguntó el chico, sin mucho interés, como si en vez de ir a librar una batalla fuesen a recoger flores silvestres.

—Sí, estamos solo a unos pasos —respondió Klaus yendo más despacio. Una flecha se clavó en un árbol que había justo a su derecha y se quedó allí, temblando.

—Me alegro de habértelo preguntado —murmuró Lynch.

Varios hombres con el escudo de Moran grabado en sus armaduras salieron de los arbustos. Tal y como había dicho Klaus, no eran más de veinte.

—¿Qué hacéis aquí? —preguntó uno de los guerreros de Moran.

—Yo podría hacerle la misma pregunta, caballero —dijo Lynch con calma—. Aunque contestaré a su pregunta. Somos de Trun y hemos venido a pedirles amablemente que den media vuelta y se vayan a su reino.

—¿De Trun? —vociferó el guerrero—. Os lo tenéis muy creído, ¿eh? Estúpidos y repugnantes brujos. Sois unos inhumanos. Si yo fuera vosotros, huiría. Dudo que vuestra maldita magia os salve de nuestros ejércitos.

Laida miró con furia al hombre pero el enfado que sentía ella no se podía comparar con el de Klaus y Lynch. El primero se limitó a morderse la lengua y a cerrar el puño con fuerza, a pesar de la rabia que sentía. Pero Lynch no fue tan misericordioso. Y el gato persa aparentemente inofensivo que llevaba sobre los hombros tampoco.

—¿Ah, sí? —dijo Lynch acariciando a Sox—. Puede que acabe cambiando de opinión, caballero.

Fue visto y no visto. El chico dirigió su mano derecha hacia el caballero y el hombre saltó hacia atrás. No tuvo tiempo de incorporarse, pues una pantera salida de la nada se abalanzó sobre él.

—¿Qué decía, caballero? —dijo Lynch con calma. Un par de soldados corrieron hacia el chico. Laida no dudó y los paralizó con un hechizo. Lynch sonrió.

Otro par de soldados se adelantó y esta vez fue Lynch quien los detuvo. En menos de cinco segundos quince soldados les rodearon. Klaus se adelantó y sus impresionantes ojos azules relampaguearon cuando alzó su brazo izquierdo y lo movió de golpe.

Una especie de onda expansiva provocó que los quince soldados cayeran varios metros hacia atrás. Lynch soltó un leve silbido de admiración.

—Eso ha estado muy bien —dijo mirando lo que quedaba de la tropa con curiosidad. Klaus, algo cansado por el hechizo, sonrió.

El jefe, al que Sox por fin había soltado, se levantó a duras penas y gritó:

—¡Retirada! ¡Vamos, moveos! ¡Tenemos que informar de esto!

Los otros soldados se apresuraron a seguirlo. Pronto solo quedaron los cuatro que estaban paralizados. Con algo de pena en la mirada por dejarlos marchar, Lynch los liberó del hechizo. No tardaron en seguir a sus compañeros. Mas... ya no había cuatro. Ahora solo eran tres. Laida los observó preocupada y parpadeó. Habría jurado que había uno más. Sí, claro que había cuatro. Ella misma había paralizado a dos, y Lynch a otro par. Entonces, ¿dónde se había metido el último soldado?

Sox se les acercó, de nuevo con la forma de un gato. Parecía muy orgulloso de sí mismo. Se subió de nuevo a los hombros de Lynch y ronroneó, satisfecho.

Laida se dio cuenta de que uno de los soldados que habían derribado, precisamente el que había desaparecido, se había acercado sigilosamente a Klaus por detrás. Comprendió entonces quién era al reconocer sus rasgos físicos: el hombre al que habían perdonado la vida en uno de los ataques.

—¡Klaus, cuidado! —gritó. Pero Lynch fue más rápido. Con increíble rapidez, le pegó un puñetazo al soldado en la cara. Klaus se dio la vuelta y levantó la mano izquierda. El hombre se elevó en el aire.

—Regla número uno: nunca ataques a un enemigo por la espalda —dijo Klaus lanzando al soldado por los aires.

—Regla número dos —dijo Lynch, alzando al hombre de nuevo y volviendo a dejarlo caer—: nadie se mete con Klaus.

—Regla número tres —completaron los dos jóvenes al unísono—: nadie se atreve a atacarnos.

Y con un único movimiento, el soldado cayó al suelo a unos diez metros. No se movió.

—¡Lo habéis matado! —dijo Laida horrorizada.

—¿Te has dado cuenta de quién era? —intervino Klaus—. Le salvamos la vida pudiendo haberlo matado. Y encima intenta atacarnos. Qué desagradecido.

—Qué hijo de...

—Lynch —lo regañó Klaus. El muchacho no terminó la frase.

Los dos chicos se dieron la vuelta, seguidos por Sox, dispuestos a volver a casa. Laida vio algo que le llamó la atención. Era un trozo de la túnica de algún soldado. No tenía nada de especial, pero por alguna razón sintió que podía ser algo valioso. Se lo guardó en el bolsillo, decidida a examinarlo más tarde, y siguió a los chicos.

—¿Cómo vamos a volver? —preguntó.

—Teletransportándonos —respondió Lynch.

—Pero estamos muy lejos.

—Si los tres ponemos energía, no importa —dijo Lynch—. Aunque primero tenemos que estar dentro de los terrenos de Trun.

Desanduvieron lo andado durante unos quince minutos, hasta que Lynch indicó que ya era suficiente. El chico agarró la mano de Laida y la de Klaus.

—¿A la de tres? Una, dos...

En cuanto dijo 'Tres', el bosque se volvió borroso y desapareció de su campo de visión.

22

MENTIRAS Y VERDADES

Laida abrió los ojos, aturdida, y vio que se encontraba en el patio interior del palacio. Soltó la mano de Lynch y comprobó, angustiada, que la sensación de opresión había vuelto. Lynch le puso con suavidad la mano en el pecho y la ayudó a respirar.

Los tres jóvenes pasaron al interior del palacio, junto con Sox. Mientras Klaus y el furk iban a ver a Venz para explicarle lo sucedido con Moran, Lynch acompañó a Laida a su habitación.

Cuando los dos se encontraron solos en el ala norte, Laida susurró:

—Habéis matado a un soldado.

Lynch sonrió con tristeza.

—A veces es matar o morir. Y en estos casos y lamentándolo mucho, prefiero matar.

—La vida es cruel.

—Sí, sí que lo es.

Lynch la abrazó, consolándola. Laida suspiró y apoyó su cabeza en el hombro de él.

—Lynch, ¿por qué os ataca Moran?

Esta vez fue Lynch quien suspiró:

—Laida, no creas que no quiero decírtelo, pero... tampoco quiero ponerte en peligro.

—Quiero saberlo.

—Y yo quiero decírtelo. Pero a veces lo que queremos no es lo que debemos hacer.

—¿Crees que a veces es necesario mentir?

Lynch la miró directamente a los ojos.

—Sí que es necesario, pero no creo que sea lo correcto. Te mentiría si con ello te salvara la vida.

—Preferiría que no lo hicieras —susurró Laida. Y lo decía en serio.

—Pero desgraciadamente en esa situación sería yo quien elegiría qué hacer.

Lynch se separó con delicadeza de ella. Le acarició la mejilla y tras mirarla una última vez clavando en ella sus ojos castaños, salió de la habitación.

Laida suspiró y se sentó en la cama. Jugueteó con un mechón de su cabello y recordó que eso era precisamente lo que Lynch solía hacer. Sacó entonces el retal quc había cogido en el bosque y lo examinó.

Era de color verde oscuro, el color del emblema de Moran. Se podía ver una parte del escudo del reino; el trozo que faltaba estaría en otro pedazo de túnica.

Le dio la vuelta. Sintió que se quedaba sin respiración. Aparecía otro escudo y en esta ocasión estaba entero. Era del color del bronce antiguo, con una fortaleza en el centro. Una espada atravesaba la fortaleza de arriba abajo. Lo reconoció de inmediato. Era el escudo de Álacer. El escudo del reino de su padre.

Comprendió varias cosas de golpe. Por qué Moran nunca se quedaba sin soldados... Y por qué atacaba Trun. La guerra de los reinos mágicos contra los ordinarios no había terminado. Los ataques de Moran eran la prueba de ello.

Se levantó de un salto y abrió la puerta de golpe. Corrió escaleras abajo, haciendo caso omiso de la molesta opresión que le impedía respirar con normalidad. Llegó a la división de las escaleras y cogió la que llevaba al cuarto de Lynch.

Él y Klaus estaban charlando cómodamente sentados en la cama. Giraron la cabeza al ver a Laida. Lynch se fijó en que le costaba respirar.

—Laida, ¿estás bien? Sabes que no...

—¡¿Por qué me habéis mentido?! —gritó alejándose de Lynch cuando éste hizo ademán de levantarse y acercarse a ella. El joven se detuvo, sorprendido.

—¿A qué te...?

—¡Me dijiste que la guerra entre los reinos había terminado! —exclamó arrojando con violencia el pedazo de túnica. Klaus lo cogió y le mostró a Lynch el escudo de Álacer. Lynch cerró los ojos un momento y se volvió hacia Laida.

—Fue por tu bien.

—¿Por mi bien? ¿Ocultarme la verdad es por mi bien? ¡Acabas de decirme que mentir no te parece lo correcto!

Lynch se levantó y fijó en ella sus ojos castaños.

—¡Y también te acabo de decir que a veces es necesario! ¡Te he dicho que mentiría por salvarte la vida!

—No habría muerto si me lo hubieras contado, Lynch —repuso Laida con frialdad.

—¡No lo entiendes! ¿Por qué crees que no puedes volver a tu reino? ¿Te das cuenta de lo que te haría tu padre si se enterase de que has descubierto tus poderes, y más aún, si supiera que hemos descubierto que apoya a Moran?

—Podríamos llegar a un acuerdo —replicó Laida. Le parecía increíble que Lynch estuviese casi tan enfadado como ella. Sus palabras parecieron afectar al chico.

—No lo entiendes, no lo entiendes... Alguna vez te he dicho que eres orgullosa. Lo eres como persona. No como hechicera. Llevan años y años haciéndonos la vida imposible. ¿Y tú crees que con un simple acuerdo podemos arreglar las cosas?

—Mejor que convertirnos en asesinos —repuso Laida. Lynch palideció y después dijo en voz baja:

—Creí que... creí que acabarías convirtiéndote en una más. Te dije que te parecías a tu madre. Me equivocaba. Aunque la magia corra por tus venas... no eres una hechicera.

—Lynch... —dijo Klaus, que hasta entonces no había abierto la boca, pero Laida dijo entonces:

—Y tú puede que tengas corazón, pero no eres humano.

Laida se dio la vuelta y se fue, cerrando de un portazo. No pudo ver la expresión de profundo dolor de Lynch, ni la tristeza reflejada en los ojos azules de Klaus. Había estado conviviendo durante dos meses con ellos, y le habían ocultado tantas cosas...

Bajó de nuevo las escaleras, conteniendo las lágrimas. No podía quedarse en el palacio, no después de aquello. Tal vez podría ir a Álacer y arreglar las cosas con su padre, detener aquello... Quizá lograse olvidar todo lo sucedido...

Sintió una punzada de dolor al recordar a Pegaso, las noches en el *Observatorio*, la batalla con Cris...

No podía ignorar todo lo que había vivido en Trun. Sencillamente, era imposible. Pensó en su madre y las palabras de Lynch volvieron a traspasarla como cuchillas: 'Creí que... creí que acabarías convirtiéndote en una más. Te dije que te parecías a tu madre. Me equivocaba. Aunque la magia corra por tus venas... no eres una hechicera'.

Cerró los ojos. Una cosa tenía clara: no podía seguir viviendo en el palacio.

Descubrió con cierta sorpresa que sin darse cuenta había ido a parar a una de las torres. Miró alrededor. Halló a una figura contemplando una pintura del fondo. Reconoció el cabello negro cayendo por la espalda: Sarah.

Corrió hacia ella. La condesa se volvió al oír sus pasos y preguntó:

—Laida, ¿qué...?

Pero la chica la interrumpió.

—Voy a volver a Álacer.

Sarah se limitó a mirarla.

—Acabo de descubrir lo que mi padre está haciendo. Digamos que no ha sido gracias a vosotros. Pero, aun así, voy a hacer algo. Pienso pararle los pies.

—Pero...

—Creo que, ocurra lo que ocurra, al menos no perderé nada por intentarlo.

—Laida...

—Necesito volver a mi reino.

—Laida, escúchame. —Su tono de voz era apremiante, casi suplicante, y los ojos castaños la observaban con gravedad—. Álacer está a cientos de kilómetros. Imagino que en este momento estás furiosa porque nadie te haya dicho lo que sucede, pero no servirá de nada que te capturen si vas volando con...

—No había pensado ir con Pegaso —la cortó Laida. Sarah se mostró sorprendida. Al cabo de dos segundos y al ver la expresión de la joven, comprendió.

—Está demasiado lejos... No llegarás.

—A menos que alguien me ayude.

Sarah se mordió el labio inferior y susurró:

—¿Cómo regresarás?

—Tal vez no regrese.

La condesa suspiró y miró a Laida con sus ojos castaños, idénticos a los de Lynch. Aquellos ojos tan especiales... Laida hizo un esfuerzo por mantener al joven alejado de su mente.

—Espero... que sepas lo que haces, Laida.

Sarah pasó una mano por encima de la cabeza de la chica. Cuando su cuerpo ya estaba desapareciendo, susurró:

—Buena suerte, princesa.

23

DE VUELTA A ÁLACER

Laida miró a su alrededor, desorientada. Se encontraba en un claro, bajo un gran manzano, junto a un lago. Reconoció el lugar de inmediato. Era donde había ido después de huir del castillo. Tras dirigir una rápida mirada al cielo se dio cuenta de que estaba anocheciendo. Debía darse prisa.

Echó a andar por las familiares colinas, deseando haberse teletransportado más cerca. Todavía había un buen trecho hasta el castillo, aunque tal vez Sarah no hubiese logrado llevarla más lejos.

Pronto sintió la molesta sensación de ahogo, y cerró los ojos al recordar que Lynch siempre la había ayudado a respirar. Incluso la última vez, cuando había irrumpido en su habitación.

Era curioso que, de nuevo, se sentía culpable por cómo había tratado a Lynch. Y en esa ocasión sentía que tenía sus motivos para enfadarse con él. Le había mentido, le había ocultado cosas que para ella eran importantes. Pero lo había hecho para salvarle la vida. O eso decía él. Porque... ¿de qué iba a salvarla?

Siguió caminando, haciendo cada vez esfuerzos mayores para respirar. Después de pasar un monte, tuvo a la vista el castillo de su padre. Hizo una pausa para recuperar el aliento y continuó andando.

Llegó a los establos, los pasó y tomó el sendero que llevaba al patio interior. Allí se encontró dos guardias. Sin amedrentarse, caminó con gran dignidad hacia las puertas del castillo. Tal y como esperaba, los guardias se sorprendieron.

—¡Princesa! Majestad, ¿cómo...? Creíamos que...

—Dejadme pasar —ordenó Laida.

—Pero... —El guardia que había hablado primero quiso protestar, pero su compañero le hizo una seña y ambos le abrieron las puertas.

Laida pasó el primer pasillo. Torció a la derecha y se encontró con la enorme puerta que llevaba al salón del trono. Dos guardias estaban apostados junto a ella.

Esta vez no se molestó siquiera en hablar. Cuando estaba a diez pasos de la puerta, creó una bola de energía y la lanzó contra la puerta, que se abrió con un fuerte estruendo. Haciendo caso omiso de los asombrados guardias, entró.

El salón del trono estaba tal y como lo recordaba. Las altísimas paredes de piedra se encontraban desgastadas, así como la gran alfombra roja a los pies del antiguo trono. Laida sonrió para sí al recordar el palacio de Trun.

Su padre se hallaba sentado en el trono, con una expresión de profunda incredulidad en el rostro. Laida avanzó hacia él.

—Quiero que retires a tus soldados de Moran para que dejen de atacar Trun —sentenció la joven. El rey la miró con ojos desorbitados.

—Hija... —empezó levantándose y acercándose a ella. Laida creó otra esfera de energía y la sostuvo en el aire como advertencia.

—No te acerques.

El rey pasó de la incredulidad al desagrado tan rápido como un parpadeo.

—Te has convertido en una de ellos —dijo mirándola como si fuera un repugnante insecto y no un ser humano.

—Retira los soldados —repitió Laida conteniendo la ira.

—Te atreves a poner los pies en mi castillo, siendo lo que eres. Ni siquiera mereces llamarte humana.

—¡CÁLLATE! —gritó Laida incapaz de contenerse por más tiempo. La esfera de energía que sostenía se inclinó peligrosamente hacia delante. Laida la retuvo—. ¡No tienes ni idea, así que no te atrevas a hablar sobre la magia como si fuera una maldición! ¿Para qué te casaste con mi madre, si no la soportabas?

—Porque me lo ocultó. Y después... ya era demasiado tarde.

—Mientes —escupió Laida. No pensaba creer que su madre le hubiera ocultado la verdad—. Reconócelo: te enamoraste de ella aunque era hechicera. Te traicionaste a ti mismo.

—¡¡No te atrevas a hablarme como si supieras lo que ocurrió!!

Laida inspiró hondo para calmarse. Después dijo:

—Te lo repetiré por última vez: retira a los soldados.

—¡NUNCA! ¡¡Y tú no eres quién para darme órdenes!!

—¡Ni tú para llevar esa corona! ¡No mereces llamarte rey!

El hombre movió la mano, probablemente para pegar a su hija, pero la esfera se movió por sí sola y le dio en el brazo. El rey apenas reaccionó. Se limitó a mirar a su hija con frialdad.

—Vuelve allí de donde has venido y no regreses. Hoy mismo todos los ejércitos se reunirán de nuevo. Y esta vez no quedará ni un solo mago en Álacer.

Laida entornó los ojos, mirándolo con odio. Entonces dijo:

—Si no fuera porque es imposible, pensaría que obligaste a mi madre a casarse contigo. Y luego la mataste. Pero ella no se dejaría. No sé cómo pudo interesarse por ti.

—No te atrevas a...

—¿Me hablas ahora de atreverme? ¿Quién fue quien me ocultó la verdad durante tantos años? ¿Quién fue quien me trató como si fuera un perro al que le puedes dar órdenes? ¡¿Cómo te atreves siquiera a mirarme a los ojos después de eso?!

—¡¿Y tú cómo te atreves a volver aquí después de estar con asquerosos hechiceros?!

La cólera de Laida estalló. Podía permitir que la insultase a ella, pero no a Lynch o a Klaus, incluso estando furiosa con ellos. Levantó ambas manos y otra esfera de energía salió despedida hacia su padre. Le dio en el brazo izquierdo, y un olor a quemado salió a relucir.

—¡GUARDIAS! —vociferó el rey agarrándose el brazo. Laida no necesitó girarse cuando la puerta se abrió de nuevo para ver a diez soldados entrando. Lanzó una última mirada de odio a su padre y dio dos pasos atrás. Cuando su pie rozó el suelo por segunda vez, desapareció.

* * *

Laida se teletransportó de nuevo hacia el claro, con la sangre hirviendo de ira. Nunca se había teletransportado sola, pero consiguió realizar el hechizo con éxito. Le pegó una patada al manzano, furiosa. No tenía modo de volver a Trun para advertir a Venz de que Álacer planeaba unir a los reinos para así acabar con los magos. De todos modos, ¿qué podía hacer el conde frente a seis reinos? Tal vez Yagno y Sach enviaran ayuda, pero seguían en desventaja numérica.

Echó una mirada alrededor, buscando algo que pudiera serle de ayuda para volver, y se quedó de piedra al ver dos figuras junto al lago.

Eran dos rostros conocidos y casi idénticos. Los gemelos Ray y Dylan la observaban con seriedad. Laida retrocedió.

—Laida... —empezó Ray. La joven creó una nueva esfera.

—No me obliguéis a atacaros.

—No queremos hacerte daño —la calmó Dylan. Laida, sin dejar de sostener la bola de energía mágica, preguntó:

—¿Cómo sabíais que estaba aquí?

—Nosotros también somos hechiceros —dijo Ray. Laida lo miró sorprendida.

—¿Qué?

Los dos a una, crearon una esfera idéntica a la de Laida. La joven, sin dejar de mirar incrédula a los gemelos, pensó a toda velocidad.

¿Cómo era posible que sus profesores de equitación y esgrima fuesen magos? Además, vivían en Álacer, un reino sin magia. Como su madre... Había estado un montón de veces a solas con ellos tras la muerte de Cerys. ¿Por qué nunca le habían dicho la verdad?

—¿Lo sabíais? —preguntó Laida todavía con la esfera—. ¿Sabíais que mi madre era una hechicera y que yo heredaría sus poderes?

—Sí —respondió Dylan.

—¡¿Y por qué no me lo dijisteis?! —saltó la muchacha arrojando la bola al lago, lo que produjo una gran salpicadura—. ¡Sabíais que odiaba estar encerrada en el castillo!

—Prometimos a tu madre que no te diríamos nada —dijo Ray en voz baja. Laida giró la cabeza hacia él tan bruscamente que se hizo daño.

—¿Y qué planeaba ella, que me quedase sin saber la verdad y fuese coronada un día reina de Álacer? —chilló Laida. Aquello era demasiado.

—Laida, por favor... —empezó Ray, pero la muchacha ya estaba harta, harta de que creyesen que era fácil lo que había vivido.

—¡No, es que ya es suficiente! —estalló—. ¡¡Estuve nueve años encerrada en el castillo!! ¡Nueve años! ¡Ajena a todo lo que realmente ocurría! ¡Sin más compañía que la de un rey que no tenía tiempo para su hija! ¡Con dos hombres que siempre supieron la verdad! ¡Y nunca, repito, nunca, se molestaron en contármela! ¿Para qué contar que tu madre fue en realidad una hechicera y que tú has heredado sus poderes? ¿Para qué contar que tu caballo es en realidad un pegaso? —Hizo una pausa para coger aire y Dylan hizo ademán de hablar pero Laida se lo impidió—. Y por fin, cuando huyo del reino de mi padre, todo sale a la luz. ¡Y cuando vuelvo, para intentar parar una guerra, me encuentro con que TODOS ME TRATAN COMO SI FUERA UN MONSTRUO! ¿A quién le importa que me haya caído de una altura de treinta metros desde el lomo de un caballo alado? ¿A quién le importa que me haya enfrentado a un demonio que quería comerse a mis amigos y que haya tenido que estar tres días inconsciente? ¿A quién le importa que... —tragó saliva— me haya tenido que pelear con el chico que amo y que más quiero en el mundo solo por intentar arreglar las cosas? ¡Y lo peor de todo es que él tenía razón! ¡¡Mi propio padre ha intentado apresarme!! Si no lo hubiera averiguado, ¡ahora estaría cómodamente sentada en mi cama del palacio hablando con él! ¡He renunciado a lo que más quería en el mundo para detener una guerra y me encuentro con que mi padre está más decidido que nunca a reunir a los ejércitos! ¿Y todo por qué? ¡POR UNA ESTUPIDEZ!

Laida tomó aire y tragó saliva. Había dicho todo lo que pensaba y en ese momento se sentía inmensamente aliviada.

—Laida, entendemos que estés enfadada —dijo Ray con suavidad. La chica quiso aclarar que no *solo* estaba enfadada, pero optó por callarse.

—Tu madre tenía una buena razón para ocultarte las cosas —siguió Dylan.

—¿Ah, sí? —inquirió Laida tratando de controlar el tono de voz—. ¿Y cuál es?

—Que tu madre prometió que ni tú ni ella usaríais la magia —respondió Ray.

Laida sintió como si le hubiesen pegado un puñetazo en el estómago.

—Pero... pero ¿por qué?

—Porque tu padre... —empezó Dylan, mas su hermano le detuvo.

—Espera. Es mejor que conozcas toda la historia.

Los dos gemelos cruzaron una mirada, asintieron, y Ray comenzó a hablar.

—Hace veinte años, tu padre tuvo que ir a Ragots para arreglar asuntos políticos con el rey. Al mismo tiempo, tu madre fue a Ragots a visitar a sus tíos, que no eran hechiceros, ni sabían de la... peculiaridad de Cerys. El caso es que cuando Rocco salió del castillo se encontró con Cerys. Ninguno de los dos había visto nunca al otro, pero fue amor a primera vista. Tu madre no quiso confesarle que era una hechicera. Sabía que Rocco era el rey de Álacer, por lo que no soportaba la magia. Así que temía su reacción al enterarse.

»Unos años después, Rocco pidió a Cerys la mano en matrimonio. Y ella aceptó, pero al mismo tiempo, e incapaz de ocultarlo por más tiempo, le dijo la verdad. Como es lógico, Rocco se enfureció. Dejó plantada a Cerys en el monte donde se habían reunido, después de gritarle que no quería verla nunca más. Al cabo de dos meses, Cerys recibió una carta de Rocco, en la que le pedía que se reuniera con él en el castillo de Álacer. Tu madre fue a su encuentro.

»Rocco tenía una propuesta para Cerys. Se casaría con ella y permanecería a su lado... si renunciaba a la magia. La familia entera de Cerys se opuso. Le dijeron que aquel hombre, si de verdad la quería, tenía que aceptarla tal y como era. Se produjo una gran disputa. Pero Cerys no hizo caso y prometió al rey que jamás usaría la magia.

»Un año más tarde, tu madre quedó encinta. Advirtió entonces a Rocco que tú también heredarías los poderes. Y él dijo que, si nadie decía nada, tú no tenías por qué enterarte. Aquello no le gustó nada a Cerys. Rocco le recordó que había jurado no usar magia, pero tu madre dijo que estaban hablando de ti, no de ella. Discutieron. Cerys quería que al menos tú pudieses ser hechicera sin ocultarlo, a lo que Rocco se negaba rotundamente. Finalmente, decidieron ver cómo se desarrollaban los acontecimientos.

»Tras varios meses, tú naciste. Costaba creer que ese bebé de ojos verdes y piel blanca pudiese ser un hechicero, y en el caso de tu padre, una amenaza. Los años transcurrieron sin que pasara ningún incidente. Rocco insistió en entrenarte como a un soldado, algo insólito para una princesa. Te enseñó (o más bien hizo que te enseñaran) a pelear con la espada, a montar a caballo e incluso a disparar con el arco.

»Pero el verdadero problema ocurrió cuando cumpliste ocho años. Tu madre te regaló a Pegaso. No le contó a tu padre qué era en realidad, ya que si lo hubiera hecho, lo habrían ejecutado al instante. Es a los ocho años cuando empiezan a mostrarles cómo usar la magia. Cerys así se lo dijo al rey. Éste le recordó que ella no podía usar la magia, y tampoco iba a permitir que tú la utilizases. Pero lo que él no sabía era que Cerys se estaba muriendo.

»Era una enfermedad extraña, grave para los humanos ordinarios, pero sin demasiada importancia para los hechiceros. Tu madre se lo contó a Rocco. Le preguntó si se alegraba ahora de la promesa que le había hecho cumplir. Porque ella ya no estaba dispuesta a usar la magia de nuevo, después de tanto tiempo. Se puso en contacto con nosotros, con Venz y Sarah, y con su familia. Les hizo saber que su única hija vivía ajena al mundo de la magia y que ella ya no podía contarle la verdad. Les pidió que cuando cumplieras dieciocho años y fueses mayor de edad te contasen todo lo ocurrido.

»Y Cerys murió. Tú, mientras, sufrías encerrada en el castillo de tu padre. Por eso él no te dejaba salir. Temía que te encontrases con algún conocido de tu madre. Nunca pensó que nosotros fuésemos magos, pero tampoco te dijimos nada. Teníamos que esperar a que cumplieses los dieciocho.

»Cuando te escapaste aquel día, hace meses, del castillo y te dirigiste a este claro, pensamos que ya habías esperado demasiado. Nos pusimos en contacto con Trun, y Venz se teletransportó hacia aquí. Permaneció oculto hasta que los guardias te persiguieron. Fue entonces cuando te rescató. Nos mandó un mensaje diciendo que estabas viva y que iban a contarte la verdad.

»Hemos estado en Álacer desde que te fuiste, intentando saber qué hacía el rey. Éste ni siquiera se molestó en buscarte. Sabía qué había ocurrido. Envió soldados a Moran para que éstos pudieran atacar Trun, pero nunca lo mostró abiertamente. Hasta el día de hoy. Por fin ha declarado sus intenciones. Después de todo lo sucedido hace años, la guerra se repite.

Laida cerró un momento los ojos, intentando asimilar todo lo que había escuchado. De modo que su padre había tenido algo de razón. Su madre solo le había contado que era hechicera cuando él le pidió la mano...

—Pero, ¿por qué lo hizo? —musitó—. ¿Por qué renunció a la magia?

—Porque él se lo pidió —respondió Dylan en voz baja.

Laida pensó en qué habría hecho ella si Lynch le hubiese hecho la misma petición. Por él, habría aceptado, pero si Lynch le hubiera pedido que renunciara a la magia... ya no sería Lynch.

—¿Qué he de hacer ahora? —preguntó Laida.

—Debes regresar a Trun y hacer partícipe a Venz de las intenciones de tu padre. Si no, no tendremos ninguna posibilidad —dijo Ray con gravedad, escrutando el rostro de la joven.

—Pero... ¿cómo voy a regresar? No puedo llevar a cabo un hechizo de teletransportación desde tan lejos —dijo Laida algo desesperada.

—Nosotros... podemos ayudarte a realizar el hechizo —propuso Dylan—. Pero no podremos llevarte hasta Trun y menos hasta el palacio.

—¿Por qué?

—Venz ha puesto un hechizo que protege todo el reino —explicó Ray—. Fue difícil enviarle el mensaje de que habías huido del castillo.

—Entonces...

—Te podemos transportar al Bosque Antiguo, que ya no forma parte del reino. ¿Sabes dónde está? —Laida asintió—. Bien, vamos.

—Ray, espera un momento —lo detuvo Dylan. Su hermano gemelo, que ya se había aproximado a Laida para teletransportarla, asintió. Dylan se acercó también a Laida e inspiró hondo. La chica nunca lo había visto así. Siempre había sido travieso y bromista, pero en ese momento estaba muy serio y parecía costarle encontrar las palabras.

—Laida, hay algo más que debes saber.

Ray suspiró. Miró directamente a Laida a los ojos, como si quisiera determinar su reacción ante lo que le iba a contar.

—Tu madre... —empezó Dylan, pero se detuvo y se mordió el labio inferior. Laida, algo preocupada e impaciente, dijo:

—¡Vamos, chicos, por favor!

—Está bien, está bien —dijo Ray. Inspiró hondo, tragó saliva y tras dirigirle una última mirada a su hermano, añadió—: Tu madre tenía una hermana. Selena. Tu tía.

Laida, por segunda o tercera vez aquel día, sintió que se quedaba sin respiración. Era imposible. Su madre nunca le había hablado de una hermana. Aquello... era demasiado.

—No... —dijo negando con la cabeza y retrocediendo sin darse apenas cuenta—. No puede ser.

—Laida, es cierto. Selena también... —intentó decir Ray. Pero Laida ya no podía soportarlo más. Una a una, todas las verdades estaban saliendo a la luz. La lucha entre Moran y Trun, la historia de Cerys y Rocco, y ahora aquello...

—¡No puede ser! —gritó fuera de sí—. ¡Mi madre nunca me ocultaría algo así!

—Si te ocultó que era una hechicera, ¿qué te hace pensar que tam...? —sugirió Dylan, pero en vez de mejorar las cosas las estaba empeorando.

—¡¡Aquello... aquello fue porque quería a mi padre, pero no tenía motivos para no decirme que tenía una hermana!! ¡ES MENTIRA!

—Laida, por favor, escúchanos —suplicó Ray, entristecido al ver que la chica volvía a gritar—. Selena también era hechicera. Y ya no consideraba a Cerys como una hermana.

—¿Qué? —susurró Laida, cada vez más confundida. Todo le parecía una pesadilla. En cuanto despertase, estaría de nuevo con Lynch, en el palacio, y su única preocupación sería el esfuerzo que le implicaba respirar.

—Cerys les traicionó —explicó apresuradamente Dylan, temiendo que Laida le interrumpiese—. Cuando renunció a sus poderes, a ser hechicera, toda su familia se puso en contra. Es normal que magos se casen con humanos ordinarios, pero éstos nunca les exigen que dejen de emplear la magia. Selena discutió con Cerys y trató de hacerla entrar en razón, mas no tuvo éxito. Así que cuando sus padres murieron, Selena se marchó a Sach, donde hoy todavía reside. El día que naciste, le hicimos llegar un mensaje y ella fue a Trun y le contó todo lo ocurrido a Venz.

En ese momentos, Laida recordó su primera conversación con el conde.

—¿Cómo sabe usted todo eso?

—Un familiar tuyo me lo contó. Aunque no creo que lo conozcas.

No le había dado importancia a aquello, pero ahora estaba claro. Un familiar que no conocía. Selena. Su tía.

—Laida... —La voz de Ray la devolvió a la realidad. Laida se giró hacia él.

—¿Selena todavía vive?

Los gemelos asintieron.

—¿En Sach?

Volvieron a asentir.

—Laida, ahora nuestra prioridad, la de todos los hechiceros, es que vuelvas a Trun y le cuentes todo lo ocurrido a Venz —la instó Ray—. Intentaremos que sus mensajeros no lleguen a sus destinos, pero no podremos retrasar demasiado los acontecimientos. No podemos daros más que un mes.

—¿Un mes? —repitió Laida.

—Para que puedan preparar los ejércitos —asintió Dylan.

—Y vosotros... ¿os quedaréis aquí hasta entonces? —preguntó Laida, pensando en lo arriesgado que era.

—Haremos todo lo posible para retrasar a los ejércitos —aseguró Ray. Laida asintió.

—Será mejor que te vayas ya —la apremió Dylan. Laida dudó un momento y después abrazó a los dos gemelos.

—Gracias por todo, de verdad.

—Un placer servirla, mi princesa —sonrió Dylan. Él y Ray se acercaron a ella y pasaron una mano por encima de su cabeza. Segundos después, se teletransportaba camino a Trun.

24

REENCUENTRO Y PLANES

Laida se encontró de pronto rodeada de árboles y vegetación. Parpadeó y levantó la vista. Oculto entre la maraña de ramas y hojas, se podía vislumbrar un trozo de cielo que indicaba que pronto amanecería.

Miró a su alrededor, tratando de orientarse, y descubrió el estrecho sendero que habían seguido la otra vez para atacar a los soldados. Enseguida comprendió que tendría que dejarse llevar por el camino y confiar en que éste la condujera a Trun, ya que no sabía exactamente dónde se encontraba.

Echó a andar con rapidez, a pesar de que estaba cansada y llevaba varias horas sin dormir. Los árboles y arbustos entorpecían su camino y en una ocasión tardó dos largos minutos en desengancharse de una rama.

Caminó durante dos horas que se le hicieron eternas, y cuando el sol ya estaba asomando por el horizonte, se detuvo. Escudriñó los árboles que tenía enfrente, sintiendo su corazón latir con violencia. Estaba casi segura de haber visto un par de ojos castaños observándola entre las ramas. Parpadeó y sacudió la cabeza. Probablemente se lo habría imaginado.

Fue a retomar el camino, pero un sonido la hizo detenerse de nuevo. Se giró con rapidez. Esta vez estaba segura. Había visto algo moverse entre las sombras. Lamentó no tener una espada o un arco a mano; así, al menos, podría defenderse.

Intentando no hacer ruido, se aproximó con cautela a los arbustos. Entrecerró los ojos, tratando de ver algo...

Una flecha silbó en el aire. Instintivamente, Laida se agachó. Al levantar de nuevo la cabeza, pudo ver una flecha clavada en un árbol. Le pareció oír un pequeño suspiro de alivio...

Un soldado surgió de pronto entre los árboles, espada en mano. Fue directamente a por Laida, que continuaba agachada en el suelo. La chica no dudó.

En cuanto el soldado levantó la espada para atacarla, creó una esfera de energía que lanzó contra su pecho. El hombre salió despedido y chocó contra un cedro joven.

Antes incluso de que Laida pudiera respirar, otros dos soldados aparecieron, uno de ellos con un arco. El otro iba desarmado. Laida se levantó y paralizó al primer soldado con un simple hechizo. Se dio la vuelta para encararse con el otro, pero vio, horrorizada, que éste ya no estaba.

Dos manos se cerraron con firmeza en torno a su cuello, impidiéndole respirar. Laida pudo ver el rostro del último soldado, que tendría cerca de treinta y cinco años. Trató de pensar un hechizo, pero su cuerpo no parecía querer responderle. Aquél era su fin, comprendió. No podría advertir a Venz, no podría llevar el mensaje, no podría despedirse de Lynch, ni vería nunca más aquellos ojos castaños...

Por segunda vez en muy poco tiempo, escuchó el sonido que provoca una flecha al atravesar el aire. El rostro que tenía delante se contrajo. Unos instantes después, el soldado yacía en el suelo, muerto.

Laida apenas fue consciente de que podía respirar. Solo miraba a la persona que tenía enfrente. El joven bajó el arco. Su rostro, sereno, estaba adornado con dos brillantes ojos castaños llenos de cariño.

Lynch.

El chico corrió hacia ella, y la sostuvo justo cuando caía al suelo. Laida, incapaz de contenerse por más tiempo, lo abrazó y lloró.

—Lynch... —susurró en cuanto recuperó el aliento—. Lynch...

—Ya está, estoy aquí. Tranquila —la calmó él sin soltarla.

—Perdóname —sollozó la muchacha—. Siento todo lo que te dije. Tenías razón, no debí...

—Shh, tranquila, tranquila... —Lynch le acarició con suavidad la mejilla, cubierta de lágrimas. Su mero contacto hizo que Laida cerrara los ojos y se dejara calmar. Deseó que aquello no terminara nunca, no quería separarse de él, no después de todo lo que había pasado.

—Lo siento —le susurró Lynch al oído—. No debimos habértelo ocultado. Y, verdaderamente, creo que mereces el don de la magia.

—No eres un asesino. Solo defendías tu vida y la de tus seres queridos —le dijo ella a su vez. Las palabras salían de su boca casi sin quererlo, pero las decía de corazón—. Como ahora. Me has salvado la vida, Lynch.

—Moriría antes que dejarte morir. Y si es necesario, también mataré.

—Lynch... Hay personas a las que yo no sería capaz de matar para salvarte la vida, ni siquiera a ti. Preferiría morir antes que tomar esa decisión. Sencillamente, no lo soportaría.

—¿Me crees capaz acaso de matar a Klaus, por ejemplo? ¿Con todo lo que hemos pasado? Acabaría antes con mi vida.

—Y yo —susurró Laida.

—Y yo —apuntó una voz. Ambos se dieron la vuelta, Laida sorprendida y Lynch sonriendo. Klaus. Se dirigió hacia ellos.

—Me alegro de verte, Laida —sonrió.

—Y yo a ti, Klaus —coincidió la chica. Y lo decía en serio—. Chicos... De verdad que lo siento.

Lynch sonrió.

—A veces... lo que debes hacer es necesario, pero no correcto. No debimos mentirte.

—Y yo no debí huir.

—¿Volviste a Álacer? —le preguntó él separándose un poco de ella. Laida se enderezó y respondió.

—Sí. Regresé.

—Imagino que tu padre no te recibiría demasiado bien —dijo Klaus en voz baja. Laida bajó la mirada.

—Trató de apresarme.

Un relámpago de ira cruzó los ojos de Lynch.

—¿Te hizo daño?

—No, conseguí defenderme. Como ahora —añadió mirando los cuerpos de los soldados que tenía alrededor. Se imaginó qué hubiera ocurrido si Lynch no hubiera estado allí.

—Les gusta atacar a la gente por la espalda —dijo Lynch, mirando con desagrado a los soldados—. Tienen otra estrategia: dividirse. Pero chocaron contra la barrera mágica de Venz y no pueden avanzar, así que te tendieron una emboscada. Malditos imbéciles.

—Lynch... —suspiró Klaus, evidentemente contrariado por el vocabulario de su amigo.

Laida inspiró hondo y se separó de Lynch. Había llegado el momento de contarles lo ocurrido. Les relató todo lo sucedido desde que había salido del palacio hasta el encuentro con los gemelos, incluyendo los planes del rey y la historia de sus padres. Cuando terminó, el sentimiento de alegría que había embargado a los dos jóvenes por verla a salvo se había evaporado por completo.

—Tenemos que volver al palacio inmediatamente —dijo Lynch con seriedad—. ¿Cuánto tiempo tenemos?

—Un mes. Como mucho.

—Pues vámonos —urgió Klaus. Los otros dos asintieron. Tal y como habían hecho la última vez, se cogieron de la mano, y cuando Lynch dijo 'Tres' se teletransportaron de vuelta al palacio.

'La Joya Azul' apareció ante ellos. Sin perder un segundo, los tres jóvenes cruzaron sus puertas y echaron a correr.

Como de costumbre, Lynch llevaba la delantera. Se detuvo en seco al llegar a la puerta que conducía al salón del trono y la abrió de un tirón.

Venz, que paseaba observando las paredes sin mucho interés, se volvió hacia ellos con brusquedad.

—¿Se puede saber a qué viene...?

—¡Padre, no hay tiempo! —gritó Lynch jadeando—. ¡Álacer planea reunir de nuevo a los otros cinco reinos para presentar batalla!

—¡Tenemos un mes para pedir refuerzos! —apuntó Klaus, que acababa de llegar.

—¡Dos hechiceros de Álacer los detendrán durante un tiempo! —exclamó Laida irrumpiendo también en el salón.

—¡Tenemos que enviar mensajeros a Sach y a Yagno!

—¡Es la única manera de hacerles frente!

—¡No tenemos tiempo, tenemos que actuar ya!

—¡Basta, callaos un momento! ¡No puedo atender si me habláis los tres a la vez! —gritó Venz agobiado. Rápidamente, Laida relató los planes de su padre. Venz escuchó con atención y en cuanto Laida terminó, salió del salón del trono sin dar explicaciones. Los tres se apresuraron a seguirle.

Venz los condujo hasta la biblioteca, no sin antes pedirle a Sarah y a Voxart que los acompañasen. Ante la sorpresa de los jóvenes, el conde escogió un libro de una estantería y luego los llevó a la sala de planes. Cerró la puerta tras de sí.

Venz abrió el libro y puso su mano derecha sobre una página en concreto. El paisaje de Álacer apareció flotando en el aire. Fue entonces cuando Laida reconoció el libro: era el mismo que Lynch había utilizado para explicarle la historia de la magia.

—Bien —comenzó Venz. Todos observaban el mapa con expectación—. ¿Cuánto puede tardar, si no hay contratiempos, un mensajero en ir de Álacer a Bestrek?

—Si va a caballo, yo diría que unos tres días —contestó Voxart.

—Bien —repitió Venz—. Y, aproximadamente, un mensajero tarda un día y medio en llegar a Yagno desde Trun a caballo. Por el contrario, un pegaso puede salvar las distancias de Trun y Sach en medio día... Bien...

—En Álacer hay dos hechiceros que pueden retrasar a los mensajeros que envíe mi padre —dijo Laida incapaz de permanecer callada. Sarah y Voxart la miraron sorprendidos. Venz, en cambio, no apartó la vista del mapa.

—¿Durante cuánto tiempo? —preguntó el conde, pensativo—. Imagino que el rey acabará dándose cuenta de que algo no marcha bien...

—Nos han dado un mes —contestó Klaus.

—Un mes... —repitió Venz, trazando con el brazo el camino de Álacer hasta Trun—. Tanto tiempo, y a la vez tan poco... ¿Cuánto pueden tardar en llegar los ejércitos a este punto? —preguntó señalando lo que parecía justo el centro del mapa, incluyendo el mar.

—Pues... desde Dugeist o Reynwest, que son los reinos más lejanos... —caviló Voxart estudiando con atención el mapa—. Yo diría que unos cinco días. Desde los otros reinos, algo menos.

Venz se apoyó en la mesa que había en el centro de la sala, pensando. Laida miró con cierta aprensión el mapa. A pesar de que Trun y Yagno estaban más cerca del punto marcado por Venz que Álacer y Ragots, por ejemplo, Moran era mucho más cercano. ¿Y si decidían atacar Trun antes de que llegasen los demás ejércitos?

Finalmente, Venz se enderezó y se volvió de cara a Sarah, Voxart, Klaus, Lynch y Laida.

—Ésta es la situación —explicó—: Álacer planea acabar de una vez por todas con todos los hechiceros por una guerra que se remonta hace años.

—Siglos —precisó Lynch. Klaus y Laida sonrieron.

—Siglos, años, no importa. El caso es que todos los reinos restantes les apoyarán —continuó el conde—. Gracias a los hechiceros que nos brindan su ayuda desde allí, poseemos el valioso tiempo de un mes para reunir a los ejércitos de Yagno y Sach y prepararnos para la batalla que se avecina. Lo primero:

necesito dos hechiceros dispuestos a viajar a los dos reinos mágicos. Klaus, Lynch... Imagino que puedo contar con vosotros, como de costumbre. —Los dos muchachos asintieron—. Y también supongo, Klaus, que tú querrás ir a Sach.

—Sí, a ser posible —respondió Klaus sonriendo.

—Así que Lynch, tú irás a Yagno. Laida, tú decides. Puedes ir a Yagno con Lynch, a Sach con Klaus o simplemente quedarte en Trun.

Laida se mordió el labio. Desde que el conde había dicho que Lynch tenía que ir a Yagno y Klaus a Sach, había temido tener que elegir. Por un lado, podía acompañar a Klaus a Sach, y allí tal vez conociera a su tía, Selena. Aunque también podía ir con Lynch... Cualquiera de las ideas la atraía.

—¿Cuándo salimos? —preguntó.

—Mañana a primera hora. Así que tienes tiempo para pensarlo —respondió Venz, que parecía comprender su dilema—. Quiero que hoy descanséis y os preparéis los tres, a no ser que Laida se quede en Trun, lo cual dudo. Y ahora...

Señaló con la cabeza la puerta. Lynch suspiró y con Klaus y Laida salió de la sala de planes.

25

UNA DECISIÓN DIFÍCIL

Laida se apoyó contra la puerta recién cerrada de la biblioteca, cansada y preocupada. En veinticuatro horas Klaus y Lynch tomarían caminos separados, y ella tendría que acompañar solamente a uno de los dos, porque obviamente no iba a quedarse en Trun.

—Bueno, ¿qué vas a hacer? —le preguntó Klaus.

—No tengo ni idea —confesó Laida. No quería separarse de Lynch bajo ningún concepto, pero por otro lado quería conocer a su tía y visitar Sach con Klaus...

—Deberías dormir —observó Lynch.

Era cierto. Laida estaba cansada y no había dormido nada en las últimas horas, pero después de todo lo ocurrido dudaba que pudiera conciliar el sueño.

—Vosotros también —comentó Laida—. Imagino que habéis pasado toda la noche en el bosque ahuyentando a los soldados de Moran.

Los chicos no contestaron, pero la joven sabía que tenía razón. Con un suspiro, se despidió de ellos con un ademán y echó a andar por el corredor.

—¿Adónde vas? —le preguntó Lynch.

—A dar una vuelta —respondió Laida sin volverse. Necesitaba pensar.

Salió del palacio con cierta tristeza, recordando las paredes que tenía el castillo de Álacer. No podían compararse con las elegantes y modernas de 'La Joya Azul'.

Fue a los establos, y se detuvo a mirar la ciudadela que tenía enfrente. Costaba pensar que ya llevaba casi tres meses en Trun, y que a la vez en tan poco tiempo hubiesen sucedido tantas cosas.

Abrió la caballeriza de Pegaso y ensilló al caballo. Lo guio hacia el exterior, pero cuando ya iba a montar, se detuvo. Echó un vistazo al establo y vio tres caballos: uno negro, otro castaño y otro gris. Acarició a Calima y a Torn y examinó al último animal, el gris. Era robusto, pero aun así tenía un porte elegante. En la placa de oro de la caballeriza se podía leer el nombre Polsc. Laida, que no recordaba haber visto antes al caballo, le dio unas palmaditas y se apresuró a volver con su pegaso.

La criatura desplegó sus alas y echó a volar. El cielo, todavía anaranjado debido a la recién salida del sol, le confería al pegaso destellos dorados. Volaron por encima del pequeño bosque que llevaba a la costa y planearon sobre la lisa superficie del mar. Laida observó su propio reflejo en el agua. Ya no parecía una princesa. Parecía una muchacha de diecisiete años normal y corriente. Sonrió a su pesar. Habían cambiado tantas cosas...

Mientras Pegaso volaba con calma, Laida se dispuso a pensar. Tenía un día para decidir adónde ir: a Sach, o a Yagno; para decidir a quién acompañar: a Klaus o a Lynch.

Decidió valorar los pros y los contras de cada viaje. Por un lado, si iba a Sach, acompañaría a Klaus, con quien se llevaba muy bien, y podría conocer a su tía, Selena... Además, desde que sabía que Sach era un reino mágico había tenido especial interés por conocerlo. Pero si finalmente decidía ir al archipiélago, tendría que separarse de Lynch...

Y, si iba a Yagno, podría estar con él, pero eso significaría no conocer a su tía.

Suspiró. Le hubiera gustado estar en los dos sitios a la vez.

Pegaso viró sin previo aviso hacia la derecha, y Laida tuvo que agarrarse para no caer. Observó cómo el cielo se convertía en una mancha borrosa y volvía a surgir nítidamente cuando Pegaso recuperó la velocidad inicial.

La playa, que hasta entonces había estado desierta, mostró una figura. Aunque todavía estaban bastante lejos de la arena, Laida pudo reconocerlo de inmediato. Era Lynch.

Pegaso aceleró tan de repente que pilló a Laida desprevenida y tuvo que sujetarse con fuerza a la silla. El caballo alado pronto llegó a la orilla y aterrizó con suavidad. Dejó que su jinete descendiera antes de echar a volar de nuevo.

Laida se sentó junto a Lynch. Observó a Pegaso, que en ese momento trazaba tirabuzones en el aire, y esperó a que Lynch dijera algo.

—No sabes qué hacer, ¿verdad? —dijo entonces el chico.

—No —admitió Laida, a quien no le sorprendía que Lynch hubiese adivinado lo que le sucedía.

—Piensa que solo van a ser unas semanas. Tampoco es una decisión tan importante.

—Para mí sí que lo es —replicó Laida. Miró fijamente a Lynch y le preguntó—: ¿Tú qué harías?

—¿Si estuviese en tu lugar, quieres decir?

—Sí, si fuese yo quien va a Yagno y Klaus quien va a Sach. Y si tuvieses un familiar a quien no conoces en el archipiélago.

—Iría contigo a Yagno, sin duda.

Laida lo miró sorprendida. No había esperado que lo dijera de esa manera.

—¿Por qué?

—¿Por qué? —repitió Lynch riendo—. He ido varias veces a Yagno y a Sach, a veces solo, a veces con Klaus. Cuando yo iba solo, Klaus iba también sin compañía al otro reino. Sé que puede cuidarse solo. Pero tú te metes en líos con increíble facilidad.

—¡Oye! —protestó Laida, indignada y ofendida.

—¡Es verdad! Te enfrentas a un demonio, te caes de un pegaso... No me digas que no es así.

Laida contempló varios segundos a Lynch con indignación antes de darse cuenta de que el muchacho estaba bromeando.

—No, ahora en serio. Quiero que vayas a Sach.

Laida suspiró. Ésa sí que era la respuesta que había esperado de él.

—¿Por qué? —preguntó, aunque creía conocer más o menos la respuesta.

—Porque Yagno es bastante más peligroso que Sach y el viaje tampoco es demasiado calmado. En cambio, si vas a Sach, solo tienes que volar unas horas. Así podrás conocer a tu tía, a la reina, a Karis...

—¿Quién es Karis? —preguntó Laida con curiosidad.

—La novia de Klaus.

La muchacha alzó las cejas. Aquello la había pillado totalmente desprevenida. No había esperado que Klaus tuviera novia, y menos en Sach.

—¿Quieres de verdad que vaya a Sach? —dijo Laida, algo resignada.

—Sí. —Y a juzgar por la seriedad con la que la observaba, era verdad.

Laida suspiró de nuevo, y Lynch, comprendiendo cómo se sentía, la abrazó.

—No quiero separarme de ti, Lynch —le susurró ella al oído.

—Ni yo de ti, pero es necesario. Además, solo serán unas semanas.

—Y luego habrá una batalla —añadió ella.

—Sí...

—Y ahí puede que nos separemos de verdad.

Lynch sonrió. Laida no daba crédito. ¿Cómo podía sonreír al hablar de ese tema?

—¿Crees en serio que un humano normal podría matarnos?

Laida lo observó. Sus ojos castaños relucían y una sonrisa traviesa asomaba por su rostro. Era un espadachín increíble, por no hablar de su agilidad y de su capacidad para la magia. Si un hechicero no podía vencerle, ¿cómo iba a sucumbir ante un humano ordinario?

—No, claro que no —respondió Laida.

—Pues entonces olvídate de eso por ahora. Todavía quedan varias horas antes de marcharnos.

Ambos se dedicaron entonces a observar a Pegaso, que planeaba suavemente sobre la superficie del mar, con las alas desplegadas al máximo, intentando mantener el equilibrio. Al ver el paisaje que se extendía ante ella, el mar y el cielo, Laida rescató de su mente el recuerdo de una noche. Una noche muy especial para ambos, que evocaba a la perfección.

—¿Recuerdas cuando me trajiste aquí de noche? —le susurró a Lynch—. Construiste una cúpula con agua y lo que estábamos viviendo lo representaste en el cielo estrellado.

—Sí —sonrió él—. Nunca podré olvidar aquella noche.

—Todavía tengo grabado en mi mente lo que me dijiste, palabra por palabra.

—También yo.

—No lo planeé —reconoció Laida. En ese momento, las palabras habían brotado de su boca sin que ella pudiese hacer nada para evitarlo.

—Ni yo —dijo Lynch a su vez. Laida lo miró con sorpresa. No era posible. Le había quedado tan... perfecto. Tenía que haberlo planeado. Pero algo en los ojos de Lynch le decía que no era así, que estaba siendo sincero. Y confiaba plenamente en él.

—Lynch... todavía hay una cosa que no comprendo.

—¿Qué es?

—¿Por qué no me contasteis que Álacer ayudaba a Moran a atacar Trun?

Laida sabía que había estropeado aquel momento, pero sentía que no podía despedirse de Lynch sin preguntarle aquello.

—Porque no queríamos que se convirtiese en un asunto personal para ti —explicó él.

—No te entiendo.

—Si te hubiéramos dicho desde el principio que los soldados eran de Álacer, ¿qué habrías sentido? Ira contra tu padre, por supuesto, pero también la sensación de que te estabas traicionando a ti misma. A fin de cuentas, seguías ligada a tu reino. Luchabas contra tus propios soldados, ¿entiendes? Era demasiado... cáustico.

Laida comprendió lo que el chico quería decirle. Le vinieron a la mente unas palabras pronunciadas por Klaus tiempo atrás: 'Lo que ocurre es que si te contamos más de lo debido... tal vez... esto se convierta para ti en un asunto personal y eso justamente es lo que queremos evitar a toda costa'.

De modo que tanto Lynch como Klaus habían tenido motivos para ocultárselo.

—Lynch, siento haberme enfadado contigo —le dijo Laida, más arrepentida que nunca.

—Yo también. Pero tenías tus motivos. Te mentí.

—A veces es necesario.

—Pero no correcto. De verdad que hubiera preferido contártelo, pero... Temía tu reacción. No debí mentirte.

A Laida se le encogió el corazón al saber que Lynch también se sentía culpable. Se acercó más a él para reconfortarlo.

—Lynch... Voy a echarte de menos.

—Y yo a ti, pequeña. Pero cuando te sientas sola, mira hacia el mar.

—¿Por qué hacia el mar? —preguntó Laida girándose un poco para poder ver sus ojos.

—Porque detrás de lo que parece una infinita mancha azul, estaré yo, también intentando ver más allá.

La muchacha cerró un momento los ojos, sonriendo. Cuando los abrió, brillaban más que nunca.

—Volveremos a vernos pronto, ¿verdad? —le preguntó.

—Antes de lo que crees.

—Hasta entonces...

—Cuídate.

Ambos se levantaron. Laida llamó mentalmente a Pegaso y el caballo, obediente, aterrizó junto a ellos. La muchacha montó y se volvió para mirar a Lynch.

—¿No vienes? —inquirió al ver que se había alejado un poco.

—No. Quiero estar aquí un rato.

Laida asintió y dio a Pegaso la orden de despegar. En cuanto el caballo alado levantó las patas del suelo, su jinete tuvo la sensación de que estaba abandonando una parte de sí misma en la arena. Se giró en la silla para ver una última vez a Lynch. Sintiendo que si no se iba ya, jamás lo haría, dio un fuerte tirón de riendas y caballo y jinete se alejaron.

* * *

—Tienes que estar descansado, ¿sí? Hasta mañana, pequeño.

Laida se despidió de Pegaso tras dejarlo en el establo y con cierta tristeza subió las escaleras del palacio. Traspasó sus puertas mientras el sol, ya a una altura considerable, le acariciaba con sus rayos la espalda. Anduvo con lentitud hasta la división de la escalera y se detuvo al oír un ruido procedente del centro. Con curiosidad, subió los escalones.

El sonido parecía el de metal chocando contra otro metal, pero parecía absurdo que estuvieran practicando con la espada allá arriba (la sala de entrenamiento se hallaba abajo del todo). Laida se dejó guiar por el ruido y acabó frente a una puerta negra que contenía una inscripción. Se dio cuenta rápidamente de que se trataba de runas. Lynch y Klaus las habían mencionado en más de una ocasión. Era el lenguaje que habían usado los hechiceros antiguamente, pero se había ido perdiendo y ya muy pocos eran capaces de descifrarlas. Cada vez con más ganas de descubrir la procedencia de aquel fragor, empujó con cautela la pesada puerta negra.

La estancia era muy oscura, tanto que tuvo que parpadear varias veces para que sus ojos se acostumbraran a la repentina falta de luz. Había por todas partes soportes de distintos tamaños y formas, y en algunos de ellos estaban colocadas armas de todo tipo. Espadas, arcos, hachas, hondas... Laida comprendió de inmediato dónde se encontraba. Aquello era la sala de armas.

En ese momento un chico estaba en un rincón haciendo rozar el filo de una espada con otra, produciendo un ruido escalofriante. Laida tardó unos segundos en reconocer a Klaus. Se abrió camino por la sala, deteniéndose a observar algunas herramientas que llamaban su atención. Entre ellas, un mango de lo que antes habría sido un hacha, que brillaba inexplicablemente; un arco hecho de una madera que parecía cerezo, el cual cambiaba de color constantemente; y otras rarezas.

Klaus se dio la vuelta al oír pasos tras de sí y descubrió a una Laida sorprendida, que en ese instante examinaba con detenimiento una espada dorada.

—¿Laida? ¿Qué haces aquí?

—Podría hacerte la misma pregunta —respondió ella, mirando de reojo la espada azul que tenía en la mano. ¿Desde cuándo una espada podía ser azul?

—Estoy preparando las armas que vamos a llevarnos mañana —explicó él, señalando el extraño arco de cerezo y alzando la espada que tenía en la mano.

—Imagino que son armas mágicas.

—Así es. El arco —lo señaló— es capaz de disparar flechas que vayan directamente a por un enemigo aunque no hayas apuntado bien y cambia de color para poder camuflarse.

—Eh... si tú lo dices... —dudó Laida observando cada vez más extrañada el arco—. ¿Y por qué las espadas son de colores?

—Ah, eso no tiene nada que ver con la magia. Es que a cada uno nos gusta un color. La mía es ésta —dijo levantando una vez más el arma.

Laida comprendió entonces de quién podía ser la espada dorada y sonrió. Después preguntó:

—¿Tenemos que ir armados?

—En realidad en Sach no hay demasiado peligro, pero hay que estar loco para entrar en Yagno si no estás armado.

—Supongo que por eso Lynch quiere que vaya contigo.

—Ah, ¿entonces vienes a Sach?

Laida asintió.

—Pues entonces vas a necesitar mínimo un arco. ¿Sabes disparar? —le dijo Klaus.

—Eh... podría decirse que sí. Aunque iría más cómoda con una espada.

—El problema es que no creo que a la reina de Sach le haga demasiada gracia que una desconocida vaya a su reino armada. Bueno, creo que con un arco será suficiente.

—¿Tú llevas espada?

—Sí, la reina ya me conoce.

—¿Y eso?

—He ido a Sach varias veces.

Laida recordó lo que Lynch le había dicho sobre la vida personal de Klaus y comprendió por qué quería ir a Sach. A saber cuánto tiempo llevaba sin ver a... ¿Karis? Algo así había dicho Lynch.

—¿Iremos los dos en Pegaso? —preguntó de repente Laida.

—No, un habitante de Trun nos suele dejar su pegaso. Tú puedes montar en Pegaso y yo en Polsc, que así es como se llama.

Laida comprendió entonces qué hacía aquel caballo nuevo en el establo. Se dio la vuelta, dispuesta a irse a su habitación, pero añadió:

—Klaus, los dos teníamos razón.

—¿A qué te refieres?

—Te pedí que confiaras en mí. Conseguí derrotar a Cris. Me pediste que confiara en ti. Tenías motivos para ocultarme lo que realmente ocurría.

—Supongo que sí —admitió el chico.

—Bueno, pues hasta mañana.

Y dicho esto, Laida salió de la sala de armas.

26

ADIÓS

Amaneció un día despejado. Los rayos del sol acariciaron tenuemente el cristal de la ventana, traspasándolo. Penetraron en la llamativa habitación, y se colaron bajo los párpados de la muchacha que descansaba en la cama. Ésta, muy a desgana, los abrió. Pese a que era un día caluroso, sintió un escalofrío. Ya no había vuelta atrás. Esa mañana se iría... y se separaría de Lynch.

Quiso rebelarse contra aquel hecho, deseó quedarse en Trun con él para siempre, pero sabía que no era posible. Aunque ella se quedase, Lynch se iría igualmente y no le iba a permitir que lo acompañase. De modo que... Tal vez lo mejor fuera irse cuanto antes. A fin de cuentas, no sabía por qué aquello le afectaba tanto, solo eran unas semanas, un mes, como mucho.

Se levantó con decisión de la cama, pensando en el viaje que iba a disfrutar a lomos de Pegaso, los diferentes paisajes que podría ver en el archipiélago de Sach...

Con un suspiro, abrió el vestidor y todo un abanico de vestidos se desplegó ante sus apenados ojos. Recorrió el armario con la mirada, ya sin experimentar aquella sensación de admiración frente a las prendas. No iba a llevar un vestido. Iba a Sach a entregar un mensaje y llegaría a lomos de un pegaso, así que tendría que adaptarse. Cerró la puerta del vestidor con un portazo que enseguida lamentó haber dado. Todavía era muy temprano; no debía hacer ruido.

Abrió con cierta violencia el segundo cajón de la cómoda, dejando al descubierto la fina cota de malla y el resto del equipamiento. Se lo puso, tras despojarse del camisón que usaba para dormir. Al igual que la primera vez, todo le iba perfecto. Recordó con nostalgia cómo se había sorprendido al ver las prendas por primera vez, maravillada ante aquellos materiales, sutiles pero resistentes, intimidatorios pero elegantes.

Sus ojos se deslizaron entonces hacia la mesilla, pero allí no había nada más que un libro. Se agachó, suponiendo que lo que buscaba se habría caído. En efecto, lo encontró debajo de la cama, con una leve capa de polvo, después de tanto tiempo.

Tenía entre las manos la nota que Lynch le había escrito, recomendándole la ropa. Las treinta y tres palabras redactadas por el chico estaban perfectamente rectas, sin torcerse, y con una letra elegante y legible. Siempre le había gustado la letra de Lynch; había leído lo redactado por él en la biblioteca, fascinada ante su profundidad a la hora de expresar hechos.

Regresó a la realidad al escuchar un maullido. Dio un respingo y se incorporó, mirando alrededor. Sox la observaba sentado en el suelo, con sus ojos amarillos algo entornados. Laida se agachó de nuevo y alargó una mano para acariciar al furk. Éste ronroneó, pero en vez de quedarse disfrutando de las caricias de Laida, se irguió con agilidad y salió por la puerta abierta. Laida, que acababa de comprender el motivo de su visita, dejó la nota de Lynch en la mesilla, y esta vez su mirada se detuvo en el libro que contaba la historia de los pegasos y Atalanta. Quizás en Sach pudiera averiguar algo más sobre ese tema...

Se levantó y abrió otra vez el armario. Avanzó hasta el fondo y se miró en el espejo. Tan solo había una cosa que le parecía que estropeaba su imagen. Con hábiles movimientos, se recogió el cabello en un elegante moño, impidiendo que se escapara. Ahora sí que se asemejaba más a una guerrera. Salió del vestidor.

Echó un último vistazo al dormitorio, preguntándose cuándo volvería a aquella estancia llena de muebles coloridos, y salió tras Sox.

Tal y como esperaba, el gato persa la llevó hasta el comedor, donde encontró a Lynch, Klaus, Voxart, Venz y Sarah desayunando. Se sentó con algo de inquietud junto a Lynch. Ninguno de los presentes habló.

Veinte minutos después, los seis (siete, contando a Sox) se encontraban en el patio interior. Laida, Klaus y Lynch estaban justo enfrente de los adultos, esperando a que hablaran. Venz fue el primero. Sacó de su bolsillo dos pergaminos y entregó uno a Klaus y otro a Lynch. Sin dar ninguna explicación, sentenció:

—Quiero que estos dos pergaminos lleguen a su destino y que vosotros regreséis a Trun dentro de como máximo tres semanas sin lesiones graves. ¿Queda claro?

Los tres asintieron. Laida se encontraba perpleja ante aquella despedida tan extraña. Sin añadir nada más, Venz escrutó con los ojos a los tres, deteniéndose unos segundos más en Lynch. Sus ojos glaucos parecían más profundos que nunca. Hecho esto, el conde se dio la vuelta, entró en el palacio y cerró la puerta tras de sí.

Voxart, que no parecía sorprendido, estrechó la mano a los tres jóvenes y después de decir un breve 'Cuidaos', también entró en el interior del palacio.

Sarah, en cambio, fue mucho más afectuosa. Abrazó primero a Lynch, acariciando con cariño su pelo y clavando sus ojos castaños, idénticos a los suyos, en él. Más tarde, se dirigió a Klaus y a Laida, a quienes también abrazó.

—Tened cuidado, ¿sí? Quiero veros a los tres sanos y salvos.

Laida sintió un renovado sentimiento de gratitud hacia Sarah. Durante todo ese tiempo, la condesa la había tratado muy bien, la había ayudado, había cuidado de ella cuando Cris la había atacado y jamás la había visto cansada o decepcionada. Había hecho todo aquello de forma desinteresada, sin esperar nada a cambio.

La condesa los miró una vez más, sonriendo con tristeza, entró en el palacio, y cerró suavemente la puerta.

Hubo un incómodo silencio entre Lynch, Klaus y Laida. Ninguno parecía tener ganas de hablar. Finalmente, Lynch dijo titubeando:

—Bueno... Lo mejor será que nos vayamos yendo.

Los otros dos asintieron. Laida sintió un nudo en la garganta. Había llegado el momento. Ella y Klaus tomarían el sendero del bosque para despegar desde la playa, y Lynch cogería otro camino. Ya no había nada que hacer.

No hizo ningún comentario cuando entraron en los establos. Se limitó a ensillar a Pegaso, mientras Lynch hacía lo propio con Calima. Klaus, en cambio, se acercó primero a Polsc, el pegaso gris, y lo preparó. Después, cuando los otros dos aguardaban fuera sobre sus respectivas monturas, avanzó hasta el fondo del establo, provocando que las sombras engulleran su figura. Acarició a Torn y se despidió de él con unas palmadas. El caballo negro relinchó.

Mientras aguardaba a Klaus, Laida cruzó su mirada con la de Lynch. Sus ojos castaños mostraban inexpresividad, algo que no era nada habitual. Sintió cómo su corazón se partía en pedazos al verlo tan ausente, tan abstraído, tan... vacío.

Pero al mismo tiempo sabía que era un arma para combatir la tristeza. Así era Lynch. Disimulaba sus emociones, dejando rara vez que salieran a la luz. Aunque en aquel momento, Laida intuyó que no podría seguir adoptando durante demasiado tiempo aquella actitud.

Se dio cuenta entonces de que iba armado. Llevaba aquella espada dorada que Laida había visto el día anterior. Obviamente, no pensaba viajar hasta Yagno sin protección.

Klaus montó en Polsc y los tres muchachos se miraron entre sí. Sin dar ninguna explicación, Lynch espoleó a Calima y dirigió a la yegua hacia el sendero del bosque, haciéndola galopar. Laida miró a Klaus, interrogante. Éste le indicó con la cabeza que siguiera a Lynch.

Mientras Laida se ponía en marcha y oía a Klaus hacer lo mismo tras ella, sintió cierto alivio mezclado con intranquilidad. Por un lado, la calmó saber que Lynch los iba a acompañar hasta que despegaran. Pero por otro... sentía que quería separarse de él, porque si no lo hacía pronto... tal vez no lo hiciera nunca.

Espoleó a Pegaso mirando al frente. El bosque parecía más tranquilo de lo habitual. No soplaba ni una brizna de viento. No se oía el piar de los pájaros. Tan solo se escuchaban los cascos de los caballos.

Por alguna razón, aquella vez el recorrido se le hizo cortísimo a Laida. Quizá fuera porque no quería marcharse. Y el tiempo aparentaba ir más aprisa que de costumbre.

Laida detuvo a Pegaso cuando sus cascos rozaron la arena. Klaus se paró junto a ella. También iba armado, con la espada azul y dos arcos a la espalda. Sin decir nada, le pasó uno de ellos a Laida, quien se lo ató a la espalda con pesar.

Los dos contemplaron cómo Lynch acercaba a Calima hacia el mar, lo justo para que el agua rozara sus delgadas patas marrones. Ambos suspiraron. Evidentemente, Lynch quería disfrutar una última vez de la costa, antes de embarcarse en un viaje donde era poco probable (por no decir imposible) que encontrase algo similar a la playa.

Pegaso y Polsc se aproximaron a Lynch por órdenes de sus jinetes. Éste giró a su yegua, y se quedó de cara a Klaus y a Laida. Desmontó de un salto de Calima y los otros dos lo imitaron. Lynch inspiró hondo y sonrió:

—Cuando regrese de Yagno me gustaría veros a los dos de una pieza, así que no cometáis ninguna estupidez, sobre todo tú, Laida, que tienes más tendencia a meterte en líos.

Ésta sonrió.

—Prométeme que volverás y que lo harás pronto.

—Te lo prometo.

Lynch la abrazó y ella disfrutó al máximo de aquel contacto, sabiendo perfectamente que iba a ser el último en unas semanas. Cuando se separaron, no pudo evitar que en sus ojos verdes brillasen lágrimas. Lynch sonrió con pesar al notarlo y le acarició la mejilla, mientras le cogía la mano. Se separó unos pasos de ella, y soltó poco a poco su mano.

Laida no apartó los ojos de él.

Klaus se acercó entonces a Lynch y le sonrió:

—Saluda a Svaldo de mi parte, ¿quieres?

—Y tú a Karis de la mía.

En otras circunstancias, Laida habría sentido curiosidad por saber quién era Svaldo, pero en ese momento le daba absolutamente igual. Para ella, como si era un asesino en serie o el príncipe de Yagno. Se subió con lentitud a Pegaso. Nunca había sentido menos ganas de montarlo.

Apenas se dio cuenta de que los dos chicos se estaban despidiendo. Cuando Lynch fue a montar sobre Calima de nuevo y Klaus ya estaba en la grupa de Polsc, Laida, sintiendo un impulso, le dijo:

—Lynch...

—¿Sí?

—¿Recuerdas cuando me dijiste que con una sola palabra se pueden decir muchas cosas? —preguntó desmontando.

—Sí —dijo él un tanto sorprendido, manteniendo un pie en la tierra y otro en el estribo. Laida lo miró fijamente y avanzó hacia él.

—¿Recuerdas cuando me dijiste que con un solo dibujo se pueden decir muchas cosas? —inquirió acercándose a Lynch.

—Sí —admitió él liberándose del estribo, sin saber adónde quería llegar. Laida recorrió los últimos metros que los separaban y afirmó:

—Pues yo ahora te digo que con un solo gesto también se pueden decir muchas cosas.

Y lo besó. Sintió cómo Lynch se sorprendía, totalmente desprevenido. Fue un beso apasionado, intenso, muy diferente al primero que habían intercambiado. En aquella ocasión, había sido Lynch quien había tomado la iniciativa. Había sido cauto, delicado, pero sin llegar a ser distante. Sin embargo, ahora... Ahora era distinto.

Esta vez había sido Laida quien se había lanzado. Y no había nada de cauteloso en ninguno de los dos. Sabiendo que pasaría un mes entero antes de volver a verse, los dos sentían que no podían desperdiciar aquel momento.

Cuando se separaron, ambos fijaron su mirada en el otro. Los ojos de Lynch, como de costumbre, irradiaban aquel curioso brillo. En los de Laida, en cambio, ya no había lágrimas. Estaban decididos y casi alegres.

Lynch sonrió. Acarició una última vez a Laida, quien sintió que si no veía a Lynch marchar ya, su corazón no podría aguantar más suspense. El muchacho se dio la vuelta por fin. Montó en su yegua e hizo que se desbocara. Calima volvió a posar sus patas sobre la tierra y echó a correr, siguiendo un estrecho camino hacia el sur.

Un agudo graznido desgarró el suave y tranquilizador sonido del mar. Un halcón de ojos amarillos pasó sobre sus cabezas, volando con esmero, y se puso a la par de Lynch. Klaus y Laida sonrieron al reconocer a Sox.

Laida volvió sobre sus pasos y se subió en Pegaso de nuevo. Klaus espoleó de pronto a Polsc, dirigiéndolo hacia el mar. En cuanto sus cascos se mojaron, todo su cuerpo brilló y pronto un pegaso volaba en el aire. Era algo más grande que Pegaso, aunque el color de su cuerpo era idéntico.

Laida tiró de las riendas de su caballo y éste desplegó también las alas. La muchacha echó un vistazo hacia atrás. Todavía alcanzaba a ver a Lynch, que galopaba seguido por el halcón.

Laida se dio la vuelta, y quedó de cara al mar y al cielo azul. Klaus volaba a su lado. La chica sonrió al pensar en todo lo que le esperaba en Sach. Parecía mentira que tres meses antes se encontrara cautiva en Álacer. Ahora era libre y volaba. Volaba... hacia un nuevo mundo.

AGRADECIMIENTOS

Ésta, como ha sido la primera novela que he escrito, probablemente haya resultado la más complicada de redactar. Para ello, he necesitado la ayuda de mucha gente, que se ha ofrecido desinteresadamente a aportar su punto de vista.

Por una parte, gracias a mi familia. En especial, a mi hermano Hugo, por mostrarme las increíbles frases que se pueden crear a partir de sencillas palabras y todos los secretos que oculta un simple párrafo. A mi prima Estela, por ayudarme a representar los paisajes de Trun y animarme a seguir. A mi prima Garazi, por enseñarme otro aspecto de los personajes. A mis padres y mi abuela, por seguir de cerca mi proyecto y tratar de abrirme paso a través del mundo de la escritura.

Y luego, por otro lado, mis amigos, que siempre han estado ahí. Ane Saralegui... Si no fuera por ti, nunca hubiera terminado este libro y por eso quiero darte las gracias. Por eso y por todas esas horas hablando por teléfono, de las que sacaba nuevas ideas para escribir. Andrea Romero, gracias por enseñarme que a veces es necesario usar ciertas palabras y que hacerlo no es ningún crimen. Y también por hacerme el gran favor de tener este libro en mis manos. Uxue Sansiñena, a ti te tengo que dar las gracias por mostrarme el lado divertido de las cosas y hacerme ver que cualquier cosa te puede hacer sonreír. Y por último, Nahikari Rodríguez, gracias por apoyarme todo este tiempo.

Gracias a todos vosotros, ahora esta historia tiene sentido.

Sobre la autora

SARA Mª CRUCES SALGUERO

Nació el 27 de abril de 1999 en Irun, Guipúzcoa. Estudia en el colegio Irungo La Salle desde que tenía dos años. Desde pequeña, ha sido una gran amante de la lectura, sobre todo de la fantástica, llegando a leer grandes éxitos como 'Harry Potter', 'Los Juegos del Hambre', 'Memorias de Idhún'... A pesar de su corta edad, ha escrito ya tres obras, siendo 'El reflejo de la magia: Descubrimiento' la primera publicada. Comenzó a escribir esta novela durante el verano de 2011. En 2012, ganó un premio de literatura que ofrecía el Ayuntamiento a los jóvenes de la ciudad, al ser el suyo el relato escogido. A día de hoy, a sus 14 años, cursa 3º de la ESO en su colegio y siempre encuentra tiempo para seguir escribiendo.